Clemens Brentano

Gockel, Hinkel und Gackeleia

Clemens Brentano

Gockel, Hinkel und Gackeleia

ISBN/EAN: 9783337352431

Hergestellt in Europa, USA, Kanada, Australien, Japan

Cover: Foto ©Andreas Hilbeck / pixelio.de

Weitere Bücher finden Sie auf **www.hansebooks.com**

Gockel, Hinkel und Gackeleia

Clemens Brentano

In Deutschland in einem wilden Wald, zwischen Gelnhausen und Hanau, lebte ein ehrenfester bejahrter Mann, und der hieß Gockel. Gockel hatte ein Weib, und das hieß Hinkel. Gockel und Hinkel hatten ein Töchterchen, und das hieß Gackeleia. Ihre Wohnung war in einem wüsten Schloß, woran nichts auszusetzen war, denn es war nichts darin, aber viel einzusetzen, nämlich Thür und Thor und Fenster. Mit frischer Luft und Sonnenschein und allerlei Wetter war es wohl ausgerüstet, denn das Dach war eingestürzt und die Treppen und Decken und Böden waren nachgefolgt. Gras und Kraut und Busch und Baum wuchsen aus allen Winkeln, und Vögel, vom Zaunkönig bis zum Storch, nisteten in dem wüsten Haus. Es versuchten zwar einigemal auch Geier, Habichte, Weihen, Falken, Eulen, Raben und solche verdächtige Vögel sich da anzusiedeln, aber Gockel schlug es ihnen rund ab, wenn sie ihm gleich allerlei Braten und Fische als Miethe bezahlen wollten.

Einst aber sprach sein Weib Hinkel: "mein lieber Gockel, es geht uns sehr knapp, warum willst du die vornehmen Vögel nicht hier wohnen lassen? Wir könnten die Miethe doch wohl brauchen, du läßt ja das ganze Schloß von allen möglichen Vögeln bewohnen, welche dir gar nichts dafür bezahlen."--Da antwortete Gockel: "o du unvernünftiges Hinkel, vergißt du denn ganz und gar, wer wir sind, schickt es sich auch wohl für Leute unserer Herkunft, von der Miethe solches Raubgesindels zu leben?--und gesetzt auch, Gott suchte uns mit solchem Elende heim, daß uns die Verzweiflung zu so unwürdigen Hilfsmitteln triebe,--was doch nie geschehen wird, denn eher wollte ich Hungers sterben,--womit würden die räuberischen Einwohner uns vor Allem die Miethe bezahlen? Gewiß würden sie uns alle unsre lieben Gastfreunde erwürgt in die Küche werfen, und zwar auf ihre mörderische Art zerrupft und zerfleischt. Die freundlichen Singvögel, welche mit ihrem unschuldigen Gezwitscher unsre wüste Wohnung zu einem herzerfreuenden Aufenthalte machen, willst du doch wohl lieber singen hören, als sie gebraten essen? Würde dir das Herz nicht brechen, die allerliebste

2

Frau Nachtigall, die trauliche Grasmücke, den fröhlichen Distelfink, oder gar das liebe treue Rothkehlchen in der Pfanne zu rösten, oder am Spieße zu braten, und dann zuletzt, wenn sie alle die Miethe bezahlt hätten, nichts als das Geschrei und Gekrächze der gräulichen Raubvögel zu hören? Aber wenn auch alles dieses zu überwinden wäre, bedenkst du dann in deiner Blindheit nicht, daß diese Mörder allein so gern hier wohnen möchten, weil sie wissen, daß wir uns von der Hühnerzucht nähren wollen? Haben wir nicht die ehrbare Stamm-Henne Gallina jetzt über dreißig Eiern sitzen, werden diese nicht dreißig Hühner werden, und kann nicht jedes wieder dreißig Eier legen, welche es wieder ausbrütet zu dreißig Hühnern, macht schon dreißig mal dreißig, also neunhundert Hühner, welchen wir entgegensehen? O du unvernünftiges Hinkel! und zu diesen willst du dir Geier und Habichte ins Schloß ziehen? Hast du denn gänzlich vergessen, daß du ein edler Sprosse aus dem hohen Stamme der Grafen von Hennegau bist, und kannst du solche Vorschläge einem gebornen leider armen, leider verkannten Raugrafen von Hanau machen? Ich kenne dich nicht mehr!--O du entsetzliche Armuth! ist es denn also wahr, daß du auch die edelsten Herzen endlich mit der Last deines leeren und doch so schweren Bettelsackes zum Staube nieder drückest?"

Also redete der arme alte Raugraf Gockel von Hanau in edlem hohen Zorne, zu Hinkel von Hennegau seiner Gattin, welche so betrübt und beschämt und kümmerlich vor ihm stand, als ob sie den Zipf hätte. Aber schon sammelte sie sich und wollte so eben sprechen: "die Raubvögel bringen uns wohl auch manchmal junge Hasen"--doch da krähte der schwarze Alektryo, der große Stammhahn ihres Mannes, der über ihr auf einem Mauerrande saß, in demselben Augenblick so hell und scharf, daß er ihr das Wort wie mit einer Sichel vor dem Munde wegschnitt, und als er dabei mit den Flügeln schlug, und Graf Gockel von Hanau sein zerrissenes Mäntelchen auch ungeduldig auf der Schulter hin und her warf, so sagte die Frau Hinkel von Hennegau auch kein Piepswörtchen mehr, denn sie wußte den Alektryo und den Gockel zu ehren.

Sie wollte eben umwenden und weggehen, da sagte Gockel: "o Hinkel! ich brauche dir nichts mehr zu sagen, der ritterliche

Alektryo, der Herold, Wappenprüfer und Kreiswärtel, Notarius Publikus und kaiserlich gekrönte Poet meiner Vorfahren hat meine Rede unterkrähet, und somit dagegen protestirt, daß seinen Nachkommen, den zu erwartenden Hühnchen, die gefährlichen Raubvögel zugesellt würden." Bei diesen letzten Worten bückte sich Frau Hinkel bereits unter der niedrigen Thüre und verschwand mit einem tiefen Seufzer im Hühnerstall.

Im Hühnerstall? Ja--denn im wunderbaren, kunstreichen, im neben-, durch--und hintereinandrigen Stil der Urwelt, Mitwelt und Nachwelt erbauten Hühnerstall wohnten Gockel von Hanau, Hinkel von Hennegau und Gackeleia, ihre Fräulein Tochter, und in der Ecke stand in einem alten Schilde das auf gothische Weise von Stroh geflochtene Raugraf Gockelsche Erbhühnernest, in welchem die Glucke Gallina über den dreißig Eiern brütete, und von einer Wand zur andern ruhte eine alte Lanze in zwei Mauerlöchern, auf welcher sitzend der schwarze Alektryo Nachts zu schlafen pflegte. Der Hühnerstall war der einzige Raum in dem alten Schloße, der noch bewohnbar unter Dach und Fach stand.

Zu Olims Zeiten, wo Dieses und Jenes geschehen ist, war dieses Schloß eines der herrlichsten und deutlichsten in ganz Deutschland; aber die Franzosen haben es so übel mitgenommen, daß sie es recht abscheulich zurückließen. Ihr König Hahnri hatte gesagt, jeder Franzose solle Sonntags ein Huhn, und wenn keines zu haben sei, ein Hinkel in den Topf stecken und sich eine Suppe kochen. Darauf hielten sie streng, und sahen sich überall um, wie jeder zu seinem Huhn kommen könne. Als sie nun zu Haus mit den Hühnern fertig waren, machten sie nicht viel Federlesens und hatten bald mit diesem, bald mit jenem Nachbarn ein Hühnchen zu pflücken. Sie sahen die Landkarte wie einen Speisezettel an, wo etwas von Henne, Huhn oder Hahn stand, das strichen sie mit rother Tinte an und giengen mit Küchenmesser und Bratspieß darauf los. So giengen sie über den Hanebach, steckten Groß--und Kleinhüningen in den Topf, und kamen dann auch bis in das Hanauer Land. Als sie nun Gockelsruh, das herrliche Schloß der Raugrafen von Hanau, im Walde fanden, wo damals der Großvater Gockels wohnte, statuirten sie ein Exempel, schnitten allen Hühnern die Hälse ab, steckten sie in den Topf und den rothen Hahn auf das Dach, das heißt, sie machten ein so gutes Feuerchen unter den Topf, daß die lichte Lohe zum Dach herausschlug und Gockelsruh darüber verbrannte. Dann giengen sie weiter nach Hünefeld und Hunhaun und sind noch lang unterwegs geblieben.

Als sie abgespeist hatten, gieng Gockels Großvater, der mit seiner Familie und dem Stamm-, Erb--und Wappen-Hahn und Hinkel im Walde versteckt gewesen, um das Desert zu besehen, es war eine Wüste. Nichts war ihm geblieben, er konnte sein Schloß nicht mehr herstellen und übergab es daher gratis an die Verschönerungs-Commission der vier Jahreszeiten, des Windes und des Wetters, welche es auch in Jahr und Tag mit Gras und Kraut und Moos und Epheu und Büschen und Bäumen so reichlich austapezierten, daß es ein rechtes Paradies aller Waldvögelein und andern Wildpretts ward.--Er selbst zog nach Gelnhausen und nahm die Stelle eines Erb-Hühner--und Fasanenministers bei dem dortigen König an. Sein Sohn trat nach ihm in dieselbe Stelle, und nach dessen Absterben unser Gockel, der gewiß auch als Hühnerminister mit Tod abgegangen wäre, wenn ihn nicht sein Menschen--oder vielmehr Hühnergefühl gezwungen hätte, noch lebendig von Gelnhausen Abschied zu nehmen. Dieses aber gieng folgendermaßen zu.

Der König Eifrasius von Gelnhausen überließ sich der Leidenschaft des Eieressens so unmäßig, daß keine Brut Hühner mehr aufkommen konnte. Dies war gegen den Eid Gockels und gegen das Landesgesetz, Artikel Hühnerzucht. Gockel machte eine allerunterthänigste vergebliche Vorstellung nach der andern. Eifrasius errichtete den rührenden Eierorden verschiedener Grade und ließ von seinem Leibredner eine Rede dabei halten, die einer Schmeichelei so ähnlich sah, wie ein Ei dem andern. Er sagte, Eifrasius esse nur allein so viele Eier, um die Hühner zu vermindern, damit die Franzosen nicht ins Land kämen. Dabei machte er bekannt, daß man künftig nicht Ihro Majestät, sondern Ihre Eießtät König Eifrasius sagen solle und vieles Aehnliche. Auch wußte er sehr viele hinreißende Stellen großer Dichter in seiner Rede anzubringen, z. B.:

Ein Huhn und ein Hahn,
Meine Rede geht an;

Eine Kuh und ein Kalb,
Meine Rede ist halb;
Eine Katze und eine Maus,
Meine Rede ist aus!

und weiter

Ein Ei, un oeuf,
Ein Ochs, un boeuf,
Une vache, eine Kuh,
Fermez la porte, mach die Thür zu!

womit er den König ganz bezauberte. Nach dieser Rede wurden alle anwesenden Anhänger und Schmeichler des Königs ganz eigelb im Gesicht und steckten gelbe Cocarden auf; Gockel von Hanau aber wurde vor Zorn und Schrecken und Unwill und Schaam ganz grün und blau und roth, und kriegte ordentlich einen rothen Kamm und schüttelte den Federbusch, wie ein Hahn, auf seinem bordirten Hut und scharrte mit den Füßen und hackte mit den Spornen. Da zog der König Eifrasius eben in der Kirche an ihm vorüber, sah ihn sehr ungnädig an und sprach: "in Gnaden entlassen, das Hühnerministerium ist bis auf ein Weiteres aufgehoben."--Somit hatte Gockel seinen Abschied.

Gockel war voll Ehrgefühl, er zeigte sogleich seiner Frau an, daß er am folgenden Morgen mit ihr und Gackeleia nach seinem Stammschloße Gockelsruh aus Gelnhausen so wegziehen werde, wie seine Großeltern hineingezogen waren. Er befahl ihr, jene alten Kleider aus dem Kasten zu nehmen und im Hühnerministerium zurecht zu legen, wo sie sich morgen umkleiden wollten. Frau Hinkel war schier untröstlich über die alten seltsamen Kleider und meinte, alle Hunde würden ihr nachlaufen. Das Entsetzlichste aber war ihr, daß Gockel am hellen lichten Tage vor der Wachparade vorbei und über den Gemüßmarkt in diesem Aufzug aus der Stadt hinaus wollte, und nur unter den heftigsten Thränen mit Gackeleia vor ihm auf den Knieen liegend, konnte sie erflehen, daß er mit ihr Morgens vor Tag zur Gartenthüre hinaus, hinten um die Stadtmauer herum, seine Abreise anzutreten versprach.

Gockel hängte seine Hühnerminister-Kleidung an das königliche

Hühnerministerial-Zapfenbrett, legte alle die ihm aufgedrungenen Eierorden ab, den Orden der Schmeichelei und Heuchelei und befestigte seinen eigenen, Raugräflich Gockel Hanauischen Haus-Orden der Kinderei wieder in das Knopfloch der Jacke seines Großvaters, die er morgen früh anziehen wollte; dann setzte er sich an seinen Schreibtisch, um alle die Rechnungen über seine Verwaltung heute Nacht noch auszubrüten, und als er es so weit gebracht, daß Einnahme und Ausgabe sich wie ein Ei dem andern glichen, sank er ermüdet mit der Nase auf das Papier und schnarchte, daß der Streusand von zerstossenen Eierschalen umherflog, und mehrere Muster von Hühnerfedern, die vor ihm lagen, durch einander wehten. Aber der Schaden war nicht groß.

Kaum graute der Tag, als Alektryo, der edle Stammhahn sich selbst ermunternd mit den Flügeln in die Seite schlug, den Hals emporreckte und mit aufgerissenem Schnabel lautkrähend wie mit einem Trompetenstoß alle zur Abreise erweckte; das Stammhuhn Gallina begleitete sein Morgenlied mit einigen wehmüthigen Accorden. Gockel sprang auf und weckte Weib und Kind, die sich bald einstellten. Frau Hinkel war sehr traurig, auch sie mußte ihre Hühnerministerial-Kontusche ans Zapfenbrett hängen und die Kleider von Gockels Großmutter anziehen; händeringend stand sie in diesem Putz vor dem Spiegel. Gockel hatte viel zu ermahnen und zu trösten; er hatte seine Raugräfliche Gockelskappe aufgesetzt, auf der ein Hahnenkamm war, er hängte seine Perücke von Eierschalen an den Ministerialperücken-Hahn und fuhr in die großväterlichen Stiefel und Grafenhosen, welche ihm Gackeleia hinbrachte, die ziemlich lustig in ihrem seltsamen Röckchen war und das alte Erbhühnernest wie einen Fallhut auf dem Kopf trug.

Alektryo, der Stammhahn, saß neben dem Schreibtische auf der Raugräflich Gockelschen Erbhühnertrage, welche der berühmte Erwin von Steinbach zugleich mit dem Straßburger Münster erfunden hatte, und wiederholte, da er die ganze Familie wieder in ihren altgräflichen Kleidern sah, sein Krähen mit stolzer Freude. Er hatte einen reichsfreiritterlichen Unmittelbarkeitssinn und war nie gern in Gelnhausen gewesen, wo er nur zu Haus der Hahn im Korb war, am Hof aber nie auf dem Mist krähen durfte, weil dieses ein Regale, ein königliches Recht der Hofhähne war. Er war hier nur

Kammerhahn à la suite, hatte allerlei Kränkungen seiner Verhältnisse von den Hofhahnen zu erleiden, und durfte sie nicht einmal deswegen herausfordern. Gleich Graf Gockel war er sehr mit dem König Eifrasius unzufrieden, denn dieser hatte einmal die Eier seiner lieben Gemahlin Gallina durch die Polizei wegnehmen und sich in die Pfanne schlagen lassen.--Seine häusliche Glückseligkeit war dadurch gestört. Er war heftig und ungeduldig, Gallina aber gacksig, glucksig und piepsig geworden. Sie saßen immer auf dem Hühnerministerium und kamen nicht ins Freie; statt auf dem Miste, scharrte Alektryo in Papierspänen, und die leidende Gallina wälzte sich im Streusand oder brütete hoffnungslos auf den ausgeblasenen Eierschaalen des Eierordens, welche dort aufbewahrt wurden. Nun aber, da alle zur Abreise gekleidet waren, trieb Alektryo die Gallina an, von seiner Seite auf dem Gockelschen Hühnersteg hinab zu dem Hennegauschen Erbhühnerkorb der Frau Hinkel zu schreiten, und sagte ihr dabei ganz freundlich ins Ohr, was ihr tröstend zu Herzen ging: "heute Abend sind wir frei und glücklich in Gockelsruh, dem Pallaste unserer Vorfahren, da giebt es Würmchen und Maikäfer und allerlei Sämerei die Menge; da wollen wir ein neues Leben beginnen, da gehören wir uns allein an, da wirst du eine Brut ausbrüten, die unser würdig ist." Gallina trippelte mit einem lieblichen Lächeln gacksend den Steg hinab und setzte sich oben auf den Hühnerkorb.

Frau Hinkel nahm den Korb, worauf Gallina saß, auf ihren Kopf. In diesem Korbe hatte sie ein paar Hemden, etwas Flachs-, Hanf-- und andere Sämereien, Nadel, Zwirn und Fingerhut und ein Wachsstümpfchen, ein Gebetbuch und einige schöne neue Lieder, gedruckt in diesem Jahr, und den Gräflich Hennegauschen Stammbaum und ihren Taufschein und Copulationsschein und so weiter Schein bewahrt. Dann ergriff sie ihren Rocken und sprach: "ich bin fertig." Gockel schlüpfte mit den Armen in die Tragriemen seiner Erbhühnertrage und trug sie wie eine gothische Kirche auf dem Rücken, oben drauf saß Alektryo, neben dran war sein Grafenschwert befestigt, und im Innern befanden sich sein Stammbaum, Grafenbrief, Taufschein, Ehekontrakt, ein Buch von Geheimnissen der Hahnen und Hühner und auch ein altes Geschlechts-Register, nach welchem Alektryo vom Hahn des Hiob und Gallina vom Hahn Petri abstammen sollte; es war aber theils sehr unleserlich mit Hühnerpfoten geschrieben, theils hatten es die

Mäuse so durchstudiert, daß viele Löcher darin waren. Solche große Raritäten waren in der Hühnertrage. Gockel nahm nun seine Raugräfliche Standarte, die zugleich ein Hühnersteg war, als Stab in die Hand und sagte: "wohlan ich bin fertig."

Gackeleia hatte das Erbhühnernest auf dem Kopf, und weil sie auf alle Weise noch sonst etwas tragen wollte, steckte sie der Vater in einen Korb, wie man sie über die jungen Hühnchen stellt, und befestigte ihr denselben über die Schultern mit Bändern, so daß sie wie in einem lustigen Reifrock mitspazierte. In der einen Hand hielt sie ihr ABC-Buch, worauf ein Hahn abgebildet war, und in der andern einen Eierweck von gestern, man nennt sie dort Bubenschenkel. Das Kind war sehr lustig, und schrie. "Kikeriki, ich bin schon lang fertig."

Nun blies Gockel die Hühnerministerial-Lampe aus, und sie giengen zu der Thüre hinaus. Gockel gab dem Nachtwächter den Hausschlüssel, und dann verließen sie still durch die hintere Gartenthüre, die durch die Stadtmauer führte, das undankbare Gelnhausen. Kaum waren sie auf einer nahen kleinen Anhöhe, welche die Stadt überschaut, als Alektryo sich hoch aufrichtete und mit einem trotzigen kühnen Krähen allen Hahnen von Gelnhausen Hohn sprach, die erwachend von Haus zu Haus, von Thurm zu Thurm sich wieder zukrähten, so daß die Gockelsche Familie wo nicht unter dem Geläute aller Glocken, doch unter dem Krähen aller Hahnen die Stadt verließ.

Als Alektryo gekräht hatte, schauten sie alle noch einmal schweigend nach Gelnhausen zurück. Es lag eine weiße Nebelwolke über der herrlichen Stadt, die Sonne schoß mit ihren ersten Strahlen nach den blinkenden Wetterhahnen auf den Thurmspitzen, welche aus dem Nebel hervorblitzten; hie und da drang ein dunkler dichter Bäckerrauch wie eine dicke braune Schlange durch den Nebel hervor. Frau Hinkel war betrübt. Gackeleia fieng laut an zu weinen; ihr Eierweck war ihr gefallen und sie konnte ihn von dem Hühnerkorb, in dem sie steckte, gehindert nicht aufheben.--Gockel hob sie aus dem Korbe heraus und hängte sich denselben noch hinten auf die Trage, denn Gackeleia wäre mit diesem Reifrocke an allen Büschen des wilden Waldes hängen geblieben, durch welchen jetzt ihr Weg führte.

Frau Hinkel durch das Krähen aller Hahnen in Gelnhausen und durch den aufsteigenden Rauch von neuem sehr betrübt, folgte ihrem Manne mit manchem Seufzer durch den Wald. Sie gedachte an die Herrlichkeit von Gelnhausen, wo immer das eine Haus ein Bäckerladen, das andre ein Fleischerladen ist;--ach, dachte sie, jetzt ist die Stunde, jetzt öffnen die Fleischer ihre Laden, jetzt hängen sie die fetten Kälber, Hämmel und Schweine auf und breiten in deren aufgeschlitzten Leibern reinliche schneeweiße Tücher aus!--Ach jetzt ist die Stunde, jetzt öffnen die Bäcker ihre Laden und stellen auf weißen Bänken die braunglänzenden Brode, die gelben Semmeln und schön lakirten Eierwecke, Bubenschenkel genannt, in Reih und Glied. Gackeleia, die sie an der Hand führte, weckte mit ihren Reden ihre Betrübniß oft von neuem wieder auf, denn sie fragte ein um das anderemal: "Mutter, giebt es auch Bretzeln, wo wir hingehen?" Da seufzte Frau Hinkel; Gockel aber, der ernsthaft und freudig voranschritt, sagte: "nein, mein Kind Gackeleia, Bretzeln giebt es dort nicht, sie sind auch nicht gesund und verderben den Magen; aber Erdbeeren, schöne rothe Waldbeeren giebt es die Menge," und somit zeigte er mit seinem Stocke auf einige, die am Wege standen, welche Gackeleia mit vielem Vergnügen verzehrte. Hierauf fragte Gackeleia wieder:

"Mutter, giebt es auch so schöne braune Kuchenhäschen, wo wir hingehen?" Da seufzte Frau Hinkel abermals und die Thränen traten ihr in die Augen; Gockel aber sagte freundlich zu dem Kinde: "Nein, mein Kind Gackeleia, Kuchenhäschen giebt es da nicht, sie sind auch nicht gesund und verderben den Magen, aber es giebt da lebendige Seidenhäschen und weiße Kaninchen, aus deren Wolle du der Mutter auf ihren Geburtstag Strümpfe stricken kannst, wenn du fleißig bist. Sieh, sieh, da lauft eines!" und somit zeigte er mit seinem Stocke auf ein vorüberlaufendes Kaninchen. Da riß sich Gackeleia von der Mutter los, und sprang dem Hasen mit dem Geschrei nach: "gieb mir die Strümpfe, gieb mir die Strümpfe!" aber fort war er, und sie fiel über eine Baumwurzel und weinte sehr.

Der Vater verwies ihr ihre Heftigkeit und tröstete sie mit Himbeeren, welche neben der Stelle wuchsen, wo sie gefallen war. Nach einiger Zeit fragte Gackeleia wieder: "liebe Mutter, giebt es denn auch da, wo wir hingehen, so schöne gebackene Männer von

Kuchenteig, mit Augen von Wachholderbeeren und einer Nase von Mandelkern, und einem Mund von einer Rosine?" Da konnte die Mutter ihre Thränen nicht zurückhalten und weinte; Gockel aber sagte:

"nein, mein Kind Gackeleia, solche Kuchenmänner giebt es da nicht, die sind auch gar nicht gesund und verderben den Magen. Aber es giebt da schöne bunte Vögel die Menge, welche allerliebst singen und Nestchen bauen, und Eier legen und ihre Jungen füttern. Die kannst du sehen und lieben und ihnen zuschauen, und die süßen wilden Kirschen mit ihnen theilen." Da brach er ihr ein Zweiglein voll Kirschen von einem Baum und das Kind ward ruhig. Als Gackeleia aber nach einer Weile wieder fragte: "liebe Mutter, giebt es denn dort, wo wir hingehen, auch so wunderschöne Pfefferkuchen, wie in Gelnhausen?" und die Frau Hinkel immer mehr weinte, ward der alte Gockel von Hanau unwillig, drehte sich um, stellte sich breit hin und sprach: "o mein Hinkel von Hennegau! Du hast wohl Ursache zu weinen, daß unser Kind Gackeleia ein so naschhafter Freßsack ist und an nichts als Bretzeln, Kuchenhasen, Buttermänner und Pfefferkuchen denkt, was soll daraus werden? Noth bricht Eisen, Hunger lehrt beißen. Sei vernünftig, weine nicht, Gott, der die Raben füttert, welche nicht säen, wird den Gockel von Hanau nicht verderben lassen, der säen kann. Gott, der die Lilien kleidet, die nicht spinnen, wird die Frau Hinkel von Hennegau nicht umkommen lassen, welche sehr schön spinnen kann, und auch das Kind Gackeleia nicht, wenn es das Spinnen von seiner Mutter lernt."

Diese Rede Gockels ward von einem gewaltigen Geklapper unterbrochen, und sie sahen alle einen großen Klapperstorch, der aus dem Gebüsche ihnen entgegentrat, sie sehr ernsthaft und ehrbar anschaute, nochmals klapperte und dann hinwegflog. "Wohlan, sagte Gockel, dieser Hausfreund hat uns willkommen geheißen, er wohnet auf dem obersten Giebel von Gockelsruh, gleich werden wir da seyn; damit wir aber nicht lange zu wählen brauchen, in welchen von den weitläufigen Gemächern des Schlosses wir wohnen wollen, so will ich unsere höchste Dienerschaft voraussenden, damit sie uns die Wohnungen aussuche."

Nun nahm er den Stammhahn von der Schulter auf die rechte

Hand und die Stammhenne auf die linke, und redete sie mit ehrbarem Ernste folgendermaßen an: "Alektryo und Gallina, ihr stehet im Begriff, wie wir, in das Stammhaus eurer Vorältern einzuziehen, und ich sehe an euren ernsthaften Mienen, daß ihr so gerührt seid als wir. Damit nun dieses Ereigniß nicht ohne Feierlichkeit sey, so ernenne ich dich Alektryo, edler Stammhahn, zu meinem Schloßhauptmann, Haushofmeister, Hofmarschall, Astronomen, Propheten, Nachtwächter, und hoffe, du wirst unbeschadet deiner Familienverhältnisse als Gatte und Vater diesen Aemtern gut vorstehen; das Nämliche erwarte ich von dir, Gallina, edles Stammhuhn; indem ich dich hiemit zur Schlüsseldame und Oberbettmeisterin des Schlosses ernenne, zweifle ich nicht, daß du diesen Aemtern trefflich vorstehen wirst, ohne deßwegen deine Pflichten als Gattin und Mutter zu vernachlässigen. Ist dieß euer Wille, so bestätigt es mir feierlich." Da erhob Alektryo seinen Hals, blickte gegen Himmel, riß den Schnabel weit auf und krähete feierlichst, und auch Gallina gab ihre Versicherung mit einem lauten und rührenden Gacksen von sich, worauf sie Gockel beide an die Erde setzte, und sprach: "nun, Herr Schloßhauptmann und Frau Schlüsseldame, eilet voraus, suchet eine Wohnung für uns aus, zeiget auch allen Bewohnern unsers Schlosses an, sie möchten sich durch kein Geräusch in ihrem Abendgebete stören lassen, weil ich in der Nähe des Schlosses, wo der englische Garten ein wenig ins Kraut geschossen seyn mag, wahrscheinlich mit meinem Grafenschwert die Hecken werde schneiden müssen, um mir und Frau Hinkel mit unsern hohen Insignien durchzuhelfen; also thuet und bereitet uns einen würdigen Empfang."--Da eilte der Hahn und die Henne in vollem Laufe, was giebst du, was hast du? In den Wald hinein nach dem Schlosse zu.

Nun ermahnte Gockel auch noch die Frau Hinkel und das Kind Gackeleia zur Zufriedenheit, zum Vertrauen auf Gott und zu Fleiß und Ordnung in dem neu bevorstehenden Aufenthalt auf eine so liebreiche Art, daß Frau Hinkel und das Kind Gackeleia den guten Vater herzlich umarmten und ihm alles Gute und Liebe versprachen; und so zogen sie alle froh und heiter durch den schönen Wald, die Sonne sank hinter die Bäume, es ward so recht stille und vertraulich, ein kühles Lüftchen spielte mit den Blättern und Frau Hinkel von Hennegau sang folgendes Liedchen mit freundlicher

Stimme, wozu Gockel und Gackeleia leise mitsangen.

Wie so leis die Blätter wehn
In dem lieben, stillen Hain,
Sonne will schon schlafen gehn,
Läßt ihr goldnes Hemdelein
Sinken auf den grünen Rasen,
Wo die schlanken Hirsche grasen
In dem rothen Abendschein.
Gute Nacht, Heiapopeia!
Singt Gockel, Hinkel und Gackeleia.
In der Quellen klarer Fluth
Treibt kein Fischlein mehr sein Spiel,
Jedes suchet, wo es ruht,
Sein gewöhnlich Ort und Ziel,
Und entschlummert überm Lauschen
Auf der Wellen leises Rauschen
Zwischen bunten Kieseln kühl.
Gute Nacht, Heiapopeia!
Singt Gockel, Hinkel und Gackeleia.
Schlank schaut auf der Felsenwand
Sich die Glockenblume um,
Denn verspätet über Land
Will ein Bienchen mit Gesumm
Sich zur Nachtherberge melden
In den blauen zarten Zelten,
Schlüpft hinein und wird ganz stumm.
Gute Nacht, Heiapopeia!
Singt Gockel, Hinkel und Gackeleia.
Vöglein, euer schwaches Nest,
Ist das Abendlied vollbracht,
Wird wie eine Burg so fest;
Fromme Vöglein schützt zur Nacht
Gegen Katz und Marderkrallen,
Die im Schlaf sie überfallen,
Gott, der über alle wacht.
Gute Nacht, Heiapopeia!
Singt Gockel, Hinkel und Gackeleia.
Treuer Gott, du bist nicht weit,

Und so ziehn wir ohne Harm
In die wilde Einsamkeit
Aus des Hofes eitelm Schwarm.
Du wirst uns die Hütte bauen,
Daß wir fromm und voll Vertrauen
Sicher ruhn in deinem Arm.
Gute Nacht, Heiapopeia!
Singt Gockel, Hinkel und Gackeleia.

Als dieß Lied zu Ende war, ward der hohe Eichenwald lichter. Sie hörten ein Geklapper, und Gackeleia blickte in die Höhe und schrie. "Ach, der Klapperstorch, der Klapperstorch mit seinen Jungen, da oben steht er auf der hohen Mauer, ach, was hat der aber ein großes Nest, o da will ich mich auch einmal hineinsetzen und mit ihm klappern!" Nun waren die Reisenden an dem ganz verwilderten Raugräflich Gockelschen Schloßgarten angekommen. Da war an kein Durchkommen zu gedenken, und Gockel sprach zu Frau Hinkel, indem er seine Erbhühnertrage absetzte, und das Grafenschwert von ihr losband und herauszog:

"setze deinen Korb ab, schürze deinen Rock nieder, streiche dein Haar zurecht, dort an dem alten Springbrünnchen wasche dich, bade dir die Füße, ruhe ein bischen aus, damit wir mit Respekt einziehen. Thue der Gackeleia eben so.--Ich will indessen mit meinem Grafenschwert hier das wilde Genist lehren, daß man seinem Herrn den Weg nicht verrennt."

Nun setzten sich Frau Hinkel und Gackeleia an das Brünnchen, wuschen und musterten sich, und Gackeleia patschte mit ihren erhitzten Füßchen in dem kalten Wasser herum. Gockel aber erhob sein Grafenschwert, und hieb kreuz und quer mit großer Kraft einen Weg durch die wildverwirrten Hecken, Büsche und Bäume. Er nannte jedes Gesträuch, das er zusammenhieb, mit Namen, und weil er schnell arbeitete, so verkürzte er die Worte--er schrie:

"Potz Stachel-, Kreusel-, Preißel-, Kloster-, Hollunder-, Wachholder-, Berberitzen-,Johannis-, Brom-, Himbeeren! Ich will euch lehren, mir mein Haus zu sperren!--Potz Quentel, Lavendel, Bux, Taxus, Mispel, Quitten und Hassel!--Potz Thymian, Majoran, Baldrian, Rosmarin, Hisop und Salbei!" Und mit jedem Worte ein

Schwertschlag, der ihm den Weg öffnete und mit Zweigen, Blättern und Blumen bestreute. Als er so bis in die Nähe des Schloßthores gekommen, kehrte er zu den Seinigen an das Brünnchen zurück.

Gockel hatte sich ganz müde gearbeitet, auch er wusch und erquickte sich an dem Wasser. Frau Hinkel hatte sich recht frisch und sauber gemacht. Sie hatte Gackeleia einen schönen Blumenkranz aufgesetzt und ihr das Hühnernest mit harten Brosamen, welche sie am Brunnen erweicht, gefüllt, diese sollte sie beim Einzug in das Schloß den Vögeln ausstreuen. Das war so, als wenn bei der Kaiserkrönung zu Frankfurt Gold ausgeworfen wird.

Nun nahm Gockel seine Hühnertrage, Frau Hinkel den Hühnerkorb wieder auf und Gackeleia trug das Nest voll Brosamen vor sich; so giengen sie durch den Weg, den Gockel gehauen hatte, auf das Schloßthor zu. Gackeleia nahm sich Zeit, sie pflückte links und rechts viele Brombeeren und Heidelbeeren, und als der Vater sie heranrief, in das Schloß einzugehen, hatte sie die Hände und das halbe Gesicht schwarz wie ein Mohrenkind. Gockel riß mit der Hühnerstange, die er trug, eine dichte Epheudecke auseinander, welche das Gartenthor zugesponnen hatte, und sie traten vor das wunderbare Raugräfliche Schloß in seinem vollen Glanz.

Der Empfang war feierlich; aus den leeren Fensteröffnungen des Schlosses hingen Teppiche von Epheu und mancherlei Blumen nieder, und wehten blühende Gesträuche wie festliche Fahnen, und zwischen ihnen durch sah der stille Abendhimmel in purpurnem Gewande herab. Die vielen Säulen und Bildwerke des Schlosses hatten Wind und Wetter und die vier Jahreszeiten seit lange mit dem schönsten Laubwerke verziert.

Der Hahn Alektryo saß auf dem steinernen Wappen über dem Thore, schüttelte sich, schlug mit den Flügeln und krähte als ein rechtschaffener Schloßtrompeter dreimal lustig in die Luft, und alle Vögelein, die in dem verlassenen, Baum durchwachsenen Baue wohnten, und welchen der Hahn die Ankunft der gnädigen Herrschaft verkündiget hatte, waren aus ihren Nestern herausgeschlüpft und schmetterten lustige Lieder in die Luft, indem sie sich auf den blühenden Hollunderbäumen und wilden Rosenhecken schaukelten, welche ihre Blüthen vor den

Eintretenden niederstreuten. Der Storch auf dem Schloßgiebel klapperte dazu mit seiner ganzen Familie, so daß alles wie eine große Musik mit Pauken und Trompeten klang. Gockel, Hinkel und Gackeleia hießen alle willkommen, und Gackeleia streute mit vollen Händen die Brosamen aus, was mit großem Beifall von allen den Vögeln aufgenommen ward. Hierauf zogen sie in die alte verfallene Schloßkapelle, knieten neben den wilden Waldblumen am Altare dicht bei dem Grabstein des alten Urgockels von Hanau nieder, sagten Gott für ihre glückliche Reise Dank, und flehten ihn um fernern Schutz und Segen an.

Während ihres Gebetes waren alle Vögel ganz stille, und da sie sich von den Knieen erhoben, lockten Alektryo und Gallina, als Schloßhauptmann und Schlüsseldame, an der Thüre, sie sollten ihnen nach dem ausgesuchten Gemache folgen. Sie thaten dieß, und der Hahn und die Henne schritten gackernd und majestätisch über den Schloßhof auf den sehr kunstreich von Stein erbauten Hühnerstall zu, dessen Dach allein im Schloße bis auf einige Lücken im Stande war. Als Alektryo über die Schwelle schritt, bückte er sich tief mit dem Kopf, als befürchtete er, mit seinem hohen rothen Kamme oben anzustossen, da die Thüre doch für einen starken Mann hoch genug war; aber dieses war im Gefühle seines Adels, denn alle hohen Adeligen und alle gekrönten Häupter pflegten in den guten alten Zeiten es so zu machen, wenn sie durch ein Thor schritten; das kam aber von den erstaunlich hohen Federbüschen her, welche ihre Vorfahren auf den Helmen getragen hatten.

In diesem Hühnerstalle nun, dessen Fenster in ein kleines Gärtchen giengen, richteten sie sich ein, so gut sie konnten; Gockel hängte seine Erbhühnertrage an einen Haken hoch an der Wand auf, stellte die Hühnersteige daran, und Alektryo und Gallina sagten gute Nacht und spazierten sogleich fein ordentlich hintereinander hinauf und setzten sich still zusammen und ließen sich was träumen.--Frau Hinkel stellte den Korb, den Spinnrocken, den Bratspieß, die Pfanne, die Schüssel, den Topf und den Wasserkrug an ihre Stelle, und Gackeleia setzte das Hühnernest, wo es hin gehörte.--Dann machte Gockel aus grünen Zweigen zwei große und einen kleinen Besen, und fegte mit Hinkel und Gackeleia den Boden ein wenig rein. Gackeleia fuhr ganz stolz und geschäftig mit ihrem Besen umher. Nun machten sie ein Lager von Moos und dürren Blättern, worüber Gockel seinen Mantel und Hinkel ihre Schürze breitete. Dann betete Gockel ein kurzes Nachtgebet vor, worauf sie sich schlafen legten, Gockel rechts, Hinkel links, das Töchterlein Gackeleia in der Mitte zwischen beiden. Von der Reise und der Arbeit ermüdet, schliefen sie alle bald ein.

Gegen Mitternacht rührte sich plötzlich der wachsame Schloßhauptmann Alektryo mit warnender Stimme auf seinem Sitz, und Gockel, der vor allerlei Gedanken, wie er seine Familie ernähren solle, nicht fest schlief, richtete sich auf und blickte umher, was vorgehe. Da sah er an der offnen Thüre, durch welche der Mond schien, eine große lauernde Katze, die auch sogleich einen heftigen Sprung herein that. In demselben Augenblick hörte Gockel ein Gepfeife, und fühlte, daß ihm etwas Lebendiges in den weiten Aermel seines Wammses hineinlief. Alektryo und Gallina erhoben ein banges Geschrei wegen der Katze. Gockel sprang auf, verjagte die Feindin und warf ihr einen Stein nach. Dann zog er an der Pforte die Thierchen, die ihm in den Aermel geschlüpft waren, hervor, und erkannte im Mondschein zwei weiße Mäuschen von außerordentlicher Schönheit. Sie waren nicht scheu vor ihm, sondern setzten sich auf seiner Hand auf die Hinterbeine, und zappelten mit den Vorderpfötchen, wie ein Hündchen, das bittet, was dem alten Herrn wohl gefiel. Er setzte sie in seine Gockelsmütze, legte sich wieder nieder und diese neben sich, mit dem Gedanken, die guten Thierchen am folgenden Morgen seinem Töchterchen Gackeleia zu schenken, welche sehr ermüdet, wie ihre Mutter, nicht erwacht war.

Als Gockel wieder eingeschlafen war, machten sich die zwei Mäuschen aus der Pudelmütze wieder heraus und unterhielten sich miteinander. Die eine sprach: "Ach Sissi, meine geliebte Braut, da hast du es nun selbst erlebt, was dabei herauskommt, wenn man des Nachts so lange im Mondschein spazieren geht, habe ich dich nicht gewarnt?"--Da antwortete Sissi:

"O Pfiffi, mein werther Bräutigam, mache mir keine Vorwürfe, ich zittere noch am ganzen Leibe vor der schrecklichen Katze, und wenn sich ein Blatt regt, fahre ich zusammen, und meine, ich sehe ihre feurigen Augen."--Da sagte Pfiffi wieder: "Du brauchst dich nicht weiter zu ängstigen, der gute Mann hier hat der Katze einen so großen Stein nachgeworfen, daß sie vor Angst schier in den Springbrunnen gesprungen ist."-"Ach!" erwiederte Sissi, "ich fürchte mich nur auf unsre weite Reise, wir müssen wohl noch acht Tage laufen, bis wir zu deinem königlichen Herrn Vater kommen, und da jetzt einmal eine Katze uns ausgekundschaftet hat, werden diese Freilaurer an allen Ecken auf uns lauern."--Da versetzte Pfiffi: "wenn nur eine Brücke über das Flüßchen führte, das eine halbe Tagreise von hier durch den Wald fließt, so wären wir bald zu Haus; aber nun müssen wir die Quelle umgehen."--Als sie so sprachen, hörten sie eine Eule draus schreien und krochen bang tiefer in die Mütze.--"Auch noch eine Eule," flüsterte Sissi, "o wäre ich doch nie aus der Residenz meiner Mutter gewichen," und nun weinte sie bitterlich.--Der Mäusebräutigam war hierüber sehr traurig, und überlegte her und hin, wie er seine Braut ermuthigen und vor Gefahren schützen solle.--Endlich sprach er: "geliebte Sissi, mir fällt etwas ein; der gute Mann, der uns in seine Mütze gebettet hat, würde uns vielleicht sicher nach Hause helfen, wenn er unsere Noth nur wüßte. Lasse uns leise an seine Ohren kriechen und ihm recht flehentlich unsere Sorgen vorstellen; ich will zuerst mit ihm sprechen, hilft das nicht, dann rede du in deinen süßesten Tönen zu ihm, wer kann dir widerstehen? Aber ja recht leise, damit er nicht aufwacht, denn nur im Schlafe verstehen die Menschen die Sprache der Tiere."--Sissi war sogleich bereit und nahte sich besinnend dem linken Ohre Gockels. Pfiffi aber lief zum rechten Ohre und sang, nachdem er sich auf die Hinterbeine gesetzt und seinen Schweif quer durch das Maul gezogen hatte, um seiner Stimme, welche durch das Kommandiren bei der letzten Revue etwas rauh geworden war, einen mildern Ton zu geben.

Ich bin der Prinz von Speckelfleck
Und führe heim die schönste Braut;
Die Katze bracht' ihr großen Schreck,
Sie bangt um ihre Sammethaut.
Ach, Gockel, bring uns bis zum Fluß
Und bau uns drüber einen Steg,
Daß ich mit meiner Braut nicht muß
Den Quell umgehn auf weitem Weg.
Gedenken wird dir's immerdar

Ich und der hohe Vater mein;
Ist's auch nicht gleich, vielleicht aufs Jahr
Stellt Zeit zu Dank und Lohn sich ein.--
Doch was brauchts da viel Worte noch,
Hart wird es mir, der edeln Maus,
Vor deinem großen Ohrenloch
Zu betteln.--Ich, der stets zu Haus
Als erstgeborner Königssohn
Gefürchtet und befehlend sitzt
Auf einen Parmesankästhron,
Der stolze Butterthränen schwitzt,
Sag dir hiemit, erwähl' dein Theil,
Nimm mich und meine Braut in Schutz,
Schaff uns nach Haus gesund und heil,
Sonst biete ich dir Fehd' und Trutz.
Wenn uns die Katze auch nicht beißt,
Maulleckend nur die Zähne bleckt,
Miauend meine Braut erschreckt,
Woran viel liegt, was du nicht weißt,
Krümmt sie uns nur ein einzig Haar,
Faßt uns ein wenig nur beim Schopf,--
Vielmehr,--frißt sie uns ganz und gar,
So kommt die That auf deinen Kopf,
Wonach du dich zu richten hast!
Gegeben vor dem Ohrenloch
Des Wirthes, auf der dritten Rast
Von unsrer Brautfahrt, da ich kroch
In seinen Aermel vor der Katz,
Nebst meiner Braut aus großem Schreck,
Worauf in seiner Mütze Platz
Er uns gemacht. Prinz Speckelfleck.
Punktum, Streusand, nun halte still,
Ins Ohr beiß ich dir mein Sigill.

Nach dieser ziemlich unhöflichen Rede biß Prinz Speckelfleck den ehrlichen Gockel so derb ins Ohrläppchen, daß er mit einem lauten Schrei erwachte und um sich schlug. Da flohen die beiden Mäuse in großer Angst wieder in die Pudelmütze.--"Nein das ist doch zu grob, einen ins Ohr zu beißen," sagte Gockel. Da erwachte

Frau Hinkel, und fragte: "wer hat dich denn ins Ohr gebissen, du hast gewiß geträumt. "-"Ist möglich," sagte Gockel, und sie schliefen wieder ein.

Nach einer Weile sprach Sissi zu Pfiffi: "Aber um alle Welt, was hast du nur gethan, daß der Mann so bös geworden?"--Da wiederholte ihr Pfiffi seine ganze Rede, und Sissi sagte mit Unwillen: "Ich traue meinen Ohren kaum, Pfiffi! kann man unvernünftiger und plumper bitten, als du? Die niedrigste Bauernmaus würde sich in unsrer Lage diplomatischer benommen haben. Alles ist verloren, ich bin ohne Rettung in die Krallen der Katze hingegeben durch deine übel angebrachte Hoffart.--Ach mein junges Leben, o hätte ich dich nie gesehen! u.s.w."--Pfiffi war ganz verzweifelt über die Vorwürfe und Klagen seiner Braut, und sprach: "Ach Sissi, deine Vorwürfe zerschneiden mein Herz, ich fühle, du hast recht; aber fasse Muth, gehe an das linke Ohr und wende alle deine unwiderstehliche Redekunst an--das linke Ohr geht zum Herzen, er erhört dich gewiß; o ich Unglücklicher, daß ich in die verwünschten standesmäßigen Redensarten gefallen bin!"--Da erhob sich Sissi, und sprach: "wohlan, ich will es wagen."--Leise, leise schlüpfte sie wieder an das linke Ohr Gockels, nahm eine rührende Stellung an, kreuzte die Vorderpfötchen über der Brust, schlang den Schweif wie einen Strick um den Hals, neigte das Köpfchen gegen das Ohr, und flüsterte so fein und süß, daß das Klopfen ihres bangen Herzchens schier lauter war, als ihr Stimmchen.

> Verehrter Herr! Ich nahe dir
> Bestürzt, beschämt und herzensbang;
> Ich weiß, mein Bräutigam war hier
> Und ziemlich grob vor nicht gar lang;
> Auch war sein Siegel sehr apart,
> Mit Recht hast du ihn angeschnarrt!
> Weil er verwöhnt, von Noth entfernt,
> Als einz'ger Prinz verzogen ward,
> Hat er das Bitten nicht gelernt;
> Drum, edler Mann, nimms nicht so hart!
> Wie Grobseyn ihm, sey Höflichseyn
> Dir leicht, weil du erzogen fein.

Er meints gewiß von Herzen gut,
Doch kömmt beim Sprechen er in Zug,
So regt sich sein erhabnes Blut,
Und er wird gröber als genug.
Bedenk, der Kinder Pfeife klingt,
Wie ihrer Eltern Orgel singt;
Doch reut's ihn immer hintendrein,
Und in der Pudelmütze sitzt
Jetzt krumm das arme Sünderlein
Und seufzt und wimmert, daß es schwitzt,
Und schimpft, daß ihm die Hofmanier
So grob entfuhr zur Ungebühr.
Bekennet hat er mir, der Braut,
Die ihn erst tüchtig zappeln ließ,
Ihm tüchtig wusch die grobe Haut,
Die Nas' ihm auf den Fehler stieß,
Und endlich, nach manch bitterm Ach,
Dich zu versöhnen ihm versprach.
Doch, daß ich selbst mich nicht vergess',
Vergönne jetzt in Demuth mir
Zu sagen, daß ich, was Prinzeß
Bei Menschen ist, bin als ein Thier,
Und zwar als kleine, weiße Maus,
So schütt' ich nun mein Herz dir aus!--
Prinzeß Sissi von Mandelbiß
Fleht dich um Ritterdienste an;
Du weißt aus dem Aesop gewiß,
Was für die Maus ein Löw gethan,
Und wie ihm dankbar half die Maus
Dann wieder aus dem Netz heraus.
Auch meinem Bräutigam und mir
Hilf sicher in das Mäusereich,--
Die Katz, das ungeheure Thier,
Macht mich vor Schreck ganz todtenbleich!
O hättest du ein Bischen nur
Von Mausgeschmack und Mausnatur.
O wüßtest du, wie weiß und zart,
Wie lieblich ich an Leib und Seel,
Gar nicht nach andrer Mäuseart,

21

Ja unter allen ein Juwel,
Du littest lieber selbst den Tod,
Als du mich ließ'st in Katzennoth.
Die Aeuglein sind wie Diamant,
Die Zähne Perl und Elfenbein,
Mein Leib ist zierlich und gewandt,
Die Pfötchen rosenroth und klein,
Die Oehrlein sind zwei Blumen zart,
Die Nase einer Blüthe gleich;
Wie Blüthenfäden ist mein Bart
So rein, so fein, so weiß und weich.
Schweig Mäulchen, pfiffiglich gespitzt,
Von Schönheit, die der Leib besitzt,
Sprich von der Kunst, dem Sinn, dem Geist,
Von Leistungen, die jeder preis't,--
Denn, wie Frau Catalani singt,
Mein Stimmlein bei den Mäusen klingt.
Man hat mich drum als Gegensatz
Oft Mausalani auch genannt,
Weil Cata etwas klingt wie Katz,
Hat man das Wort so umgewandt;
Das Lani ließ man angehängt,
Weil man dabei an Wolle denkt.
Verläugne nicht dein Zartgefühl,
Laß rühren dich durch meinen Sang,
Denn lockender als Flötenspiel,
Als Harfenton und Geigenklang
Fleht er aus meiner Brust heraus:
Beschütz die kleine weiße Maus!
Bei deiner hohen Adelspflicht,
Die dich zum Schutz der Damen weiht,
Beschwör ich dich, verlaß mich nicht!
Vielleicht ist ja der Tag nicht weit,
Daß ich dir wieder helfen kann--
Doch danach frägt kein Edelmann!
Wer mich zu retten einen Stein
Der Katze in die Rippen warf,
Wer zugab, daß der Liebste mein
An meiner Seite schlummern darf

22

In seiner Mütze weich und warm,
Der schützt mich auch mit starkem Arm!
Erlaub nun, daß dir als Sigill
Der Wahrheit, ohne Hinterlist
Hier einsamlich und in der Still
Das Ohrläppchen demüthig küßt,
Was niemals sie noch that gewiß,
Prinzeß Sissi von Mandelbiß.

Nun küßte sie ganz leise das Ohrläppchen Gockels, und weil er im Schlafe etwas durch die Nase pfiff, glaubte sie, er sage ihr in der Mäusesprache die artigsten Sachen und verspreche ihr seine Hilfe für ganz gewiß. Mit leichtem Herzen begab sie sich daher in die Mütze zurück und verkündigte ihrem Bräutigam den guten Erfolg ihrer Bitten, worauf dieser sie zärtlich umarmte.

Jetzt aber war die Stunde gekommen, da die schwarze Nacht gegen Morgen ergrauet, und Alektryo, als ein getreuer Burgvogt, streckte dem anbrechenden Lichte seinen Hals entgegen, um es zum erstenmal mit einem krähenden Trompetenstoße zu bewillkommen. Da erwachte Gockel und Frau Hinkel, Gackeleia aber schlief fest. Frau Hinkel fragte ihren Mann, warum er denn heute Nacht so unruhig gewesen, und wie er nur geträumt habe, daß ihn jemand ins Ohr gebissen. Da zeigte Gockel ihr die weißen Mäuschen in seiner Mütze, und erzählte ihr, was ihm alles mit ihnen geschehen sey, und daß er versprochen habe, ihnen zu helfen; "und das will ich auch thun," fuhr Gockel fort, "ich will beide sogleich über den nächsten Fluß bringen, wo sie bald außer Gefahr in ihrer Heimath sind."

Nun wollte er aufstehen und sich auf den Weg begeben, aber Frau Hinkel sagte: "du bist nicht recht klug; dir träumt, du hättest den Mäusen etwas versprochen und willst es ihnen nun im Wachen halten, und deßwegen willst du mich hier in der Wildniß mit Gackeleia allein lassen, wo du so nöthig bist, um aufzuräumen und alles in Ordnung zu bringen."--Da erwiederte Gockel: "du hast scheinbar ganz recht, aber versprochen muß gehalten werden, ich habe mein Ehrenwort gegeben, und das ist mir so deutlich und gegenwärtig als der Biß in das Ohr. "--"Wenn aber der Biß," sagte Frau Gockel, "ein Traum war, so war auch das Ehrenwort ein Traum." Gockel sprach hierauf unwillig: "ein Ehrenwort ist nie ein Traum, das verstehst du nicht, und den Biß habe ich so deutlich gefühlt, daß ich mit einem Schrei erwachte, das Ohr brennt mich noch. "--"Laß doch einmal sehen," sagte Frau Hinkel, und erblickte mit großer Verwunderung wirklich die Spur von fünf spitzen Zähnchen an Gockels Ohr.

Als sie ihm dieses gesagt hatte, ließ er sich auch keinen Augenblick länger aufhalten, sprang vom Lager auf, nahm das Brod aus dem Hühnerkorb, schnitt ein Stück herunter, das er einsteckte, und sprach zu seiner Frau: "Hinkel räume einstweilen Alles hübsch auf, sieh dich im Schloße und der Umgebung um, und denke dir Alles aus, wie du es gerne zu unserer Haushaltung eingerichtet hättest; besonders gieb auf Alektryo und Gallina acht, weil es, wie du gehört hast, Katzen hier giebt; nach Mittag hoffe ich wieder hier zu seyn," und nun nahm er seinen Reisestab in die Hand. Weil er aber die Mütze, aus der ihm die Mäuschen entgegenpfifferten, aufsetzen mußte, so nahm er ein leeres, mit zarten Federchen ausgefüttertes Vogelnest aus einem Baum, setzte die Mäuschen hinein, schob es in den Busen und gieng mit starken Schritten in den Wald gegen das Flüßchen hin.

Nach ein paar Meilen Wegs ruhte er an einer Quelle, wo er sein Brod mit seinen Reisegefährten theilte. Da er aber endlich an den Fluß kam, gieng er auf und ab, eine schmale Stelle zu finden, fand auch endlich einen Ort, wo er das Flüßchen leicht mit einem Steine überwerfen konnte. Hier nun nahm er sich vor, die Mäuschen überzusetzen, aber keine Brücke, kein Kahn war da; er entschloß sich daher kurz, zog das Nest mit den Mäusen hervor, und sprach hinein: "lebet wohl, meine lieben Gäste; du Prinz von Speckelfleck befleiße dich besserer Sitten, und du Prinzeß von Mandelbiß bilde dir nicht so viel auf die Schönheiten ein, die du besitzest; übrigens bist du wirklich ein sehr schönes Thierchen! Lebt wohl, grüßt eure Anverwandten und vergeßt nicht den armen alten Gockel von Hanau." Die Mäuschen wußten gar nicht, was er wollte, weil er schon Abschied nahm und sie doch noch diesseits des Flußes waren, auch kein Kahn und keine Brücke weit und breit zu sehen war; sie pfifferten ihm daher allerlei Fragen entgegen, aber er verstand kein Wort, ließ sich auch weiter auf nichts ein, sondern wickelte sie, nebst einer Erdscholle, in das Nest, holte weit aus und warf sie glücklich hinüber in das hohe Gras. Da sich von dem Falle das Nest drüben öffnete, schrieen die kleinen Thierchen noch immer sehr erstaunt, wie er sie nur hinüber bringen wolle, als sie zu ihrer größten Verwunderung sahen, daß sie bereits drüben waren und fröhlich nach Hause liefen, ihre Abentheuer zu erzählen.

Auf dem Heimwege begegnete Gockel drei alten Morgenländern mit langen Bärten, welche große Naturphilosophen, Kabbalisten und Petschierstecher waren; sie führten einen alten Bock und eine alte magere Ziege an Stricken zur Frankfurter Messe. Sie redeten Gockel an: "seid ihr der Besitzer des alten Schloßes hier im Walde?" Gockel antwortete: "ja, ich bin der alte Raugraf, Gockel von Hanau." Da fragten ihn die Männer, ob er ihnen nicht den alten Haushahn verkaufen wollte, sie wollten ihm den Bock dafür geben. Gockel antwortete: "was soll ich mit dem Bock, ihn etwa zum Gärtner machen, kann der Bock etwa krähen? Mein Hahn ist kein Alletagshahn, er ist ein Wappenhahn, ein Stammhahn; sein Vater hat auf meines Vaters Grab gekräht, und er soll auf meinem Grabe krähen, lebt wohl." Da boten ihm die Männer die Ziege, und als er abermals nicht wollte, boten sie ihm den Bock und die Ziege; Gockel aber lachte sie aus und gieng seiner Wege. "Nun," riefen sie ihm nach, "in vier Wochen gehen wir wieder vorbei, da wollen wir wieder nachfragen, vielleicht haben dann der Herr Raugraf mehr Lust, den Hahn zu verkaufen."

Gockel kam gegen Abend nach Haus, und nachdem er von seiner Reise ausgeschlafen hatte, sah er sich am andern Morgen mit Frau Hinkel und dem Töchterchen Gackeleia in dem wüsten Schloße seiner Vorältern um und begann sich so gut einzurichten, als es nur immer möglich war. Alektryo zog überall mit ihnen umher, und da er an einer Stelle nicht aufhörte zu scharren und zu locken, ward Gockel aufmerksam und räumte mühsam den Schutt hinweg, wo er dann zu seiner großen Freude einiges eiserne Gartengeräth fand, das von dem eingestürzten Hause verschüttet worden war. Da war ein Spaten, eine Pickel, eine Karst, eine Harke, und Gockel machte sich gleich daran, diese rostigen Instrumente wieder blank zu wetzen und neue Stiele hinein zu schnitzen. Mit diesem Werkzeug konnte er nun tüchtig in dem Schutt herum arbeiten, und es gelang ihm, am Fuße eines Rauchfangs, ein Kamin herauszugraben, in welchem der eiserne Kessel seiner Vorfahren noch an einer Kette über der Feuerstelle hing. Auch diesen scheuerte Frau Hinkel am Brunnen wieder blank, und Gockel richtete ihr das schöne Kamin zur Kochstelle ein.--Freudig rief er sie herbei und zeigte ihr die schöne Einrichtung; aber Frau Hinkel seufzte und sagte: "was soll uns der Herd, wenn wir nichts zu kochen haben?"--"Gott wird helfen," sagte Gockel, und lehnte sich auf seine Schaufel; indem kam Gackeleia herangehüpft und hatte eine Menge bunte Vogelfederchen in ihrer Schürze gesammelt, und sagte: "Mutter, da sind so schöne Federchen, mache mir doch solche Hühnchen und Hähnchen daraus, wie du mir oft in Gelnhausen gemacht!"--Gockel sagte: "Kind, dich schickt Gott; ja, das thue Frau Hinkel, mache ein paar Dutzend solche Vögelchen, ich will sie für Brod und andres Nöthige verkaufen."--Frau Hinkel, welche eine ganze Sammlung solchen kleinen Geflügels für das königlich Gelnhausenische Hühner-Normal-Museum verfertigt hatte, machte nun aus Lehm und diesen Federn allerlei artige kleine Vögel; die Beine und Schnäbel wurden aus Dorn gemacht, und sie sahen recht artig aus. An den Tagen, da sie hieran auf den verfallenen Stufen des trocknen Springbrunnens sitzend arbeitete, legte Gockel auf allen fruchtbaren Erdstellen zwischen den Mauern Gartenbeete an, ordnete und verband alle Winkelchen mit Zäunen und aus umherliegenden Steinen zusammengestellten Treppen. Er sammelte alle Gartengewächse, die im verwilderten Schloßgärtchen noch übrig geblieben waren, und pflanzte sie fein ordentlich in die neu angelegten Beete.

Von den mitgebrachten Broden war das letzte schon seit einigen Tagen angeschnitten, und Frau Hinkel hatte die zwei Dutzend Federvögelchen fertig. Gockel nahm sie und sprach: "Diese Thierchen sollen uns Brod schaffen, bis wir lebendige Hühnchen zu verkaufen haben" und somit empfahl er ihnen fleißig zu seyn und gieng fort durch den wilden Wald nach der Landstraße zu. Kaum war er eine Stunde Wegs gegangen, als er einen Postillon ganz erbärmlich blasen hörte. Er gieng auf den Schall zu, und sah einen Mann in gelbem Rock mit schwarzen Aufschlägen im Gebüsch herum kriechen. Als sie sich erblickten, sagte dieser: "Gott sey

Dank, daß da jemand kömmt, mir aus der Noth zu helfen."--"Von Herzen gern, wenn's möglich ist," erwiederte Gockel, "was giebt es, wo fehlt es?"--"Seht," fuhr der Mann fort, "ich bin der Conducteur vom heiligen römischen Reichs-Postwagen und fahre jetzt nach Nürnberg; da ich durch Gelnhausen kam, war ein Lärm in der Stadt, daß der Hühnerminister, Alles zurücklassend, mit Frau und Kind verschwunden sey. Das ärgerte den König Eifrasius, er ließ mich zu sich rufen und sagte: "Herr Conducteur, will er mir gegen ein gutes Trinkgeld einen Gefallen thun?"--"Nicht mehr als Schuldigkeit, ihre Majestät," sagte ich.--Da sagte der König: "Mein Hühnerminister, ein alter eigensinniger deutscher Degenknopf, ist in Gnaden entlassen auf und davon gegangen, und hat nicht einmal seinen Gehalt fürs letzte Vierteljahr mitgenommen; ich will ihm nichts schuldig bleiben; wie ich vermuthe, ist er in sein wüstes Stammschloß im Hanauer Wald gezogen. Nehme er ihm sein letztes Quartal mit und suche er ihn auszufragen; wenn er mir einen Zettel bringt, daß er es empfangen, so gebe ich ihm bei der Rückkehr ein gutes Trinkgeld."--Ich war zu Allem bereit; man lud mir einen Sack voll Kartoffeln, einen Sack voll Mehl, einen Kuhkäs, einen Topf voll Butter, einige Laib Brod und einen Korb mit Eiern auf. Alles mit der Adresse, an Seine Hochgeborne Excellenz Herrn Raugrafen Gockel von Hanau, königlich Gelnhausenischen Exhühnerminister in--da steht ein Fragezeichen.--Nun fahre ich schon ein paar Stunden herum und kann das Schloß nicht finden, und ich führe noch herum--aber es geht nicht--denn der Postwagen ist mir umgefallen, und der ganze Korb mit Eiern ist mir zerbrochen, ihr werdet die Bescheerung sehen.--Ich ließ den Postillon schon eine Stunde lang um Hülfe blasen und suchte einstweilen, bis jemand käme, uns den Wagen aufrichten zu helfen, hier unter den Bäumen Pfifferlinge für einen Freund in Nürnberg. Das ist die Geschichte, jetzt kommt und helft."

Gockel umarmte den Conducteur, knöpfte seinen Wammes auf, zeigte ihm seinen Orden und gab sich als den Exhühnerminister zu erkennen. Niemand war froher als der Conducteur. Sie eilten nach dem umgefallenen Postwagen, trugen die Kartoffeln, das Mehl, das Brod, den Käs, die Butter, die Gockel gehörten, in ein dichtes Gebüsch, richteten den Postwagen wieder auf, wischten mit Gras das Eigelb von den zerbrochenen Eiern aus dem Wagen und schmierten die Räder damit. Gockel nahm seinen Siegelring, worauf ein doppelter Hahn eingestochen war, den er mit Eigelb bestrich und dem Conducteur in sein Postbuch als Bescheinigung des Empfangs abdruckte.--"Nun ist alles vortrefflich, Herr Graf," sagte der Conducteur, "aber eine Gefälligkeit möchte ich mir erbitten. Ein Freund von mir, in Nürnberg, ein Liebhaber von Raritäten, hat auf der Durchreise in Gelnhausen, im königlichen Normalhühnermuseum, eine Sammlung kleiner, von Federn gemachter Hühnchen gesehen, und wünschte um Alles in der Welt zu wissen, wo dieselben verfertigt werden, er könnte bei seinem ausgebreiteten Handel wohl hundert Dutzend davon gebrauchen." "Gut, mein Freund," erwiederte Gockel, "ich kann sie Ihnen verschaffen, hier haben sie gleich zwei Dutzend von neuester Façon als eine Probe; wenn sie hier wieder vorbeifahren, legen sie nur dort in den hohlen Baum, was ihr Freund dafür bezahlt, sie sollen dort immer von Zeit zu Zeit einige Dutzend solchen Geflügels vorräthig finden. Wenn sie wieder kommen, bringen sie mir etwas Drath und Zwirn und eine halbe Elle rothes Tuch mit, die Beine und den Kamm an den Thierchen schöner machen zu können." Der Conducteur versprach Alles, und da Gockel fragte, wie denn das Handlungshaus in Nürnberg heiße, zog er eine leere Rauchtabaksdüte aus der Tasche, füllte die Hühnchen hinein und zeigte Gockel die Adresse: Gebrüder Portorico ohne Rippen.--Da blies der Postillon recht ungeduldig. Gockel schüttelte dem Conducteur die Hand, der in den heil. römischen Reichspostwagen kroch, der gewiß sehr schnell fortgefahren wäre, weil er so gut geschmiert war--aber der Kasten war schwer, die Pferde müd, der Weg schlecht und der Postillon schlief.

Gockel packte sogleich von Allem, was er erhalten hatte, so viel auf, als er tragen konnte, das Uebrige verdeckte er dicht mit Zweigen, um es Morgen vollends nach Haus zu bringen. Als er in das Schloß kam, rief er sogleich: "geschwind Frau Hinkel! Den Kessel übers Feuer, ich bringe Lebensmittel," und nun zeigte er, was er gebracht, und erzählte Alles, was er erlebt." Frau Hinkel kochte Kartoffeln, machte gebrannte Mehlsuppe, backte Pfannkuchen. Sie assen fröhlich, streuten den Vögeln Brosamen und giengen zufrieden schlafen. Am andern Morgen holte Gockel den übrigen Vorrath und fuhr fort in dem wüsten Gebäude aufzuräumen und einzurichten.

Ihr Leben ward täglich erträglicher in dem wilden Schloß. Gockel gieng oft ganze Tage in den Wald, bald zu jagen, bald um die Vögelchen und Hühnchen der Frau Hinkel in den hohlen Baum zu tragen, wo er immer für jedes zwei Kreuzer von Hrn. Gebrüder Portorico ohne Rippen durch den Conducteur und neue Bestellungen, und was er selbst bestellt, hingelegt fand.--Wenn Gockel weggieng, befahl er immer, was gearbeitet werden sollte, und Alektryo horchte seinen Aufträgen jedesmal sehr ernsthaft zu. Seine Befehle wurden aber nicht immer befolgt. Zum Beispiel: Gackeleia sollte aus Weidenruthen Hühnernester flechten und die Weidenruthen in den Brunnen vor dem Schloßgarten legen, damit sie sich recht geschmeidig flechten ließen; aber sie that das sehr nachlässig, war eine neugierige, naschhafte kleine Spielratze, guckte in alle Vogelnester, naschte von allen Beeren, machte sich Blumenkränze und hatte keine rechte Lust zum Arbeiten, weßwegen der strenge Alektryo sie manchmal mit großem Zorn ankrähte, so daß sie erschreckt zu ihrer Arbeit zurücklief. Darum faßte sie einen starken Unwillen auf den alten Wetterpropheten und verklagte ihn bei der Mutter. Auch diese hatte keine Liebe zu Alektryo, denn, wenn sie sich manchmal über der Gartenarbeit ermüdet auf einen Stein setzte und sehnsüchtig an die Fleischer--und Bäckerladen zu Gelnhausen dachte, begann Alektryo, der ihr immer wie ein beschwerlicher Haushofmeister auf allen Schritten nachgieng, auf den zu bestellenden Gartenbeeten zu scharren und zu krähen, um sie an die Arbeit zu erinnern.

Als sie nun einstens so sitzend eingeschlafen war und vergessen hatte, der Henne Gallina Futter vorzustreuen und frisches Wasser zu geben, träumte ihr auch von den Gelnhausner Braten und Eierwecken so klar und deutlich, daß sie im Traum sagte: "ach es ist Wahrheit, es ist kein Traum;" da krähte ihr Alektryo so schneidend dicht in die Ohren, daß sie vor Schrecken erwachte und an die harte Erde fiel. Darum hatte sie noch einen viel größern Unwillen gegen den ehrlichen Stammhahn Alektryo, und jagte ihn überall hinweg, wo sie zu thun hatte. Auch hätte sie ihm gerne längst den Hals abgeschnitten, weil er sie alle Morgen um 3 Uhr von ihrem Lager aufweckte. Aber er war ihr zu der Hühnerzucht, auf welche Gockel alle seine Hoffnung gestellt hatte, gar zu nöthig.

Wenn nun Gockel Abends heimkehrte, kam ihm gewöhnlich Alektryo entgegengeflogen, schlug mit den Flügeln und krähte ihm allerlei vor, als wolle er Hinkel und Gackeleia wegen ihrer Nachläßigkeit verklagen, und diese verklagten den Hahn wieder und es gieng ein strenges Nachforschen Gockels über Alles an, wo darin Hinkel und Gackeleia mancherlei Verdruß bekamen, so daß sie dem Alektryo täglich feindseliger wurden. Das Alles währte so fort, bis die Henne Gallina dreißig Eier gelegt hatte, auf denen sie brütend saß. Auf diese Brut setzte Gockel alle seine Hoffnung für die Zukunft, und zürnte darum so gewaltig auf Frau Hinkel, als sie die Vorsprecherin der Raubvögel werden wollte, die gern im Schloße aufgenommen gewesen wären, worüber ihr Gockel einen so derben Verweis gab, wie ich gleich anfangs erzählte.

Die Freude des guten Gockels über seine brütende Henne war ungemein groß, und da er täglich erwartete, daß die kleinen Hühnchen auskriechen sollten, eilte er nach einer nahe gelegenen Stadt, Hirse zu ihrem Futter zu kaufen, und empfahl sowohl der Frau Hinkel als der kleinen Gackeleia sehr auf die brütende Gallina Acht zu haben, daß ihr ja niemals etwas mangle. Er gieng schon um Mitternacht weg, weil er einen weiten Weg vor sich hatte. Frau Hinkel dachte nun einmal recht auszuschlafen, und nahte sich dem Hahn Alektryo, der noch auf seiner Stange schlafend saß, ergriff ihn und steckte ihn in einen dunkeln Sack, damit er den anbrechenden Morgen nicht erblicken und sie mit seinem Krähen nicht erwecken möge, worauf sie sich wieder niederlegte und wie ein Ratze zu schlafen begann.

Das Töchterlein Gackeleia aber schlief nicht viel, denn sie hatte sich schon lange darauf gefreut, wenn der Vater Gockel einmal länger abwesend seyn würde, sich ein Vergnügen zu machen, das sie gar nicht erwarten konnte. Sie hatte nämlich bei ihrem Herumklettern in einem entfernten Winkel des alten Schloßes eine Katze mit fünf Jungen gefunden und weder dem Vater noch der Mutter etwas davon gesagt, weil diese immer sehr gegen die Katzen sprachen. Gackeleia aber konnte sich nie satt mit den artigen Kätzchen spielen, sie brachte alle ihre Freistunden bei denselben zu und hatte der alten Katze den Namen Schurrimurri gegeben, die fünf Jungen aber Mack, Benack, Gog, Magog und Demagog genannt. Heute stand sie nun in aller Frühe leise neben der schlafenden Mutter auf, froh, daß Alektryo sie nicht verrathen könne, denn sie hatte wohl bemerkt, daß die Mutter ihn in den Sack gesteckt. Als sie aber an dem Neste der brütenden Gallina vorübergieng, hatte sie eine wunderbare Freude, denn sieh da, alle die Eier waren kleine Hühnchen geworden, und piepten um die Henne herum und drängten sich unter ihre ausgebreiteten Flügel und guckten bald da, bald dort mit ihren niedlichen Köpfchen hervor. Gackeleia wußte sich vor Freude gar nicht zu fassen; anfangs wollte sie die Mutter gleich wecken, dann aber fiel es ihr ein, sie wolle es zuerst ihren kleinen Kätzchen erzählen, und meinte, die würden sich eben so sehr, als sie selbst, über die schönen Hühnchen freuen.

Schnell lief sie nun nach dem Katzennest, und als ihr die alte Katze mit einem hohen Buckel entgegen kam und um sie herumzuschnurren begann, und die kleinen Kätzchen hinter ihr drein zogen, sprach Gackeleia: "Ach, Schurrimurri! Gallina hat dreißig junge Hühnchen, und jedes ist nicht größer als eine Maus." Als die Katze dies hörte, war sie so begierig die Hühnchen zu sehen, daß ihr die Augen funkelten. Da sagte Gackeleia: "wenn du hübsch leise auftreten willst und nicht miauen, damit die Mutter nicht erwacht, so will ich dir die artigen Hühnchen zeigen; die kleinen Kätzchen können auch mitgehen, die werden große Freude an den Hühnchen haben." Gleich lief nun Schurrimurri mit ihren Jungen vor Gackeleia her, und als sie an den Stall gekommen waren, ermahnte sie dieselben nochmals, recht artig zu seyn, und machte leise die Thüre auf. Da konnte sich aber Schurrimurri nicht länger halten, sie setzte mit einem Sprunge auf die brütende Gallina und erwürgte sie, und die jungen Kätzchen waren eben so schnell mit den jungen Hühnchen fertig.

Das Geschrei der Gackeleia und der sterbenden Gallina weckte die Mutter, die noch auf dem Lager schlief und mit Entsetzen ihre ganze Hoffnung von der Katze erwürgt sah, die sich, nebst ihren Jungen, bald mit ihrer Beute davon machte. Gackeleia und Hinkel weinten und rangen die Hände, und der arme Alektryo, der das Wehgeschrei der Seinigen wohl gehört hatte, flatterte und schrie in dem Sack.

Gackeleia wollte sterben vor Angst, sie umfaßte die Kniee der Mutter und schrie immer; "ach der Vater, ach der Vater, ach was wird der Vater sagen, ach er wird mich umbringen; Mutter, liebe Mutter, hilf der armen Gackeleia!"

Frau Hinkel war nicht weniger erschreckt, als Gackeleia, und fürchtete sich nicht weniger als diese vor dem gerechten Zorne Gockels, denn sie hatte den wachsamen Alektryo in den Sack gesteckt. Als sie das bedachte, fiel ihr auf einmal ein, sie wolle den Hahn Alektryo als den Mörder der jungen Hühnlein angeben, und hoffte dadurch den Zorn Gockels auf diesen unbequemen Wächter zu wenden. Sie nahm daher den Sack, worin der Hahn war, und sagte: "komm Gackeleia, wir wollen dem Vater nacheilen und ihm den Alektryo als den Mörder der kleinen Hühner und der Gallina überbringen," und so eilten sie nun beide den Gockel einzuholen, der im Walde herumstrich, einiges Wild zu erlegen, das er bei dem Krämer gegen Hirse vertauschen wollte.

Bald sahen sie ihn auch in einem Busche zwei Schnepfen, die sich in einem Sprenkel gefangen hatten, in seinen Ranzen stecken; da fiengen sie laut an zu weinen. Gockel schrie ihnen entgegen: "Gott sey Dank, ihr weinet gewiß vor Freude, Gallina hat gewiß dreißig schöne junge Hühnchen ausgebrütet."--"Ach," schrie Frau Hinkel, "ach ja, aber! "--"Aber, was aber?" sagte Gockel, "was aber weint ihr, dreißig Hühner, und immer so fort, entsetzlich viele Hühner!"--Da rief Hinkel: "O Unglück über Unglück, Alektryo, dein sauberer Haushahn hat Gallina und alle die gegenwärtigen und künftigen Hühner gefressen! Da hab ich ihn in den Sack gesteckt, da hast du ihn, strafe ihn, ich will ihn nie wieder sehen." Mit diesen Worten warf sie dem vor Schreck versteinerten Gockel den Sack mit dem Hahn vor die Füße. Gockel war über die schreckliche Nachricht, die alle seine Hoffnungen zerstörte, ganz wie von Sinnen; "ach," rief er aus, "nun habe ich Alles verloren, das Glück weicht von meinem Stammhaus, alle meine Voreltern und Nachkommen sind betrogen durch den unseligen Alektryo, den wir über Menschen und Vieh hoch geachtet haben. O! hätte ich ihn doch den drei morgenländischen Petschierstechern für den Geisbock und die Ziege verkauft, da hätten wir doch etwas gehabt."

Als Frau Hinkel hörte, daß er den Alektryo so gut hätte verkaufen können, machte sie dem Gockel bittere Vorwürfe, der immer trauriger ward, und endlich seinen alten pergamentenen Adelsbrief aus dem Busen zog und zu seiner Frau sagte: "Hinkel, sieh, was meinen Stamm immer bewogen hat, den Alektryo zu ehren; da unten auf der goldenen Büchse, in welcher der treulose Alektryo als mein Familienwappen in Wachs abgebildet ist, steht ein alter Familienspruch, nach welchem ich mit allen meinen Vorfahren, von dem Geschlechte des Alektryo unser Glück erwartete. Die schriftliche Urkunde davon ist bei der Verbrennung unseres Schlosses verloren gegangen, mein Großvater hat den Spruch aber zum ewigen Angedenken auf die goldene Siegelbüchse stechen lassen. Er lautet ganz klar:

"Alektryo bringt dir Glücke selbst um Undank.
Gockel--Kopf--Kropf--Siegel--Brod gab."

Was aber die Worte: Kopf, Kropf, Siegel, Brod gab, bedeuten sollen, weiß ich nicht."

Als er kaum die Worte ausgesprochen hatte, traten die drei Petschierstecher, die ihm neulich den Hahn abkaufen wollten, aus dem Gebüsch und sprachen: "was befehlen der Herr Graf Gockel von Hanau von uns?"--"Wie so," sagte Gockel unwillig, "was soll ich befehlen?"--"Der Herr Graf," antworteten die Männer, "haben doch unsre Namen, Kopf, Kropf und Siegel zweimal ausgesprochen, denn so heißen wir, seit unsre Vorältern nach Deutschland gezogen.--Aber vielleicht wollen der Herr Graf sich ein neues Petschaft stechen lassen; denn außerdem, daß wir in der Astrologie, Physiognomie, Chiromantie, Geomantie, Alektryomantie, Coscinomantie, Hydromantie, Crystallomantie, Cabbala, Goetie, Diplomatie und Prophetie unbegreiflich billige Privatstunden geben, und daß wir Hühneraugen schneiden, zerbrochenes Porzellain kitten und Kaffeemühlen scharf machen, sind wir hauptsächlich Petschierstecher, was durchaus zur Diplomatie, wegen der Siegelkenntniß an den Urkunden, und zur Verfertigung der Talismane nöthig ist. Ach, Herr Graf! es gehört heut zu Tag ein entsetzlicher Umfang dazu, um in den Wissenschaften komplett zu seyn; es werden grausame Forderungen gemacht, und was hat man davon, nichts als die Ehre, daß Alles in einander greift mit leeren Händen. Ja, wenn der Handel mit Vieh, mit alten Kleidern und Hasenpelzen nicht wäre--Herr Graf!--wahrhaftig die hohen Wissenschaften machen die Suppe nicht fett."--"Also, daß ich meine Rede nicht vergesse, wollen der Herr Graf sich nicht ein Petschaft stechen lassen?--denn wir sehen, daß sie Ihr Siegel in den Händen haben, welches ein Siegel des Gleichnisses, voll der Weisheit und ausnehmend schön ist."

"Ach", sagte Gockel, "ich möchte mein Wappen lieber ganz vernichten, denn der Hahn Alektryo, der darauf abgebildet ist, hat uns schändlich betrogen," und nun erzählte er ihnen sein ganzes Unglück.--"Sehen der Herr Graf," sagte der eine Petschierstecher, "wie gut wir es mit Ihnen gemeint, da wir Ihnen neulich den Hahn abkaufen wollten; haben wir nicht gesagt, Sie würden ihn nächstens vielleicht gern los werden, wenn ihn nur jemand wollte, das lehrte uns die Prophetenkunst."

"Wie so, gut gemeint," sagte Gockel, "wie konntet ihr denn wissen, daß mich der Hahn in solches Leid versetzen werde?" Da erwiederte der eine Morgenländer: "dieß Leid ist ja deutlich in dem alten Familienspruch ausgesprochen, welchen unsre Vorältern selbst auf die goldne Siegelbüchse gestochen haben; weswegen auch abgekürzt unter dem Spruche steht, daß durch diese Arbeit Gockel dem Kopf, dem Kropf, dem Siegel Brod gab, und aus Dankbarkeit für dieses Brod, das Ihre Vorältern den unsern gegeben, wollten wir, da der Herr Graf in Ungnade und Armuth gerathen ist, Ihro Excellenz den Hahn abkaufen, weiteres Unglück von Ihnen abzuwenden."

"Das ist dankenswerth," erwiederte Gockel, "aber ich sehe in dem Spruche gar keine Unglücksprophezeiung, sondern gerade das Gegentheil; steht nicht in den Worten: Alektryo bringt dir Glücke selbst um Undank.

ganz deutlich ausgesprochen, daß der Hahn selbst für Undank seinem Herrn Glück bringen werde?"--"Ja," sagte da der zweite Petschierstecher, "der Spruch ist, wie viele solche Sprüche, in der Flattirmanier gestellt, große Herrn flattirt man gern. Die Urkunde ist ein bischen verschmeichelt und aus Menschenfreundlichkeit ein wenig aufgemuntert; so wie man einem alten Roß die Haare aus den

Ohren schneidet und die Zähne feilt, daß es jünger aussieht, haben unsre Vorfahren dem damaligen Graf Gockel den Schrecken ersparen wollen und haben ein r aus einem e und aus einem u ein ü gemacht, denn der Spruch heißt eigentlich:

Alektryo bringt die Glucke selbst um, o Undank!

was durch die Thatsache bewiesen ist, denn der undankbare Alektryo hat ja die Glucke sammt den Küchlein umgebracht; wir aber müssen dieses verstehen, denn wir sind von undenklichen Zeiten aus dem Stamme der Petschierstecher. Von unsern Vorältern ist das Siegel Juda, das Siegel Pharaos, das Siegel Ahabs, das Siegel Ahasveri und das Siegel des Darius gestochen, womit er den Daniel in die Löwengrube versiegelte. Wir sind Leute vom Fach, der Herr Graf können sich auf die Güte unsrer Auslegung verlassen, und so sie sich nicht von erster Qualität bewährt, können der Herr Graf sie uns wieder zurückgeben."

Gockel ganz von der Rede der Männer und seinem Unglücke überzeugt, bat sie, ihm doch nun den Bock und die Ziege für den Hahn zu geben, aber das wollten sie nicht mehr und sprachen: "was soll uns der Hahn, er ist ein Unglückshahn, er kann uns ein Leid anthun, wer wird einen Unglückshahn essen, und bleibt er am Leben, er könnte einem ein Unglück ankrähen; aber lassen ihn der Herr Graf einmal sehen, man kauft keine Katze im Sack, viel weniger einen Hahn." Da zog Gockel den Hahn aus dem Sack, und sprach weinend: "o Alektryo, Alektryo! welch Leid hast du mir gethan." Alektryo ließ Kopf und Flügel hängen und war sehr traurig; aber als ihm der eine Petschierstecher an den Kropf fühlen wollte, ward er ganz wüthend; alle seine Federn sträubten sich empor, er hackte und biß nach ihm und schrie und schlug so heftig mit den Flügeln, daß der Mann zurückwich, und Gockel den Hahn kaum halten konnte.

"Schau eins," sagten die drei Petschierstecher, "man soll noch Geld geben für so ein wildes Ungeheuer, es will die Leute fressen; wer wird ihn kaufen?" Als aber Gockel ihn immer wohlfeiler bot, sagten sie ihm endlich: "wir geben dem Herrn Grafen, wenn er uns den Hahn nach Hause tragen will, neun Ellen Zopfband dafür, daß er sich einen schönen langen Zopf binden kann, wie sichs einem Grafen gebührt," und Gockel willigte ein, um nur etwas für den Alektryo zu erhalten.

Frau Hinkel und Gackeleia hatten alles dieses still mit angehört und giengen mit schwerem Gewissen nach Hause, denn sie wußten wohl, daß die Dreie die Unwahrheit sagten. Gockel aber nahm den Alektryo unter den Arm und folgte traurig den drei Petschierstechern durch den Wald nach ihrem Wohnorte. Anfangs giengen sie dicht um ihn; weil der Hahn aber dann immer nach ihnen biß und schrie, baten sie Gockel, einige Schritte mit dem grausamen Ungeheuer hinter ihnen her zu gehen. Gockel hörte öfter, wie die drei unheimlichen Männer zu einander sagten: "Kropfauf, Siegelring, Kopf ab," und wie sie dann miteinander zankten und immer einer zum andern schrie: "nein ich Siegelring, nein du Kropf auf, nein du Hals ab," und als Gockel sie fragte, warum sie immer miteinander zankten, sagten sie: "ei, es will keiner von uns den Hahn schlachten, weil er ein so grausames Thier ist;

wenn der Herr Graf ihn gleich schlachten, so wollen wir Ihro Excellenz den Kamm, die Füße und Sporen und Schweif geben, die können Sie auf die Mütze setzen zum ewigen Andenken,--ein schönes Monument, ein statuirtes Exempel für den Undank; drehen Sie ihm unterm Tragen doch ganz leise den Hals herum."

"Gut," sagte Gockel, und faßte den Alektryo an der Kehle. Da fühlte er aber etwas sehr Hartes in seinem Kropfe, und der Hahn bewegte sich so heftig dabei, daß die Männer sich sehr fürchteten und zu Gockel sagten: "Ach gehen der Herr Graf ein wenig weiter hinter uns her." Das that Gockel, und als er wieder an den Hals des Alektryo faßte, fühlte er das Harte im Kropfe wieder, und machte sich allerlei Gedanken, was es doch nur seyn könne. Da sagte auf einmal der Hahn mit deutlichen Worten zu ihm:

"Lieber Gockel, bitt' dich drum
Dreh mir nicht den Hals herum,
Köpf mich mit dem Grafenschwert,
Wie es eines Ritters werth.
Weh, Graf Gockel, bittre Schmach!
Trägt den Hahn den Schelmen nach."

Gockel blieb vor Schrecken und Rührung stehen, als er den Alektryo reden hörte, aber er besann sich bald eines Andern, und wollte ihnen nicht mehr den köstlichen Hahn, der reden konnte, um neun Ellen Zopfband nachtragen, und rief ihnen zu, links in das Gebüsch zu treten, jetzt wolle er das grausame Ungeheuer tödten.

Sie sprangen schnell in das Gebüsch, aber da war eine mit Reisern bedeckte Wolfsgrube, die kannte Gockel gut, denn er hatte sie selbst gegraben, und Plumps fielen alle drei morgenländische Petschierstecher hinein, und riefen dem Gockel, ihnen herauszuhelfen; aber dieser gab keine Antwort, und schlich sich in die Nähe der Grube, um zu hören, was sie da unten für Betrachtungen anstellen würden.

"O weh mir!" schrie der Eine, "da haben wir es, wer dem Andern eine Grube gräbt, fällt selbst hinein; was nützt uns nun der Siegelring des Darius, womit er die Löwengrube verschlossen, wir sitzen in der Wolfsgrube. Alle Mühe und Arbeit und Salomonis

Siegelring in des Hahnen Kropf ist verloren für uns, der Gockel muß es gemerkt haben, daß Kopf, Kropf, Siegel nicht unsere Namen, sondern nur einzelne Worte des alten geheimen Spruches sind, welcher sagt: man müsse dem Hahnen den Kopf ab und den Kropf aufschneiden, um Salomonis Siegelring aus demselben zu erhalten, der einem giebt, Herz was verlangst du? Jugend und Reichthum, alle Güter der Welt, Geld!--Geld! --Geld!--Geld!"-Dann schrie der Andere: "o wehe uns, daß wir jemals etwas von dem Ring in dem Kropfe des Hahnen erfahren haben; o hätten unsere Väter doch niemals in dem alten Gockelschloß nach Schätzen gegraben, und dort das ganze Geheimniß auf dem Grabsteine eingehauen gelesen, so hätten wir Ruhe gehabt, jetzt schwebt uns der Ring immer vor den Augen, der einem giebt, Herz was verlangst du? Jugend und Reichthum, alle Güter der Welt!--Geld! Geld!--Geld!--Geld!"

Nun schrie der Dritte: "o Unglück über Unglück, alle Mühe und Arbeit verloren! Wie lange haben wir dem König von Gelnhausen zugesetzt, wie viel haben wir an seine Minister spendirt, bis sie den Gockel ins Elend gebracht, damit wir ihm den Hahn leicht abkaufen könnten; haben unsere Eltern doch allein das Petschierstechen gelernt, um dem Hahn näher zu kommen, da sie sein Portrait nach der Natur auf das Grafensiegel stachen, wo sie ihm auf den Zahn fühlen konnten, ob er nach dem Tod des frühern Hahns, als dessen erstgeborner Sohn, auch den Ring wieder im Kropf habe.--Wie haben wir müssen laufen von Heddernheim nach Krakau, von Krakau nach Bockenheim, von Bockenheim nach Constantinopel, von Constantinopel nach Fürth, von Fürth nach Jerusalem, von Jerusalem nach Worms, von Worms nach Cairo, von Cairo wieder nach Heddernheim und von Heddernheim wieder in die ganze Geographie, laufen, laufen um zu lernen die Kabbala, Gicks Gacks und Kikriki, die große Alektryomantie, bis wir endlich den Spruch auf dem Grabstein in der Burg Gockels verstehen konnten.--Weh, Alles umsonst, Alles verloren! Wenn wir nur aus dem Loche wären, und wer bezahlt mir nun die Katze, die ich mit ihren fünf Jungen selbst aus meinem Beutel gekauft und in das Schloß gesetzt habe, damit sie die Gallina sammt der Brut fressen sollte, auf daß dem Gockel der Hahn feil würde? Wer bezahlt mir die Katze? Ich will mein Geld für die Katze. Hätte ich ihr den Pelz doch abziehen und sie als einen Hasen verkaufen und den Pelz auch verkaufen können, ich will mein Geld für die Katze! Die Katze ist verloren, der Ring ist verloren, der einem giebt, Herz was verlangst du? Jugend und Reichthum, alle Güter der Welt!--Geld!--Geld!--Geld!--Geld!"-Da Gockel über ihr Geschrei lachen mußte, glaubte der erste Petschierstecher, der zweite habe ihn ausgelacht, und schlug nach ihm; der schrie und sagte, der dritte sey es gewesen; da schlug dieser nach ihm und daraus entstand eine allgemeine Prügelei unter den Dreien, worüber Gockel mit Alektryo die Grube verließ und nach seinem Schloße in tiefen Gedanken zurückgieng.

Gockel hatte gar vieles erfahren, die Lüge der Frau Hinkel und der kleinen Gackeleia, die Anwesenheit einer alten Schrift auf einem Grabstein in seiner Schloßkapelle, das Geheimniß von dem Siegelring in des Hahnen Kropf und die ganze Betrügerei der morgenländischen Petschierstecher. Alles dieses machte ihn gar tiefsinnig und betrübt; er drückte den edlen Hahn Alektryo einmal um das andremal an sein Herz und sagte zu ihm: "nein, du geliebter, ehrwürdiger, kostbarer Alektryo, und wenn du den Stein der Weisen in deinem Kropf hättest, du sollst darum durch meine Hand nicht sterben, und ehe Gockel nicht verhungert, sollst du auch nicht umkommen." Nach diesen Worten wollte Gockel dem Alektryo einen Bissen Brod geben, der aber schüttelte den Kopf und sprach gar beweglich:

"Alektryo in großer Noth,
Gallina todt, die Hühnchen todt,
Alektryo will mehr kein Brod,
Will sterben durch das Grafenschwert,
Wie es ein edler Ritter werth,
Verlangt ein ehrlich Halsgericht,
Wo Raugraf Gockel das Urtheil spricht,
Und über die Katze das Stäblein bricht."

"O Alektryo," sprach Gockel mit Thränen, "ein strenges Gericht soll über die Katze ergehen, deine verstorbene Gallina und deine dreißig Jungen sollen gerächt werden, und was noch von ihnen übrig ist, soll in einem ehrlichen Grabe bestattet werden; aber du, du mußt bei mir bleiben." Der Hahn blieb immer bei seiner Rede, er müsse in jedem Falle sterben, und wolle ihn Gockel nicht enthaupten, so werde er sich zu Tode hungern; Gockel werde schon heute in der wüsten Schloßkapelle noch Alles erfahren und dann kurzen Proceß machen.

Es war Nacht geworden: als Gockel nach Hause kam. Frau Hinkel und Gackeleia schliefen schon, denn sie erwarteten heute den Vater nicht zurück, weil sie glaubten, er sey mit den Käufern des Alektryo nach der Stadt gegangen. Zuerst schlich sich Gockel nach dem Winkel, wo die mörderische Katze mit ihren Jungen schlief, Alektryo zeigte ihm den Weg. Gockel ergriff sie alle zusammen und steckte sie in denselben Sack, in welchem Alektryo gefangen gelegen war. Ach wie trauerten Gockel und Alektryo, als sie die Federn und Gebeine der guten ermordeten Gallina und ihrer Küchlein um das Nest der Katze herumliegen sahen. Sie weinten bittere Thränen mit einander und Alektryo sammelte, mit seinem Schnabel herumsuchend, alle Beinchen und Federn der Ermordeten in die Mütze Gockels, der sie ihm hiezu hinhielt. Dann sprach Alektryo zu Gockel, indem er traurig vor ihm herschritt, Kamm und Schweif niedersenkte und die Flügel hängen ließ, als begleite er wie ein Kriegsmann mit gesenkter Fahne und niedergewendetem Gewehr eine Leiche zu Grab:

> Nun folg mir zur Kapelle,
> Daß diese theure Last
> Dort find' an heil'ger Schwelle
> Auf ewig Ruh und Rast.

So giengen sie wie ein stiller Leichenzug zu der wüsten Kapelle, Alektryo sang eine leise Lamentation und die Vögel aus dem Schlafe erwachend guckten hie und da aus den Nestern und lamentirten, ohne die einfache Würde der erhabenen Trauerzeremonie zu stören, in sanfter Harmonie ein bischen mit. Der Himmel selbst hatte seine Sterne mit Wolken verhüllt und der Mond, mit Thränen im Auge, schimmerte bleich durch einen Schleier der Wehmuth. Die halbe Natur stimmte in das schöne Ganze dieser eben so rührenden als würdigen Feier mit ein, wobei auch die so sinnige Mitwirkung der Büsche und Kräuter und Blumen rühmlich zu erwähnen ist, denn die Glockenblumen, die ehr--und tugendsam Jungfer Campana läutet ganz mitleidig mit allen ihren blauen Glocken, und die bewußten weißen Rosen, die bei Feierlichkeiten immer so beliebten weißgekleideten Mädchen, gossen Schalen voll reichlichen Thränenthaus vor dem Zuge aus; man bemerkte unter den Leidtragenden die so achtbare Klagejungfrau Rosmarin, die demüthige Familie Thymian, die Miß Lavendel, die Comtesse Quentel und viele andre edle Familien. Auch die barmherzigen Schwestern Jungfer Melissa, Krausemüntze, Kamille, Schaafgarbe, Königskerze, Ehrenpreiß, Baldrian, Himmelsschlüßel bewiesen ihre innigste Theilnahme. Vor allen andern des schönen Blumengeschlechtes aber beurkundete Fräulein Reseda, welche so oft im Wochenblättchen anzeigt, daß sie mehr auf gute Behandlung als großen Gehalt sehe, den guten Geruch aller ihrer Verdienste. Der allgemeine Blumen-Notarius Publicus Salomons-Siegel bewährte durch seine Theilnahme, daß sein Name in großem Bezug mit diesem merkwürdigen Ereignisse stehe. Kurz die Theilnahme aller Kräutlein war so groß, daß sogar die faule Grethe unter ihnen bemerkt wurde, der redliche gute Heinrich hatte sie aufgeweckt, daß auch sie mit ihm dem Alektryo ihr Beileid bezeige.

O wie kindlich, einfältig rührend sprach sich die Theilnahme der frommen Klosterschwestern, Marienkinder genannt, aus, welche ihr Klösterchen in dem mit Erde erfüllten trockenen Becken des verfallenen Springbrunnens zu Füßen des zerbrochenen Liebfrauenbildes bewohnten. Gackeleia nannte dieses mit lauter Marienpflänzchen überwachsene Brunnenbecken gewöhnlich ihr Marienklostergärtchen, und pflegte es besser, als alle anderen Gartenbeete. Alle Marienkäferchen, die sie fand, setzte sie hinein.

Sie hatte sich eine Bank darin bereitet, und neben dieser stand das Kräutlein Unserlieb-Frauenbettstroh. Da trieb Gackeleia gewöhnlich ihre Spielereien. Sie hatte das liebe Dreifaltigkeitsblümchen, das auch Jelängerjelieber und Denkeli und unnütze Sorge genannt wird, zu Füßen des Liebfrauenbildes gepflanzt, weil die Mutter ihr gesagt hatte, daß dieß Blümchen in Hennegau Jesusblümchen heiße. Da nahm dann Gackeleia manchmal ein solches Jesusblümchen und legte es auf das Kräutchen Marienbettstroh und wiegte es hin und her und sang dazu:

> Da oben im Gärtchen,
> Da wehet der Wind,

Da sitzet Maria
Und wieget ihr Kind,
Sie wiegt es mit ihrer schneeweißen Hand,
Und brauchet dazu gar kein Wiegenband.
Ich will mich zur lieben Maria vermiethen,
Will helfen ihr Kindlein recht fleißig zu wiegen,
Da führt sie mich auch in ihr Kämmerlein ein,
Da singen die lieben Engelein fein,
Da singen wir alle das Gloria,
Das Gloria, Lieb Frau Maria!

Als der Leichenzug Gallina's an diesem Mariengärtchen vorübergieng, war die Betrübniß von dessen Bewohnerinnen um so größer, als ihre Freundin Gackeleia diesen höchst traurigen Todesfall veranlaßt hatte; ach, sie fühlten Alle in ihrem frommen Herzen, als theilten sie die Schuld Gackeleia's. Da standen nun die lieben Kräutchen, die Marienkinder, in einer Reihe. Schwester Margarita Marienröschen, Schwester Chardonetta Mariendistel, Schwester Cuscutta Marienflachs, Schwester Spergula Mariengras, Schwester Gremila Marienhirse, Schwester Alchimilla Marienmantel, Schwester Mentha Marienmünze, Schwester Päonia Marienrose, Schwester Calceola Marienschuh und auch die kleine feine Novize Mignardisa Marientröpfchen hatte ihr gefranztes Trauerschleierchen ganz naß geweint. Alle standen sie in stiller Andacht und dufteten ein de profundis, und einer jeden hatten die Marienkäferchen eine brennende Kerze in die Hand gegeben, und die Laienschwestern Campanula, Marienhandschuh und Marienglöcklein läuteten mit den blauen, violetten und weißen Klosterglöckchen gar beweglich und harmonisch. Nirgends aber sprach sich Trauer, Mit--und Beileid tiefer und wahrer aus, als unter der uralten Linde, nahe bei dem Eingang in die Kapelle. Es müssen sich theure Gockelhinkelsche Erinnerungen an diese klassische Stelle knüpfen; Ortsnamen und Bewohner zeugen dafür. Die Linde heißt von Olims Zeiten her die Hennenlinde, das kleine Feldkreuz unter ihr, worauf eine Henne ausgehauen, heißt das Hennenkreuz. Die drei zu ewiger Anbetung und Fürbitte verlobten adeligen Klosterfrauen, die drei reinen schneeweißen Lilien, welche zu Häupten dieses Kreuzes stehen, sendeten Weihrauch und Gebete aus den Opferschalen ihrer Kelche empor.

Zu Füßen des Hennen-Kreuzes trauerte in stummem Schmerz ein adeliger Fräuleinverein von lauter Pflanzen und Kräutern, welche der Gräfin Hinkel von Hennegau namensverwandt und seit Olims Zeiten in diesem Schloße einheimisch waren. Hier weinten unter dem Vorstand der alle Schmerzen übernehmenden Fräulein Grasette Fetthenne ihre stillen Thränen die edlen Fräulein Moscatellina von Hahnenfuß, Ornitogalia von Hühnermilch, Serpoleta von Hühnerklee, Morgelina von Hühnerbiß, Cornelia von Hahnenpfötchen, Osterlustia von Hahnensporn, Cretellina von Hahnenkamm und Esparsetta von Hahnenkämmchen.--Dank den edlen schönen Seelen!

Es haben sich außerdem allerlei Gerüchte von außerordentlichen Erscheinungen verbreitet, die bei diesem Begräbniß eingetreten seyn sollen, und es ist noch jetzt das Gerede unter den Vögeln der Umgegend davon: "es sey ein Comet in der Gestalt eines Paradiesvogels am Himmel gesehen worden, und unter der Linde hätten die drei Lilien zu leuchten begonnen, Sterne seyen in sie niedersinkend gesehen worden und vor ihnen sey eine schöne edle Frau, eine Gräfin von Hennegau, erschienen und habe beim Vorübergang der Leiche die Worte gesungen:

O Stern und Blume, Geist und Kleid,
Lieb, Leid und Zeit und Ewigkeit!

worauf Alles verschwunden sey." Wir stellen diese Gerüchte, als dem Reiche der Phantasie angehörig, unverbürgt dem Glauben eines jeden anheim. Als Gockel und Alektryo in der dachlosen, Busch und Baum durchwachsenen Kapelle mit den Ueberresten Gallina's angekommen war, schüttete er dieselben fein sachte auf die Stufen des zerfallenen Altares aus und zog seine Mütze wieder über die Ohren, weil er wohl wußte, es könne ihm bei seiner Anlage zu rheumatischem Kopf-, Zahn--und Ohrenweh unmöglich gesund seyn, das nicht mehr dicht behaarte Haupt dem kühlen Nachtthau auszusetzen. Hierauf sprach der treue Alektryo, der nicht von den Ueberresten seiner Familie wich, zu Gockel:

####Wachholderstrauch
####Macht guten Rauch.
Zu Stambul hat der Großsultan

43

Wachholder in dem Garten sein
Und drum ein goldnes Gitterlein,
Er zündet dran die Pfeife an
Und hat recht seine Freude dran;
Du Gockel brich Wachholder mir
Zu dem Castrum Doloris hier.

Da brach Gockel ihm Reiser von einem dort stehenden
Wachholderbusch und flocht eine Art Nest daraus, welches er auf
die Stufe des Altares setzte. Alektryo legte alle die Beinchen der
Gallina und ihrer Jungen in diesem Nest in einen wohlgeordneten
Scheiterhaufen zusammen, füllte diesen mit den Federn und legte
den Kopf und die Köpfchen der Seinigen darauf.

Indessen blickte Graf Gockel nachdenklicher als je den alten
Grabstein an, der hinter dem Altar in der Wand eingemauert war; es
war sein erster Ahnherr, der Urgockel, mit einem Hahnen auf der
Schulter und einem ABC-Buch in der Hand, in bedeutender Größe
darauf abgebildet, und zu seiner Linken war an der Mauer eine
Reihe von Bildern aus seinem Leben in Stein gehauen. Gockel
wußte nicht viel von dem Urgockel und noch weniger von der
Bedeutung der Bilder; die Hauschronik war mit dem Schloß
verbrannt. Er wußte nur den alten Familiengebrauch, daß die
Grafen Gockel immer den Alektryo in Ehren hielten, und daß er
ihrem Haus Glück bringe.

Als Alektryo mit der Ordnung der Gebeine seiner Familie fertig
war, scharrte er die Erde von einer Marmorplatte, die vor dem Altar
am Boden lag, und Gockel reinigte sie vollkommen. Auf dieser
Platte waren allerlei Zeichen, wie Hahnen und Hühner sie mit ihren
Pfoten im Schnee machen, eingegraben. Alektryo sprach:

Graf Gockel lies,
Was heißet dies?

Gockel konnte aus dem Gekritzel nicht klug werden und sprach:

Alektryo, mein lieber Hahn,
Wie sehr ich auch nachdenken mag,
Kann ich kein Wörtchen doch verstahn

Von dieser Kribbes-Krabbes-Sprach.

Da erwiederte Alektryo:

Der Ur-Alektryo dies schrieb
Dem Ur-Gockelio zu lieb.
Da keine Handschrift konnte lesen,
Noch schreiben Ur-Gockelio,
So ist ihm hier zu Dienst gewesen
Mit Fußschrift Ur-Alektryo.
Sein Lehrer war ein Indian,
Ein Schreiber des Gott Hahnemann,
Die Tinte war der Morgenthau,
Die Federn waren Hahnenpfoten,
Er schrieb auf Paradieses Au
Zum reinen Kikriki die Noten;
Doch als im Eifer eine Sau
Er einstens hat hineingekleckst,
Fiel gleich sein Stamm mit Kind und Frau
Auf lange Zeiten aus dem Text;
Bis er bei Job als Concipist
Ward angestellet auf dem Mist.
Was Hahn zu Hahn hat je gekräht,
Der Schrei noch um die Erde geht;
Was Hahn an Hahn vor Langem schrieb,
Nicht immer ganz verständlich blieb.
Weil Fußschrift auf die Fußschrift trifft,
So ward es Kribbes-Krabbes-Schrift.
Ein jeder liest sich erst hinein
Was er sich gern heraus möcht' lesen,
Oft giebt ein Strich, ein Pünktlein klein,
Dem ganzen Sinn ein andres Wesen.
So ward auch hier der dunkle Spruch
Aus dein und meinem Schicksalsbuch,
Der auch auf deinem Wappen steht,
Von Schriftgelehrten bös verdreht;
Doch weil ich kräh' nach Tradition,
So kann ich noch mein Lektion.

Nun las Alektryo ihm folgende Worte von der Marmorplatte:

Alektryo bringt dir Glück selbst um Undank.
O Gockel hau ihm den Kopf ab,
Schneid' ihm den Kropf auf, Salomo's
Siegelring Jedem noch Brod gab.

Da sah nun Graf Gockel deutlich, daß die Eltern der Petschierstecher schon seine Vorfahren bei dem Spruch auf dem Wappen betrogen hatten, und daß die Worte: Kopf, Kropf, Siegel gar nicht ihre Namen waren. Alles Gehörte erweckte dunkle Erinnerungen wie von Mährchen aus seiner frühesten Jugend in ihm, und begierig, von der Geschichte seiner Vorfahren etwas zu wissen, sprach er zu dem Hahnen:

Alektryo! es ist curios,
Du sprichst vom Ringe Salomo's
Und von dem Urgockelio
Und von dem Uralektryo;
Mir ist, wenn ich dies Alles hör',
Wie einer Eierschaale leer,
Wenns Huhn, von dem sie war gelegt,
Sich gacksend um sie her bewegt.
Wer lang, wie ich, bei Hofe sitzt
Im Hühner-Ministerium,
Zuletzt gar von sich selbst ausschwitzt
Das innere Mysterium.
Mir ist so dumm, als ob ich sey
Ein in der Stichedunklichkeit
Der finstern Mittelaltrichkeit
Gelegtes ausgeblas'nes Ei.
Belehr mich doch!--ich weiß nicht mehr,
Wo kommen alle wir nur her,
Wo Gockel, wo Alektryo,
Wo jener Ring des Salomo?

Da erwiederte Alektryo:

Du dauerst mich, du armer Tropf!
Faß an den Ring in meinem Kropf,
Sprich: Urgockel! dort an der Wand,
Hast's ABC-Buch in der Hand,

Gehorch' dem Ring des Salomon
Und sag mir auf dein Lektion,
Links vom Altar bis zu der Thür
Die alten Bilder explizir'!

Graf Gockel nahm nun den Alektryo unter den Arm, faßte mit
der Hand an seinen Kropf und sprach diese Worte ganz feierlich zu
dem Bilde Urgockels an der Wand. Da rauschte es dumpf in dem
Steinbild, der steinerne Hahn Urgockels schlug sich mit den Flügeln
in die Seite, daß Moos und Kalk niederfiel; er streckte den Hals und
krähte, wenn gleich ein wenig heiser, doch so laut und feierlich, als
wolle er den Schlafenden den jüngsten Tag verkünden, und
Alektryo antwortete ihm mit ehrfürchtigem Ernst.

Nun aber fiel hie und da brüchiges Gestein an der Wand rasselnd
nieder, es regte sich das steinerne Bild Urgockels, hob langsam die
Hände, streckte sich, rieb sich die Augen, gähnte etwas zu laut,
machte aber dabei ein Kreuz vor den Mund, welches ein schönes
Zeugniß für die fromme Sitte des finstern Mittelalters war; er schob
sich auch die Mütze ein wenig hin und her und nießte sehr heftig,
und Graf Gockel sagte ernsthaft: "wohl bekomm's!" und er
erwiederte: "Schönen Dank!"--Dann aber stellte er sich ruhig in
Positur, deutete der Reihe nach auf die Bilder an der Mauer hin und
las dabei aus seinem ABC-Buch schön deutlich wie ein verständiger
Knabe, aber freilich, wie es von seiner Zeit nicht anders zu
erwarten war, ohne Gefühl, ohne Betonung, ohne Ausdruck, ohne
Deklamation, etwas eintönig folgende Reime ab:

Urgockel werde ich genannt,
Zog weit umher im Morgenland
Und schlief einst dorten auf dem Mist,
Wo Job versuchet worden ist.
Da träumte mir, der Dulder fromm
Heiß' mich auf seinem Mist willkomm
Und schenk' mir einen schwarzen Hahn
Und spräch': "es hat des Hahnen Ahn
Bei mir auf diesem Mist gekräht,
Zu Gott geklagt, zu Gott gefleht,
So klug, daß ich den Spruch erfand:
Wer giebt dem Hahnen den Verstand?

Leb wohl--er heißt Alektryo."
Da weckte mich auf meinem Stroh
Ein ritterlicher Hahnenschrei;
Ich sah, daß es derselbe sey,
Den mir Herr Job im Traume gab,
Er saß auf meinem Pilgerstab
Und weckt' mit Schrei und Flügelschlag
Sich, mich und auch den jungen Tag.
Ich theilt' mit ihm mein Sorgenbrod
Und zog mit ihm durch Morgenroth,
Durch Mittagsgluth und Abendschein,
Durch Mond--und Sternennacht, allein,
Ach so allein, allein, allein,
Als Mann und Hahn kann jemals seyn!
Alektryo so mit mir kam
Durch Persiam und Mediam,
Armeniam, Mingreliam,
Durch Gock--und Magockeliam;--
In Montevillas Reisbuch stehn
Die Länder all, die wir besehn.
Wann Nachts ich ruht, da wacht' der Hahn,
Zeigt' redlich mir die Stunden an,
Da stand ich auf, that ein Gebet--
Schlief wieder bis er wieder kräht';
Oft hielt sein Krähn--Lob Gott den Herrn,
Die wilden Löwen von mir fern.
Ich hatte ein Gelübd gethan,
Zu Ehren Jobs mit meinem Hahn
Zu schlafen stäts auf einem Mist,
Weil da er mir erschienen ist.
Zu Tadmor einst war meine Rast
Am Mist vor Salomo's Palast;
Da weckte mich Alektryo,
Kräht' laut und scharrte aus dem Stroh
Ein Kleinod licht, ein blinkend Ding
Und steckte mir den Siegelring
Selbst an den Finger meiner Hand.--
Wer gab dem Hahnen den Verstand?--
Den Ring ich gegen Morgen hielt,

48

Der junge Tag drin lieblich spielt';
Ich dacht: wem nur das Wunderding,
Der schöne Ring, verloren gieng?
Da drangen gleich zu meinem Ohr
Die Worte aus dem Ring hervor:--
"Der Siegelring von Salomo
Macht alle Menschen reich und froh,
Wer an dem Finger um mich kehrt,
Dem ist ein jeder Wunsch gewährt!"
Da dankt ich Gott still im Gebet,
Bis laut Alektryo gekräht,
Und wünscht': "wär ich dem Land heraus,
Mit Hahn und Ring bei mir zu Haus!"
Als auf dies Wort den Ring ich dreh',
Bei Hanau hier im Wald ich steh';
Mit Amen schloß mein Frühgebet,
Der Morgenschrei war ausgekräht
Im Walde hier, was Hahn und Mann
Zu Tadmor eben erst begann.
Ich fand nicht Vater, Mutter mehr,
Sie waren todt--die Hütte leer!
Ich dreh' den Ring--"hätt' ich ein Schloß
Und Knecht, Magd, Ochs und Kuh und Roß!"
Und sieh das Schloß stand alsobald
Mit Knecht, Magd, Ochs, Kuh, Pferd im Wald.
Ich dreh den Ring--"hätt' ich zur Frau
Das liebste Herz aus Hennegau,
Und hätt' mein Hahn ein Hühnlein gut,
Es würde eine edle Brut."
Da hört' im Wald ich ein Geschrei
Und eilt' mit Roß und Knecht herbei,
Und bei der Hennen-Linde draus,
Da hatt' ich einen blut'gen Strauß.
Der Schrei von einem Fräulein war,
Entführt von wilder Räuberschaar.
Die Räuber schlug ich alle todt
Und half dem Fräulein aus der Noth;
Und in der Linde Schattenraum
Sprach sie: "schon ründet sich mein Traum,

Ich ward durch eines Hahnen Schrei
Aus wilder Löwen Kralle frei,
Giebt nun der Hahn mir noch den Ring,
Dann Alles in Erfüllung gieng."
Ich gab den Ring dem lieben Bild,
Vereint ward unser Wappenschild;
Urhinkel wars von Hennegau,
Der Kaiser gab sie mir zur Frau.
Ein Huhn sie mir als Brautschatz gab,
Das von dem Hahnen stammte ab,
Der einstens krähte hell und klar,
Als Petrus in Versuchung war.
Es bracht' dies edle Huhngeschlecht
Aus Syria ein Edelknecht,
Der bei Pilati Leibwach stand,
Salm hieß er, aus Savoierland.--
Nun fing ich und mein edler Hahn
Ein ritterliches Leben an;
Ich hatte Söhnchen nach der Reih,
Er Hahn und Hühnchen, Ei auf Ei!
Ich dreht den Ring--den Grafenhut
Hatt' ich sogleich, er stand mir gut.--
Doch als ich ward ein edler Greis,
Gedacht ich an die weite Reis,
Ins andere gelobte Land.
Ich dreht' den Ring--"hätt' ich Verstand!"
Da war ich klug wie Salomo
Und sprach da zu Alektryo:
"Ich hab den Ring bald ausgedreht,
"Und du die Zeit bald ausgekräht,
"Es naht der Ring der Ewigkeit,
"Da mißt kein Hahnenschrei die Zeit;
"Die Schlange beißt sich in den Schweif,
"Ohn' End und Anfang ist der Reif,
"Und da es geht zum Ende nun,
"Sprich, was soll mit dem Ring ich thun?"
Alektryo sprach: "hör' sey klug!
"Du läßst wohl Geld und Gut genug
"Den Söhnen dein, sie können sich

"Als Grafen nähren ritterlich;
"Gäbst ihrer Einem du den Ring,
"Gar leicht ein Zank und Streit angieng;
"Er wünschte sich solch Glück und Ehr,
"Daß drüber er sein Seel' verlör'!
"Da Keiner von dem Ring noch weiß,
"Wird Keinem um den Ring auch heiß.
"Dem Erstgebornen gieb das Haus,
"Die Andern statte reichlich aus;
"So soll jed Erstgeborner thun,
"Bis alle Gockel bei dir ruhn.
"Ich, dein Alektryo, füg' bei:
"Aus der Gallinen erstem Ei,
"Der Erstling der Alektryonen,
"Soll stäts bei allen Gockeln wohnen,
"Daß er vor Mißbrauch und Gefahr
"Dem Haus den Ring im Kropf bewahr'.
"So komm' dein Ring von Kropf zu Kropf,
"Dein Grafenhut von Kopf zu Kopf.
"Und wenn erlischt der Mannesstamm
"Vom Gockelhut, vom Hahnenkamm,
"Schlägt ab des letzten Gockels Schwert
"Dem Schluß-Alektryo den Kopf.
"Und Salomonis Ringlein kehrt
"In Grafen Hand aus Hahnen Kropf.
"Der letzte Sproß den Ring dann dreht,
"Bis neu der Hahn vom Tod ersteht,
"Der auf den Wunsch von einem Kind
"Das End vom Liede schnell ersinnt."
Zu mir dem Urgockelio
Sprach so der Uralektryo,
Und hat mit seinem Kopf gezuckt
Und schnell in seinen Kropf verschluckt
Den Siegelring des Salomo,
Und hat dann dunkel, als Prophet,
Den Schicksalsspruch mir vorgekräht,
Der auf dem Grab und Wappen steht,
Und richtig, ward er gleich verdreht,
Noch heute in Erfüllung geht.

Doch ich hab' nicht recht zugehört,
Ich sprach im Bett zur Wand gekehrt:
"Wer gab dem Hahnen den Verstand?"
Dann reiste in das andre Land,
Wohin den Weg noch jeder fand,
Ich, der Urgockel, an der Wand!

Nach diesen Worten schwieg Urgockel still und war ein lebloses
Steinbild wie vorher. Graf Gockel, der während der Explication die
Bilder der Reihe nach betrachtet hatte, schüttelte den Kopf und
sprach: "curios, curios, was doch einem Menschen alles passiren
kann. Es ist und bleibt doch halt immer ein höchst merkwürdiger
klassischer Boden, die Gegend zwischen Hanau und Gelnhausen!"--
dann wendete sich Gockel zu Alektryo und fuhr fort: "o! nun weiß
ich Alles, verstehe ich Alles, theurer schätzbarer Freund meines
Stammes; aber sage mir doch, wenn es zu fragen erlaubt ist, wie ist
dann dieser unvergleichliche Siegelring Salomonis eigentlich in
deinen Kropf gekommen?"--da erwiederte Alektryo:

Urahnherr sterbend spie aus den Stein,
Da schluckte ihn mein Ahnherr ein.
Mein Ahnherr sterbend spie aus den Stein,
Da schluckte ihn mein Großvater ein.
Großvater sterbend spie aus den Stein,
Da schluckt ihn mein Herr Vater ein.
Herr Vater sterbend spie aus den Stein,
Da schluckte ihn der Alektryo ein.
Alektryo sterbend speit aus den Stein,
Da kehrt er zu Gockel, dem Herren sein.
Gallina todt, die Küchelchen todt--
Alektryo frißt nun mehr kein Brod.
Er will nun sterben durch Grafenschwert,
So wie ein edler Ritter es werth!
Was Uralektryo prophezeit,
Geht Alles in Erfüllung heut.

"Wohlan," sprach Gockel, "so will ich dann sogleich allhier ein
hochnothpeinliches Halsgericht halten, du sollst Zeter über die
Mörder der Deinigen rufen und strenge Genugthuung erhalten.--
Dann aber will ich an dir thun, was du verlangst.--Rufe sogleich als

Herold meines Stammes alle Bewohner dieses Schloßes vor die Schranken."

Da nun eben der Morgen graute, flog Alektryo auf die höchste Giebel-Mauer des Schloßes und krähte dreimal so laut und heftig in die Luft hinein, daß sein Ruf wie der Schall einer Gerichtstrompete von allen Wänden wiederhallte, und alle Vögel erwachten und streckten die Köpfe aus dem Neste hervor, um zu vernehmen, was er verkünde; und da sie hörten, daß er sie zu Recht und Gericht gegen die mörderische Katze vor den Raugrafen Gockel von Hanau rief, fiengen sie an, mit tausend Stimmen ihre Freude über diesen Ruf zu verkünden, schlüpften alle aus ihren Nestern, schüttelten sich die Federn und putzten sich die Schnäbel, um ihre Klagen vorzubringen, und flogen in den Raum der Kapelle, wo sie sich hübsch ordentlich in Reih und Glied in die leeren Fenster, auf die Mauervorsprünge und auf die Sträucher und Bäume, welche darin wuchsen, setzten und die Eröffnung des Gerichts erwarteten.

Als die Vögel alle versammelt waren, trat Alektryo vor den Hühnerstall, worin Hinkel und Gackeleia noch schliefen; und indem er gedachte, daß hier der Mord an der frommen Gallina geschehen, krähte er mit solchem Zorne in den Stall hinein, und schlug dermassen mit den Flügeln dazu, daß Frau Hinkel und Gackeleia mit einem gewaltigen Schrecken erwachten, und beide zusammen ausriefen: "o weh, o weh! da ist der abscheuliche Alektryo schon wieder, er ist gewiß dem Vater im Walde entwischt, wir müssen ihn nur gleich fangen." Nun sprangen sie beide auf und verfolgten den Alektryo mit ihren Schürzen wehend; er aber lief spornstreichs in die Kapelle hinein; wie erschrecken Hinkel und Gackeleia, als sie daselbst auf den Stufen des Altares den Gockel mit finsterm Angesicht das grosse rostige Grafenschwert in der Hand haltend sitzen sahen. Sie wollten ihn eben fragen, wie er wieder hieher gekommen sey, aber er gebot ihnen zu schweigen und wies ihnen mit einer so finstern Miene einen Ort an, wo sie ruhig stehen bleiben sollten, bis sie vor Gericht gerufen würden, daß sie sich verwundert einander ansahen. Der Hahn Alektryo gieng immer sehr traurig und in schweren Gedanken mit gesenktem Kopfe vor Gockel auf und ab, wie ein Mann, der in traurigen Umständen sehr tiefsinnige, verwickelte Dinge überlegt. Ja es sah ordentlich aus, als lege er die Hände auf dem Rücken zusammen. Auch Gockel sah einige Minuten still vor sich hin und alle Vögel rührten sich nicht. Nun stand Gockel auf und hieb mit seinem Grafenschwert majestätisch nach allen vier Winden mit dem Ausruf:

"Ich pflege und hege ein Hals-Gericht,
Wo Gockel von Hanau das Urtheil spricht
Und über den Mörder den Stab zerbricht."

Nach diesen Worten flog Alektryo auf die Schulter Gockels und krähte dreimal sehr durchdringlich. Frau Hinkel wußte gar nicht, was das alles bedeuten sollte, und schrie in grossen Aengsten aus: "o Gockel, mein lieber Mann, was machst du? ach ich unglückselige, er ist närrisch geworden!" Da winkte ihr Gockel nochmals zu schweigen, und sprach:

"Wer kömmt zu Rüge, wer kommt zu Recht?"

Da trat Alektryo hervor, und sprach mit gebeugtem Haupt:

"Alektryo klagt, dein Edelknecht!"

Ach! wie fuhr das der Frau Hinkel und der kleinen Gackeleia durch das Gewissen, als sie hörten, daß der Hahn reden konnte; sie zitterten, daß nun Alles gewiß herauskommen wurde. Da sprach Gockel:

"Alektryo, was ward dir gethan?"

Da antwortete Alektryo:

"Graf Gockel, trag mir das Schwert voran,
Trag es voran mit gewaffneter Hand,
Dann rufe ich Zeter wohl durch das Land."

Da zog Gockel einen alten Blechhandschuh an die rechte Hand, in der er sein Schwert trug, und gieng so vor Alektryo, der ihm folgte, im Kreis durch die Kapelle wieder zu den Gebeinen Gallina's zurück.

Da trat Alektryo zu den Gebeinen der Gallina und krähte Zeter mit zitternden Stimme.

> "Ach Herr, schau diese Gebeinlein an,
> Das war mein Weib und meine Brut,
> Die Katze zerriß sie und trank ihr Blut.
> Zeter über Schurrimurri und Gog,
> Mack, Benack, Magog, Demagog;
> Zeter und Weh und aber weh,
> Und immer und ewig Herr Jemine!"

Bei diesen Worten krähte er wieder gar betrübt, und Gockel sagte:

> "Alektryo, du mein edler Hahn,
> Ich hörte, du hättest es selbst gethan.
> Nun bringe du mir auch Zeugen bei,
> Daß deine Klage wahrhaftig sey."

Da antwortete Alektryo:

> "Hier war ich schon lange ein lästiger Gast,
> Sie haben den redlichen Wächter gehaßt;
> Oft mußte ich hören den Wiegengesang,
> Der mir, wie ein Messer, die Kehle durchdrang:
> "Ha heia, popeia, schlag's Kickelchen todt,
> Er legt keine Eier und frißt mir mein Brod,
> Dann rupfen wir ihm seine Federchen aus,
> Und machen Gackeleia ein Bettchen daraus!"
> O wär ich gestorben! Wie wär' mir jetzt gut
> Mit meiner Gallina und mit meiner Brut,
> Bei dir lieber Hiob, bei dir Salomo
> In himmlischen Höfen auf goldenem Stroh!
> Doch fehlte der Muth hier zu blutiger That,
> Ich sollte verderben durch Lug und Verrath.
> Weil oft ich zu früh das Gewissen erweckt,
> Ward mit dem Gewissen in Sack ich gesteckt.
> So hab ich gehört nur und hab nicht gesehn,
> Wie hier ist die gräßliche Unthat geschehn,
> Und lad' drum die lieben Schloßvögelein ein,
> Sie sollen wahrhaftige Zeugen mir seyn."

Nach diesen Worten fiengen alle die Vögel an, so gewaltig durcheinander zu zwitschern, zu schnurren und zu klappern, daß Gockel sprach:

"Halt ein, hübsch stille, macht kein Geschrei,
Ich will euch vernehmen nun nach der Reih'!
Zuerst Frau Schwalbe, die früh aufsteht,
An dich mein Zeugenruf ergeht."

Da flog die Schwalbe heran und sprach:

"Noch zittere ich und beb ich,
Es ist wirklich, gewiß, sicherlich geschehn,
Sterb ich, oder leb ich, will ich's immer und ewig
Sicherlich nimmer mehr wieder sehn;
Wie die wilde Kätzin und ihre Kätzchen
Sprangen mit zierlichen Sprüngen und Sätzchen
Zum Nestchen und rissen ripps, rapps,
Die Küchlein und ihr Mütterlein treu,
Gripps, grapps in viele, viele Restchen,
Und federwinzige Fetzen entzwei.
Ich blieb drüber schier vor Schrecken
Zwier im zierlichen Gezwitscher stecken.
Wie ich eben im Begriffe bin gewesen,
Meinen Kindern, wie üblich, gar lieblich
Ein Capitel ersprießlich aus der Bibel
Von Tobiä Schwälblein und Sälblein
Exegisirend, explicirend zu lesen,
Geschah das himmelschreiende grimmige Uebel;
Als ich, wie's schicklich, erquicklich ist,
Mit witziger, spitziger List
Die Hirngespinnste meiner Gesichte,
Die figürlichen, manierlichen Traumgedichte
Den Kindern ein bischen zimperlich, spärlich,
Doch ziemlich klimperklärlich
Im glitzernden Frühlichts-Schimmer
Spintisirlich rezitirte, ist, was ich gewiß nimmer
Bis jetzt je gesehen, nie wieder will sehen,
Die verzwiefelte, verzweifelte Misse--Misse--
Missethat binnen kürzester Frist geschehen,

Daß die wilde Kätzin ohne Rezepisse
Und Gewissen die Gallina zerrisse;
Sieh, es ist die fleißige, ämsige, sitzende,
Giksende, gacksende, kratzende, kritzende
Gickel, Gackel, Gallina nicht mehr,
Das von weißen, weichen Ginster und Weidenzweigen
Zierlich gewickelte, figürlich gezwickelte, fleur-de-lysirte,
Gothisch verzierte, stilisirte, persisch ziselirte,
Von piependen, trippelnden, nickenden, pickenden
Küchelchen wimmelnde Erbhühnernest ist zerrissen,
Zerbissen und lee, lee, lee, leer;
Zwischen den Splittern zittern und wehen die Federchen
rings her,
Ich theile gewißlich mit denen, die drum wissen,
Das stechende, beissende, böse Gewissen
Immer und ewiglich nimmer nie, nie, nie, mehr!"

Nach dieser sehr beweglichen Aussage der kleinen Schwalbe
krähte Alektryo wieder:

"Zeter über Schurrimurri und Gog,
Mack, Benack, Magog, Demagog;
Zeter und Weh und aber weh,
Und immer und ewig, Herr Jemine!"

Bei dem Krähen aber ward der Frau Hinkel und der kleinen
Gackeleia fast zu Muthe, wie Einem, der seinen Herrn verläugnet
hat, beim Hahnenschrei zu Muthe ward. Gockel sprach nun:

"Hab Dank Frau Schwalbe, tritt von dem Plan,
Nun komm Rothkehlchen als Zeug' heran."

Da flog das liebe kleine Rothkehlchen auf einen wilden
Rosenstrauch in die Nähe des Altars und sagte:

"Auf des höchsten Giebels Spitze
Sang im ersten Sonnenblitze
Ich mein Morgenliedlein fromm,
Pries den lieben Tag willkomm.
Bei mir saß gar freundlich lächelnd,

Sich im Morgenlüftchen fächelnd,
Der erwachte Sonnenstrahl,
Unten lag die Nacht im Thal.
Unten zwischen finstern Mauern
Sah ich Katzenaugen lauern,
Und ich dankte Gott vertraut,
Daß ich hoch mein Nest gebaut.
Und ich sah die Katze schleichen,
Mit den Kätzchen unten streichen
In den Stall, und hört' Geschrei,
Wußt' bald, was geschehen sey;
Denn sie und die Kätzchen alle
Sprangen blutig aus dem Stalle,
Trugen Hühnchen in dem Maul
Und zerrissen sie nicht faul.
Ach, da war ich sehr erschrecket,
Hab' die Flügel ausgestrecket,
Flog ins Nest und deckt' in Ruh
Meine lieben Jungen zu.
Ja ich muß es eingestehen,
Hab' den bösen Mord gesehen,
Und mein kleines Mutterherz
Brach mir schier vor Leid und Schmerz!"

Nach diesen Worten krähte Alektryo wieder:

Zeter über Schurrimurri und Gog,
Mack, Benack, Magog und Demagog!
Zeter und Weh und aber Weh!
Und immer und ewig, Herr Jemine!

Nun hörte Gockel noch viele andere Vögel als Zeugen ab, und
alle, vom Storch bis zur Grasmücke, erzählten, wie sie den Mord
durch die Katze gesehen.

Als aber Gockel sich nun zu Frau Hinkel und Gackeleia wendete
und sie beide fragte, wie sie das hätten können geschehen lassen,
da die Gallina doch dicht neben ihrem Ruhelager gebrütet habe, und
wie sie Alles auf den edlen Alektryo geschoben hätten, sanken beide
auf die Kniee, gestanden ihr Unrecht unter bitteren Thränen, und

versprachen, es niemals wieder zu thun. Gockel hielt ihnen eine scharfe Ermahnung und bat den Alektryo, ihnen selbst ihre Strafe zu bestimmen. Der gute Alektryo aber bat für sie und verzieh ihnen selbst. Gockel sagte nun: "deine Strafe, Frau Hinkel, soll seyn, daß ich dir und deiner Tochter ein Hühnerbein und einen Katzenellenbogen in das Wappen setze zum ewigen Andenken für eure böse Handlung, und außerdem soll Gackeleia, weil sie die Katze Schurrimurri mit ihren verwegenen Söhnen, Mack, Benack, Gog, Magog und Demagog sich heimlich zum Spiele erzogen und durch diese ihre Spielerei ein solches Unglück angestellt hat, nie eine Puppe besitzen, nie mit einer Puppe spielen dürfen." Ach, da fiengen Frau Hinkel und Gackeleia bitterlich zu weinen an.

Gockel befahl nun dem Hahn den Scharfrichter zu holen, damit die Katze mit ihren Jungen hingerichtet würde. Da schrie der Hahn und alle Vögel: "das ist die Eule, die große alte Eule, die dort draus in der hohlen dürren Eiche mit ihren Jungen sitzt", und sogleich ward die Eule gerufen. Als diese ernsthaft und finster wie ein verhaßtes, gefürchtetes, von allen andern Vögeln geflohenes Thier mit ihren Jungen zu der Kapelle mit schweren Flügeln hereinrasselte und mit dem Schnabel knappte und hu hu schrie, und die Augen verdrehte, versteckten sich die Vögel zitternd und bebend in alle Löcher und Winkel; und Gackeleia verkroch sich schreiend unter die Schürze ihrer Mutter, welche sich selbst die Augen zuhielt. Gockel aber legte den Sack, worin die böse Katze mit ihren Jungen stack, in die Kapelle und die Eule trat mit ihren drei Jungen vor den Sack hin und sprach:

> Ich komm zu richten und zu rechten
> Mit meinen drei Söhnen und Knechten;
> Nun höret ihr armen Sünder,
> Katz Schurrimurri und Kinder,
> Du Mack, du Benack und du Gog,
> Du Magog und du Demagog,
> Die ihr seid arme Sünderlein,
> Ein Exempel muß statuiret seyn.
> Nun Hackaug, Blutklau, Brich-das-Genick!
> Meine Söhne, macht eurer Meisterstück.

Da wollten sie den Sack aufmachen und die Katzen vor aller

Augen hinrichten, aber Gackeleia schrie so entsetzlich, daß Gockel der Eule befahl, mit ihren Söhnen den Sack fortzutragen und sich zu Hause mit den Katzen abzufinden, was sie auch buchstäblich gethan.--Ja, ja sie fanden sich mit ihnen ab!

Als so dieses schreckliche Schauspiel vermieden war, trat Alektryo vor Gockel und verlangte, daß er ihm nun den Kopf abschlagen, sich den Siegelring Salomonis aus seinem Kropfe nehmen und ihn sodann mit den Gebeinen der Gallina und ihrer Jungen verbrennen sollte. Gockel weigerte sich lange, dem Begehren des Alektryo zu folgen, aber da er sich auf keine Weise wollte abweisen lassen und ihn versicherte, daß er sich doch in jedem Falle zu Tode hungern werde, so willigte Gockel ein; er umarmte den edlen Alektryo nochmals von ganzem Herzen. Dann streckte der ritterliche Hahn den Hals weit aus und rief, auf der Inschrift des Grabsteins scharrend, mit lauter Stimme aus:

> Alektryo bringt dir Glück selbst um Undank.
> O Gockel! hau' ihm den Kopf ab,
> Schneid' ihm den Kropf auf!
> Salomo's Siegelring Jedem noch Brod gab.

Am Schluße dieser Worte schwang Gockel das Grafenschwert und hieb den Hals des Alektryo mitten durch, daß ihm der Kopf des Hahnen vor die Füße fiel und der todte Rumpf in den Scheiterhaufen sank. Gockel nahm das ehrwürdige Haupt bei dem Kamm, hob es empor, küßte es, schüttelte es dann über seiner Hand, und der Siegelring Salomonis fiel ihm hinein. Alle Anwesenden weinten, Gockel legte das Haupt zu dem Leibe auf den Scheiterhaufen der Gebeine Gallina's; alle Vögel brachten noch dürre Reiser und legten sie drum her, da steckte Gockel die Reiser an und verbrannte alles zu Asche; aus den Flammen aber sah man die Gestalt eines Hahns wie ein goldenes Wölkchen durch die Luft davon schweben. Nun begrub Gockel die Asche und deckte den Stein mit der Schrift wieder mit Erde zu, und hielt dann eine herrliche Leichenrede über die Verdienste Gallina's und besonders Alektryo's, wie des edlen Hahnengeschlechts überhaupt. Nachdem er die Herkunft Alektryo's von dem Hahne Hiobs nach der Erzählung Urgockels mitgetheilt hatte, sprach er unter Anderm:

"Wer gibt die Weisheit ins verborgene Herz des Menschen, wer giebt dem Hahnen den Verstand? Gleichwie der Hahn den Tag verkündet und den Menschen vom Schlaf erweckt, so verkünden fromme Lehrer das Licht der Wahrheit in die Nacht der Welt und sprechen: "die Nacht ist vergangen, der Tag ist gekommen, lasset uns ablegen die Werke der Finsterniß und anlegen die Waffen des Lichtes." Wie lieblich und nützlich ist das Krähen des Hahnen; dieser treue Hausgenosse erwecket den Schlafenden, ermahnet den Sorgenden, tröstet den Wanderer, meldet die Stunde der Nacht und verscheuchet den Dieb und erfreuet den Schiffer auf einsamem Meere, denn er verkündet den Morgen, da die Stürme sich legen. Die Frommen weckt er zum Gebet und den Gelehrten ruft er, seine Bücher bei Licht zu suchen. Den Sünder ermahnet er zur Reue, wie Petrum. Sein Geschrei ermuthiget das Herz des Kranken. Zwar spricht der weise Mann: "Dreierlei haben einen feinen Gang und das Vierte geht wohl, der Löwe mächtig unter den Thieren, er fürchtet Niemand--ein Hahn mit kraftgegürteten Lenden, ein Widder und ein König, gegen den sich Keiner erheben darf"--aber dennoch fürchtet der Löwe, der Niemanden fürchtet, den Hahn und fliehet vor seinem Anblick und Geschrei; denn der Feind, der umhergeht wie ein brüllender Löwe und suchet, wie er uns verschlinge, fliehet vor dem Rufe des Wächters, der das Gewissen erwecket, auf daß wir uns rüsten zum Kampf. Darum auch ward kein Thier so erhöhet; die weisesten Männer setzen sein goldenes Bild hoch auf die Spitzen der Thürme über das Kreuz, daß bei dem Wächter wohne der Warner und Wächter. So auch steht des Hahnen Bild auf dem Deckel des ABC-Buchs, die Schüler zu mahnen, daß sie früh aufstehen sollen, zu lernen. O wie löblich ist das Beispiel des Hahnen! Ehe er kräht, die Menschen vom Schlafe zu wecken, schlägt er sich selbst ermunternd mit den Flügeln in die Seite, anzeigend, wie ein Lehrer der Wahrheit sich selbst der Tugend bestreben soll, ehe er sie anderen lehret. Stolz ist der Hahn, der Sterne kundig, und richtet oft seine Blicke zum Himmel; sein Schrei ist prophetisch, er kündet das Wetter und die Zeit. Ein Vogel der Wachsamkeit, ein Kämpfer, ein Sieger wird er von den Kriegsleuten auf den Rüstwagen gesetzt, daß sie sich zurufen und ablösen zu gemessener Zeit. So es dämmert und der Hahn mit den Hühnern zu ruhen sich auf die Stange setzt, stellen sie die Nachtwache aus. Drei Stunden vor Mitternacht regt sich der Hahn, und die Wache wird gewechselt; um die Mitternacht beginnt er zu krähen, sie stellen die dritte Wache aus, und drei Stunden gen Morgen rufet sein tagverkündender Schrei die vierte Wache auf ihre Stelle. Ein Ritter ist der Hahn, sein Haupt ist geziert mit Busch und rother Helmdecke und ein purpurnes Ordensband schimmert an seinem Halse; stark ist seine Brust wie ein Harnisch im Streit, und sein Fuß ist bespornt. Keine Kränkung seiner Damen duldet er, kämpft gegen den eindringenden Fremdling auf Tod und Leben und selbst blutend verkündet er seinen Sieg stolz emporgerichtet gleich einem Herold mit lautem Trompetenstoß. Wunderbar ist der Hahn; schreitet er durch ein Thor, wo ein Reiter hindurch könnte, bücket er doch das Haupt, seinen Kamm nicht anzustoßen, denn er fühlt seine innere Hoheit. Wie liebet der Hahn seine Familie! Dem legenden Huhn singt er liebliche Arien: "bei Hühnern, welche Liebe fühlen, fehlt auch ein gutes Herze nicht, die süßen Triebe mit zu fühlen, ist auch der Hahnen erste Pflicht;"--stirbt ihm die brütende Freundin, so vollendet er die Brut und führet die Hühnlein, doch ohne zu krähen, um allein Mütterliches zu thun.--O welch erhabenes Geschöpf ist der Hahn! Phidias setzte sein Bild auf den Helm der Minerva, Idomeneus auf sein Schild. Er war der Sonne, dem Mars, dem Mercur, dem Aesculap geweiht. O wie geistreich ist der Hahn! Wer kann es den morgenländischen Kabbalisten verdenken, daß sie sich Alektryo's bemächtigen wollten, da sie an die Seelenwanderung glaubten und der Hahn des Mycillus sich seinem Herrn selbst als die Seele des Pythagoras vorstellte, die inkognito krähte. Ja wie mehr als ein Hahn ist ein Hahn, da sogar ein gerupfter Hahn noch den Menschen des Plato vorstellen konnte"! u.s.w.

Noch unaussprechlich vieles Erbauliche, Moralische, Historische, Allegorische, Medizinische, Mystische, selbst Politische brachte Gockel in dieser schönen Leichenrede an, welche auch oft von dem lauten Schluchzen und Weinen Gockels, der Frau Hinkel und der kleinen Gackeleia unterbrochen ward. Selbst alle Vögelein gaben ihre Rührung mit leisem Piepen zu verstehen; weil aber der größte Theil der Rede aus Coleri Haushaltungsbuch und aus Gesneri Vogelbuch u.s.w. herrührte, zogen sich die zuhörenden Vögel, denen es viel zu lang dauerte, nach und nach in der Stille zurück,--und da er nun gar noch allerlei Abergläubisches von der Alektryomantie, einer Art zauberischer Wahrsagerei vermittelst der

Hahnen, und von dem Hahnenei, woraus die Basilisken entstehen, vorbrachte, ward Frau Hinkel auch etwas unruhig--doch hielt sie sich noch zurück--dann aber kam er auf einen gewissen unpartheiischen Engländer zu sprechen, und was dieser von Hahnen und Hinkeln gesagt; da ward es Frau Hinkel nicht recht wohl und sie sprach: "Lieber Gockel, ich glaube, wir haben das schon gehört, wir sind auch noch nüchtern, ich fürchte die Milch wird sauer, ich habe auch noch kein Wasser zum Kaffee am Feuer, ich dächte wir hielten einen kleinen Leichenschmaus." Da lächelte der gute Gockel, umarmte Frau Hinkel und Gackeleia und begab sich, selbst ermüdet von der schlaflosen Nacht, gern mir ihr in den Hühnerstall.

Den ganzen übrigen Tag weinten Frau Hinkel und Gackeleia noch öfter, und wollten sich gar nicht zufrieden geben, daß sie an dem Tode der Gallina und Alektryo's Schuld gewesen.

Gockel gab ihnen die schönsten Ermahnungen, sie versprachen die aufrichtigste Besserung, und so entschlief die ganze Familie am Abend dieses traurigen Tages nach einem gemeinschaftlichen herzlichen Gebet.

Als Gockel in der Nacht erwachte, gedachte er der Frau Hinkel und seines Töchterleins Gackeleia mit vieler Liebe, und entschloß sich, ihnen nach dem vielen Schrecken, den sie gehabt, eine rechte Freude zu machen, und zugleich den Siegelring Salomonis zu versuchen. Er nahm daher den Ring aus der Tasche, steckte ihn an den Finger und drehte ihn an demselben herum mit den Worten:

"Salomon du weiser König,
Dem die Geister unterthänig,
Mach' mich und Frau Hinkel jung,
Trag' uns dann mit einem Sprung
Nach Gelnhausen in ein Schloß,
Gieb uns Knecht und Magd und Roß,
Gieb uns Gut und Gold und Geld,
Brunnen, Garten, Ackerfeld,
Füll' uns Küch und Keller auch,
Wie's bei großen Herrn der Brauch,
Gieb uns Schönheit, Weisheit, Glanz,
Mach' uns reich und herrlich ganz,

Ringlein, Ringlein, dreh' dich um,
Mach's recht schön, ich bitt' dich drum!"

Unter dem Drehen des Ringes und dem öfteren Wiederholen dieses Spruches schlief Gockel endlich ein. Da träumte ihm, es trete ein Mann in ausländischer reicher Tracht vor ihn, der ein grosses Buch vor ihm aufschlug, worin die schönsten Paläste, Gärten, Springbrunnen, Hausgeräthe, Kleidungsstücke, Tapeten, Schildereien, Alamode-Kutschen, Pferde, Livreen und andere dergleichen Dinge abgebildet waren, aus welchen er sich heraussuchen mußte, was ihm wohlgefiel. Gockel beobachtete bei der Wahl Alles mit großem Fleiße, was Frau Hinkel und Gackeleia gefallen konnte, denn er träumte so klar und deutlich, als ob er wache. Da er aber das Buch durchblättert hatte, schlug der Mann im Traume es so heftig zu, daß Gockel plötzlich erwachte.

Es war noch dunkel, und er war so voll von seinem Traume, daß er sich entschloß, seine Frau zu wecken, um ihr denselben zu erzählen; auch fühlte er ein so wunderbares Behagen durch alle seine Glieder, daß er sich kaum enthalten konnte, laut zu jauchzen. Da er sich immer mehr vom Schlafe erholte, empfand er die lieblichsten Wohlgerüche um sich her und konnte gar nicht begreifen, was nur in aller Welt für köstliche Gewürzblumen in seinem alten Hühnerstall über Nacht müßten aufgeblüht seyn. Als er aber, sich auf seinem Lager wendend, bemerkte, daß kein Stroh unter ihm knistre, sondern daß er auf seidenen Kissen ruhe, begann er vor Erstaunen auszurufen: "o Jemine, was ist das?" In demselben Augenblicke rief Frau Hinkel dasselbe, und dann riefen beide: "wer ist hier?" und beide antworteten: "ich bin's, Gockel!--ich bin's Hinkel!" aber sie wollten's beide nicht glauben, daß sie es seyen. Es hatte ihnen beiden dasselbe geträumt, und sie würden geglaubt haben, daß sie noch träumten, aber sie fanden gegenseitig ihre Stimmen so verändert, daß sie vor Verwunderung gar nicht zu Sinnen kommen konnten. "Gockel," flüsterte Frau Hinkel, "was ist mit uns geschehen? Es ist mir, als wäre ich zwanzig Jahre alt." "Ach ich weiß nicht," sagte Gockel, "aber ich möchte eine Wette anstellen, daß ich nicht über fünf und zwanzig alt bin." "Aber sage nur, wie kommen wir auf die seidenen Betten?" fragte Frau Hinkel, "so weich habe ich selbst nicht gelegen, als du noch

Fasanenminister in Gelnhausen warst,--und die himmlischen Wohlgerüche umher,--aber ach, was ist das? Der Trauring, der mir immer so lose an dem Finger hieng, daß ich ihn oft Nachts im Bettstroh verloren, sitzt mir jetzt ganz ordentlich, so daß ich ihn eben drehen kann, ich bin gar nicht mehr so klapperdürr."--Diese letzten Worte erinnerten Gockel an den Ring Salomonis; er dachte: "ach, das mag Alles von meinem gestrigen Wunsche herkommen;" da hörte er auch Roße im Stalle stampfen und wiehern, hörte eine Thüre gehen, und es fuhr ein Licht durch die Stube an der Decke weg, als wenn jemand mit einer Laterne Nachts über den Hof geht. Er und Hinkel sprangen auf, aber sie fielen ziemlich hart auf die Nase, denn jetzt merkten sie, daß sie nicht mehr auf der ebenen Erde, sondern auf hohen Polsterbetten geschlafen hatten, und der Schein, der durch die Stube gezogen war, hatte nicht die rauhe Wand ihres Hühnerstalles, an welcher Stroh und die alte Hühnerleiter lag, sondern prächtige gemalte und vergoldete Wände, seidene Vorhänge und aufgestellte Silber-und Gold-Gefäße beleuchtet. Sie rafften sich auf von einem spiegelglatten Boden, sie stürzten sich in die Arme und weinten vor Freude, wie Kinder. Sie hatten sich so lieb, als hätten sie sich zum erstenmale gesehen. Nun bemerkten sie den Schein wieder, und sahen, daß er durch ein hohes Fenster herein fiel. Mit verschlungenen Armen liefen sie nach dem Fenster und sahen, daß es von der Laterne eines Kutschers in einer reichen Livree herkam, der in einem großen geräumigen Hof stand, Haber siebte und ein Liedchen pfiff. Im Schein der Laterne, der an das Fenster fiel, sah Gockel Hinkel an und Hinkel Gockel, und beide lachten und weinten und fielen sich um den Hals und riefen aus: "ach Gockel, ach Hinkel, wie jung und schön bist du geworden!" Da sprach Gockel: "Alektryo hat die Wahrheit gesprochen, der Ring Salomonis hat Probe gehalten, alle meine Wünsche, bei welchen ich ihn drehte, sind in Erfüllung gegangen"; und da erzählte er der Frau Hinkel, wie ihm der Mann mit dem großen Bilderbuch erschienen und er Alles heraus gesucht und den Ring dabei gedreht habe.--"Ach Gockel, Herzens-Gockel! hast du wirklich Alles so gewünscht, Alles wie es mich freuet und erquicket? Dieses lange, lange Hemd, diesen tiefrothen, chinesischen Schlafrock, fein, fein, man kann ihn ganz in den Raum einer Nuß verbergen. Gockel! und dieses seidene Netz um meine Haare--Alles, Alles so nach meiner Lust?"--"Ja", sagte

Gockel, "Alles nach deiner Lust, es wird schon Tag werden, da wirst du erst sehen die hohen, hellen Räume, Sääle, um Wettrennen darin anzustellen, lauter Doppelthüren, Fußböden mit Purpurteppichen bedeckt, herrliche breite Treppen auf Säulen ruhend, Terrassen, Gallerien, offne Hallen; ach Hinkel! welche Gärten und Springbrunnen und Säulenhallen und Statuen und Aussichten und schöne Berglinien und Lorbeern-, Myrten-, Cypressen-, Citronen-, Pomeranzen-, Orangen-, Granatenhaine und eine Schaukel darin von weißen Rosen--und eine Wiege von weißen Lilien--vom Küchengarten will ich gar nicht reden, es wird dir genug seyn, wenn ich sage, daß die Pflaumenbäume ihre Aeste mit getrockneten Früchten zum Küchenfenster hineinhängen.--Was soll ich von der Garderobe sprechen, ehe ich dir nur den hundertsten Theil der Stiefelchen, Pantöffelchen, Röckchen, Schürzchen, Hütchen, Tüchelchen, Quästchen, Trottelchen u.s.w. nenne, ist es Tag, und du knieest mitten darunter und räumst und packst und probirst Alles nach der Reihe;--aber Herz Hinkel, das Schönste ist: da ist kein Zapfenbrett, wie im Hühnerministerium, nein, da stehen ganze Chöre der großartigsten, edelsten, lieblichsten, erhabensten, kindlichsten Marmorfiguren von Engeln, Genien, Denkern, Dichtern, Propheten, Göttern und Helden, und auf ihren Händen tragen sie die Kleider, die in krystallenen Schalen zwischen duftenden Blumen ruhen, in der Mitte der Garderobe stehen die drei Grazien um einen dicken Lilienbusch, und wenn du zu träge bist, dich selbst anzukleiden, trittst du zwischen die Grazien und sagst nur den Spruch deiner Ahnfrau von Hennegau:

"O Stern und Blume, Geist und Kleid,
Lieb, Leid und Zeit und Ewigkeit!
Schönster Baum im Paradies,
Gieb mir Das und gieb mir Dies,
Rüttel dich und schüttel dich,
Schüttel Leib und Herz und Geist,
Und was diesen zierlich heißt,
Hüllend, füllend über mich."

O Hinkel!--dein blaues, oder wie du willst, farbiges Wunder sollst du da sehen, augenblicklich sollst du da fix und fertig auf die schönste und vortheilhafteste Weise bekleidet dastehen.--Ich will nicht weiter sprechen, o Hinkel von Hennegau, von allen Kabinetten und Kabinettchen, von der Bibliothek, der Hauskapelle, der Küche, der Speisekammer, dem Saal, Ball zu schlagen, dem Musiksaal, der Gemälde-Gallerie, der Aepfelkammer, der tiefsinnigen Denkhalle, der Kinderstube, dem Karoussel, dem Badhaus, dem Hühnerhof, ach! und dem bezaubernd schönen Stall voll der edelsten Pferde und Pferdchen, vor Allem ein arabisches Schimmelchen, weiß wie der gefallne Schnee, Mähnen und Schweif mit Purpurbändern durchflochten, mit tief rothem Sammet gezäumt, Gebiß und Bügel von Gold und Rubin; ach Hinkel! und der Sattel!--der Sattel ist ihm von Natur auf den Rücken gewachsen! nun denke!"

"Lieber Gockel," sagte Frau Hinkel, "es ist nicht möglich, es ist zu viel, ich kanns nicht glauben; aber ich möchte trinken, kannst du mir nicht ein Glas Wasser herbeidrehen?"--"Geh nur links an deinen Waschtisch," erwiederte Gockel, "und halte den Krystall-Pokal zum Fenster hinaus." "O Gockel, gehe mit," sagte Hinkel, sich an seinen Arm hängend, "ich weiß nicht Bescheid hier, es ist mir ganz bang vor lauter Schönheit, ich fürchte, ich möchte über das siebente Wunder der Welt stolpern und in das achte hineinstürzen."

Da führte Gockel sie zu ihrem Waschtisch an ein zweites Fenster, dessen Vorhang der volle Mond mit angenehmem Licht durchstrahlte. O da gieng das Verwundern erst recht an; neben einem Schirm von goldnen Stäben, an welchem weiße Rosensträucher hinaufrankten, die alle ihre Rosen nach Innen senkten, stand das Waschtischchen; aber welch ein Waschtischchen, ein Waschtischchen, das sich nicht nur gewaschen hatte, sondern sich auch in alle Ewigkeit fortwusch.--In den mit tiefrothem Sammet belegten Marmorboden war ein eirundes tiefes Becken von Krystall versenkt, der Rand oben war von Muscheln, Korallen und lebendigen Blumen umgeben, Reseda und Veilchen und Vergißmeinnicht; diese Wanne war voll Rosenwasser; über diesem ragte wie schwimmend ein mit Lotos-Blumen gesattelter Delphin von Perlenmutter hervor, auf seinem Rücken saß ein feingeflügeltes Kind von weißem Marmor, in der einen Hand hielt es ein Sieb von Krystall voll der duftendsten Rosen, in welches von Sonnenaufgang bis Sonnenuntergang zwey Strahlen des frischesten, klaresten Wassers aus den Nüstern des Delphins sprudelten und als Rosenwasser in das Becken niederfloßen, mit der andern Hand stützte das Marmorkind die krystallne, durchsichtige Tischplatte, welche den Waschtisch bildete, und da war erst die rechte Herrlichkeit von schönen sieben Sachen.

Frau Hinkel sah und fühlte Alles mit großem Entzücken an, aber sie hatte gestern so viel geweint und nachher so viel gesalzenes Fleisch gegessen, so daß sie ungemein dürstete und sprach:

> Wunder über Wunder, Gockel!
> Wunderherrlich ist der Sockel
> Von dem Wischiwaschi-Tisch;
> Herzerquicklich scheint der Fisch
> Lustig in dem Meer zu gaukeln
> Und das flinke Kind zu schaukeln
> Mit dem vollen Rosensieb,
> Alles ist so süß und lieb,
> Alles ist so fein und frisch!--
> Doch, eh ich das Glas erwisch,
> Kann ich gar nichts recht betrachten
> Und muß schier vor Durst verschmachten.

"Verzeih, Herz Hinkel!" sprach Gockel, "ich selbst vergesse über den kuriosen Sachen Essen und Trinken"--da gab er ihr das Glas von dem Waschtisch, dünn und klar und rein wie eine Seifenblase, die sich auf eine Lilie niedergelassen, so war Kelch und Stiel gebildet--"halte es zum Fenster hinaus, ich will den Ring Salomonis drehen."

Gockel zog den rothdamastenen Vorhang hinweg, da sah man durch die blüthenvollen Wipfel der Orangenbäume in den blauen Himmel, an dessen Osten der Tag graute; der Mond stand am Himmel wie ein freigebiger Kavalier, welcher der Frau Gräfin Hinkel von Hennegau ein Ständchen von der Nachtigall will bringen lassen.--"Reiche nur den Pokal hinaus," sagte Gockel, "fahre nur mit der Hand mitten durch die Orangenblüthen, die Geister Salomonis werden schon einen Wasserstrahl senden, der dir das Herz erlabt."--Frau Hinkel that, wie Gockel befahl, und Gockel sprach den Ring drehend:

"Salomo, du weiser König,
Dem die Geister unterthänig,
Füll' Frau Hinkel den Pokal
Mit der reinsten Quelle Strahl,
In der Felsen Herz entsprungen,
Durch der Erde Brust gedrungen,
Durch der Blüthen Duft geschwungen,
Von der Nachtigall besungen,
Von der Sterne Licht gegrüßt,
Von des Mondes Strahl geküß't;
Gieb zum Labsal durst'ger Zungen
Ein Glas Wasser, bitt' dich drum!
Ringlein, Ringlein, dreh dich um."

Schon während diesen Worten plätscherte es unter den Orangen-Bäumen heftiger, die Blätter bewegten sich, die Blüthen küßten sich, und zwischen ihnen spritzte der feine, im Mond--und Sternenlicht schimmernde Strahl eines Springbrunnens aus dem unten liegenden Garten empor und füllte den Pokal, welchen die Hand der Frau Hinkel hinaushielt, ohne sie selbst im Mindesten zu benetzen. Frau Hinkel trank und trank wieder, auch Gockel trank, und die allerliebste Frau Nachtigall sang in der nahen Linde das freundlichste: "wohl bekomm's, Frau Gräfin von Hennegau" dazu.

"Ach"! sagte Frau Hinkel, indem sie den Pokal wieder auf den Waschtisch setzte, "das hat aber einmal geschmeckt, das Wasser duftete ganz von Blüthen, und wie die liebe Nachtigall singt"! -- "Horch"! sagte Gockel, "da singt noch was", es war aber der Kutscher, der den Haber siebte; als er die Nachtigall hörte, fieng er an zu singen:

"Nachtigall, ich hör dich singen,
s'Herz im Leib möcht mir zerspringen,
Komme doch und sag mir bald,
Wie sich Alles hier verhalt'.
Nachtigall, ich seh dich laufen,
An dem Bächlein thust du saufen,
Tunkst hinein dein Schnäbelein,
Meinst es sey der beste Wein!
Nachtigall, wohl ist gut wohnen

In der Linde grünen Kronen,
Bei dir, lieb Frau Nachtigall,
Küß' dich Gott viel tausendmal!"

Das gefiel nun Gockel und Hinkel gar wohl, denn es war ihr Lieblingslied und ihre Mutter hatte es ihr an der Wiege gesungen. -- Gockel war so froh, über Alles, was er so erfinderisch herbeigewünscht hatte, daß er wünschte, Frau Hinkel möge gleich Alles betrachten, was auf ihrem Waschtisch weiter liege. Sie sagte aber: "nein, ich muß warten bis der Tag anbricht, es ist Alles so herrlich und fein, ich zittre so vor Freude, ich habe eine solche Wallung im Blut. Wir sahen nun dort in den Hof, hier in den blühenden Garten, voll Duft und Springbrunnen und Nachtigallen, jetzt laß uns an jener Seite hinaus schauen, was dort zu sehen ist."-- Nun liefen sie an ein drittes Fenster; "o je, welche Freude!" rief Frau Hinkel aus, "Wir sind in Gelnhausen, da oben liegt das Schloß des Königs, und da drüben, o zum Entzücken! da sehe ich in einer Reihe alle die Bäcker--und Fleischerladen; es ist noch ganz stille in der Stadt; horch, der Nachtwächter ruft in einer entfernten Straße, drei Uhr ist es; ach, was wird er sich wundern, wenn er hieher auf den Markt kömmt und auf einmal unsern prächtigen Palast sieht! Und der König, was wird der König die Augen aufreissen und alle die Hofherrn und Hofdamen, die uns so spöttisch ansahen, da wir in Ungnade fielen, was werden sie gedemüthiget seyn durch unsern Glanz! O Gockel, liebster Gockel, was bist du für ein herzallerliebster, beßter Gockel mit deinem Ring Salomonis!" und da fielen sie sich wieder um den Hals und fuhren vor Freude gleichsam Schlitten auf dem spiegelglatten Boden.

Es brach aber der Tag an und es war kein Traum; Alles hatte Bestand, sie blickten Arm in Arm scheu und doch freudig bald sich in ihrer verjüngten Gestalt und prächtigen Kleidung, bald die wunderbare Pracht ihres Schlafgemaches an, und als sie neben ihrem großen Prachtbett, welches wie ein Himmelwagen aussah, mit Federbüschen besteckt, ein anderes schönes Bettchen sahen, fiel ihnen erst im Taumel der großen Freude ihre liebe Gackeleia ein; sie rissen die rothsammetnen, goldgestickten Vorhänge hinweg, da lag Gackeleia schön wie ein Engel, ach viel schöner als sie je gewesen. Gockel und Hinkel erweckten sie mit Küssen und

Thränen: "wach auf, Gackeleia, ach alle Freude ist um uns her; ach Gackeleia, sieh alle die schönen Sachen an!" Da schlug Gackeleia die blauen Augen auf, und glaubte, sie träume das Alles nur; und da sie Vater und Mutter, welche beide so jung und schön geworden waren, gar nicht wieder erkannte, fieng sie an zu weinen und verlangte nach ihren lieben Aeltern. Ja alle die schönen Sachen konnten sie nicht zufrieden stellen; sie sagte immer: "o was soll ich mit all der Herrlichkeit, ich will zu meiner lieben Mutter, Frau Hinkel, zu meinem guten Vater, Gockel, zurück." Die Mutter und der Vater konnten sie auf keine Weise bereden, daß sie es selbst seyen. Endlich sagte Gockel zu ihr: "Wer bist du denn?" "Gackeleia bin ich," erwiederte das Kind. "So", sagte Gockel",du bist Gackeleia? Aber Gackeleia hatte ja gestern ein Röckchen von grauer Leinwand an, wie kömmt den Gackeleia in das schöne, buntgeblümte, seidene Schlafröckchen?" "Ach, das weiß ich nicht," antwortete Gackeleia, "aber ich bin doch ganz gewiß Gackeleia; ach ich weiß es gewiß, die Augen schmerzen mich so sehr, ich habe gestern gar viel geweint, ich habe grosses Unglück angestellt, ich habe die Katze an das Nest der Gallina geführt; ich bin Schuld, daß sie gefressen worden, ich habe dadurch den guten Alektryo in den Tod gebracht, ach ich bin gewiß die böse Gackeleia;" dabei weinte sie so bitterlich und fuhr fort: "o du bist Gockel nicht; der Vater Gockel hat ganz schneeweiße Haare und einen weißen Bart und ist bleich im Gesicht und hat eine spitze Nase; du Schwarzer mit den rothen Wangen bist Gockel nicht; du bist auch die Mutter Hinkel nicht; du bist ja so hübsch glatt und anmuthig wie ein Turteltäubchen; die Mutter Hinkel ist klapperdürr wie ein Zaunpfahl; ich will fort in das alte Schloß, ihr habt mich gestohlen;" und da weinte das Kind wieder heftig. Gockel wußte sich nicht anders zu helfen, als daß er sagte: "Schau mich einmal recht an, ob ich dein Vater Gockel nicht bin." Da guckte ihn Gackeleia scharf an, und er drehte den Ring Salomonis ganz sachte am Finger und sprach leis:

"Salomon, du großer König,
Mache mich doch gleich ein wenig
Dem ganz alten Gockel ähnlich;
Mach' mich wieder wie gewöhnlich."

Und wie er am Ring drehte, ward er immer älter und grauer, und das Kind sagte immer: "ach Herrje, ja, fast wie der Vater!" und als er ganz fertig mit dem Drehen war, sprang das Kind aus dem Bett, und flog ihm um den Hals und schrie: "ach ja, du bist's, du bist's, liebes, gutes, altes Väterchen! Aber die Mutter ist es mein Lebtag nicht." Da begann Gockel auch für Frau Hinkel den Ring zu drehen, daß sie wieder ganz alt ward. Aber dieser machte das gar keine Freude, und sie sagte immer: "halt ein Gockel, nein das ist doch ganz abscheulich, einen so herunter zu bringen, nein das ist zu arg! so habe ich mein Lebtag nicht ausgesehen; du machst mich viel älter, als ich war!" und begann zu weinen und zu zanken, und wollte dem Gockel mit Gewalt nach der Hand greifen und ihm den Ring wieder zurückdrehen. Aber Gackeleia sprang ihr in die Arme und küßte und herzte sie, und rief einmal über das anderemal aus: "ach Mutter, liebe Mutter, du bist's, du bist's ganz gewiß!" Da sagte Frau Hinkel: "nun meinethalben," und küßte das Kind Gackeleia von ganzem Herzen. Gockel aber sprach: "ei, ei, Frau Hinkel, ich hätte mein Lebtag nicht gedacht, daß du so eitel wärest; es ist gut, nun habe ich ein Mittel, dich zu strafen; sieh, bist du mir nun nicht fein ordentlich und fleißig, oder brummest du, oder bist du neugierig, so drehe ich gleich den Ring um und mache dich hundert Jahre alt." Da sagte Frau Hinkel: "thue was du willst, ich habe es nicht gern gethan, es hat mich nur so überrascht." Nun umarmte sie Gockel und drehte den Ring wieder, und sie wurden wieder jung und schön. So erfuhr auch Gackeleia das Geheimniß mit dem Ringe, und Gockel schärfte ihr und der Frau Hinkel ein, ja niemals etwas von dem Ringe zu sprechen, sonst könnte er ihnen gestohlen werden, und dann müßten sie wohl wieder arm und elend in das alte Schloß zurück. "Bewahr uns Gott davor!" sagten alle, und Gockel fuhr fort: "ja, daß er uns davor bewahre, lasset uns vor Allem beten und danken; ihm allein gebührt die Ehre!" da knieten sie in Mitte der Stube nieder und dankten Gott von Herzen.

Als sie wieder aufgestanden waren, sagte Frau Hinkel: "jetzt kommt, jetzt geht das Hauptplaisir an, jetzt geht es ans Betrachten, und mit uns selbst wird angefangen." Nun traten sie alle drei vor einen großen Spiegel und beschauten sich in Lebensgröße von allen Seiten und lachten und hüpften; Frau Hinkel machte einige spitze Mäulchen und Gackeleia probirte so vielerlei, daß sie sogar die Zunge ziemlich weit herausstreckte, worauf aber Gockel sagte: "Pfui, wawa, das ist unartig!" Hierauf gieng Frau Hinkel nach ihrem Waschtisch, um Alles zu betrachten, was sie in der Nacht noch nicht gesehen. In einer andern Fensternische stand der Waschtisch Gockels, und zwischen beiden ein Waschtischchen Gackeleia's.

Auf der krystallenen Platte des Tisches stand Waschbecken und Kanne von gleichem Stoff, man konnte sie so oft man wollte bei dem Delphin unter dem Tische füllen; hinter dem Waschbecken war etwas Hohes mit einem feinsten weißen Tuche bedeckt.--"Was ist nur das?"--sagte Frau Hinkel und zog das Tuch weg,--aber Alle wurden still und ernst, als sie sahen, was es war; denn es war das Bild einer Gluckhenne auf dem Neste sitzend mit ausgebreiteten Flügeln und über Hühnchen brütend, die hie und da die Köpfchen hervorstreckten; Alles von Gold und Silber, auf das natürlichste kunstreich ausgearbeitet; die Augen waren alle von Edelsteinen und die Kämme von Rubinen!

"Ach!" sagte Frau Hinkel, "das ist wohl eine ernste Erinnerung, das kann uns wohl demüthigen; sieh Gackeleia, da ist das Bild der Gallina, wie sie leibte und lebte, da können wir an die betrübte Geschichte denken!"--"Ach ja," sagte Gackeleia, und weinte. Gockel aber sprach: "wollen wir dabei an irgend etwas denken, was uns vor Uebermuth bewahrt, so ist das gut. Hier aber steht die goldene Henne nur als ein altes Familienkleinod, das ich selbst zum erstenmal sehe; dort auf meinem Waschtisch wird wohl der goldene Hahn stehen."--Da deckte Gockel auf seinem Waschtisch das Gefäß auf, und wirklich stand das Bild Alektryos von Gold in größter Vollkommenheit da.--Sie waren Alle ganz erstaunt.

Gockel aber sprach weiter: "du wirst dich erinnern, Frau Hinkel, daß in unsrer Familie ein altes Sprichwort ist, der goldne Hahn kräht nicht mehr, die goldne Henne legt nicht mehr, um unsre

Verarmung anzudeuten. Das bezieht sich auf diese beiden unschätzbaren Kunstwerke, die lange in dem Schatze der Kapelle zu Gockelsruh bewahrt wurden. Als aber die Franzosen ihre angeblichen Rechte auf alle Hahnen geltend machten, weil in dem wohl anatomirten Gehirn jedes Hahns ihr Wappen, nämlich das Bild einer Lilie zu finden seyn soll, haben sie sich dieses goldnen Geflügels vor allem Andern bemeistert.--Bei seiner Vermählung mit Urhinkel von Hennegau drehte Urgockel den Ring Salomos, und wünschte ihr das herrlichste Toiletten-Geschenk, das Salomo selbst der Königin von Saba gegeben; --dann drehte die Gräfin von Hennegau den Ring und wünschte dem Urgockel das Gegengeschenk der Königin von Saba, und so standen am Hochzeitmorgen dieser Waschtisch mit der goldnen Henne und jener dort mit dem goldnen Hahn im Brautgemache, und von dieser Hochzeit an wurden die goldne Henne und der goldne Hahn bei jeder Hochzeit in Gockelsruh dem Brautpaar vorgetragen und bei der Mahlzeit aufgestellt, bis sie verloren giengen. Jetzt wollen wir einmal sehen, wie die Geschenke beschaffen sind, vor Allem die Probe, ob es gut Gold ist. Sieh da unten an dem Neste die Probe in phönizischer Schrift; ich drehe den Ring und wünsche es zu lesen, und sieh, ich kanns lesen.

"Dieses Necessaire, vorstellend das Siebengestirn als eine Gluckhenne mit sechs Küchlein für ihre Majestät die Königin Balkis von Saba, verfertigte auf Befehl Seiner Majestät des Königs Salomo von Jerusalem, dessen erster Goldschmied Hieram von Tyrus, aus 24karatigem Gold von Ophir in Augsburgirter Butzbacher-Façon." Nun sieh, welche Rarität, was mag aber Alles darin enthalten seyn?"

Nun zerlegte Gockel das ganze Huhn nach der Transchierkunst, die er als Hühnerminister aus dem Fundament verstand; Alles bestand aus Deckeln, Büchschen und Fächern u.s.w. Wenn man den Rücken mit den ausgebreiteten Flügeln der Henne in die Höhe schlug, hatte man einen aufgerichteten Handspiegel; im Innern der Henne befanden sich in verschiedenen goldenen Kästchen mehrere Schwämme und Kämme, weite und enge, Haarbürsten, Zahnbürsten, Ohrlöffel, Zahnstocher, Puderbüchsen von allen Farben, Schönheitspflästerchen, Schminke aller Farben, Nagelscheeren und Bürsten, eine Haarzange, ein Kämmchen für die

Augenbraunen, erstaunlich viele Sachen. In dem Kopf der Henne fand man Hühneraugensalbe für den linken und rechten Fuß. Der Hals enthielt eine Nadelbüchse voll allerlei Nadeln, auch eine Insektenfalle. In jedem der Hühnchen, die man öffnen konnte, fand sich eine andre wohlriechende Seife, oder Salbe, oder Essenz; das Nest im Innern selbst war ein Näh--und Nadelkissen von tyrischem Purpur, worauf die schönsten Muster mit goldenen Demantnadeln abgesteckt waren. Das ganze künstliche Flechtwerk des goldenen Nestes hieng und stack voll tausenderlei Geschmeid, Ringen, Ketten, Spangen, Agraffen, Amuletten, Talismanen, Perlen und Bernsteinschnüren. Aus dem Nest streckten sich vier Zweige von gewachsenem Gold mit Lilien, weißen und rothen Rosen von Edelsteinen. Diese Zweige bildeten Leuchter, worauf Wachskerzen standen und woran viele Wachsstöckchen hiengen, alle von wohlriechendem Wachse gemacht, das Erstlingsbienen beim Aufgang des Siebengestirns auf den Linden des Hymettus und von Lilien gesammelt hatten, die schöner bekleidet waren als Salomo selbst. Außerdem hiengen an diesen Goldzweigen Siegelringe, kleine Kalenderchen und Notizbüchelchen von Elfenbein. Vor der Henne kniete ein feines Kind mit Flügeln von Edelsteinen; es hielt in der einen Hand eine Schale voll der köstlichsten Stärkungskügelchen, in der andern eine Schale voll Balsam von Mekka, als wolle es die Henne füttern. Das Wunderbarste aber war, daß die Henne die Stundenzahl und die Hühnchen die Viertelstundenzahl mit süßem Glucksen und Piepen angaben, und wenn man an einer Feder zog, so sang eine im Innern befindliche Orgel die Melodie des höchsten Liedes, das Salomo je gedichtet.

Frau Hinkel wußte sich gar keinen Rath über allen diesen Wundern und schaute sich weiter bei dem Waschtische um, da sah sie in das Gitter des Rosenschirms mehrere Engelchen geflochten; einige reichten Körbe mit Rosenblättern, Orangenblüthen und Mandelkleie herein, andre boten lange weiche Tücher von weißer oder purpurfarbiger indischer Leinwand oder Wolle dar.--"Ach," sagte Frau Hinkel, "allen Respekt vor der Frau Königin Balkis, aber sie muß viele Zeit und wenige Schönheit gehabt haben, wenn sie Alles das gebraucht hat, sich zu waschen; ich werde es nie gebrauchen."--"Da hast du wieder Recht," sagte Gockel, "es ist auch nur ein Schau--und Familienstück, du wirst schon ein andres

Waschtischchen mit allem Nöthigen finden; ich aber will meinen goldenen salomonischen Alektryo gleich gebrauchen, denn ich sehe, er enthält nichts außer Stiefelzieher und Stiefelhacken, Schuh-, Kleider--und Zahnbürste, Kamm und Scheere, nicht viel mehr, als ein veritables englisches Rasirzeug, das habe ich mir lange gewünscht," und somit fing er gleich an und pinselte sich den Bart mit Seifenschaum ein.

Gackeleia gieng auch nach ihrem Waschtischchen, aber es wollte ihr nicht recht gefallen, denn es stand ein goldnes Kätzchen darauf, das ein silbernes Hühnchen im Maul hatte. Sie wollte schon wieder anfangen zu weinen, aber Frau Hinkel sagte zu ihr: "komm Gackeleia, damit wir den Vater beim Rasiren nicht stören, er ist es lange nicht mehr gewohnt, er könnte sich schneiden.--Wir wollen in die Kleiderkammer gehen und uns unter das Bäumchen stellen und sagen:

> Bäumchen rüttel dich und schüttel dich,
> Schüttle schöne Kleider über mich!"

Da verließ Gackeleia sehr erfreut die Stube mit ihr, und bald traten sie in schönen Morgenkleidern von schneeweißem Piqué mit leichter Goldstickerei wieder herein.

Nun war die Sonne aufgegangen und der Nachtwächter war auf den Markt gekommen und hatte das Wunder-Schloß Gockels, das wie ein Pilz in der Nacht hervorgewachsen, kaum erblickt, als er ein ungemeines Geschrei erhob:

> "Hört ihr Herrn und laßt euch sagen,
> Die Glocke hat vier Uhr geschlagen,
> Aber das ist noch gar nicht viel
> Gegen ein Schloß, das vom Himmel fiel;
> Da steht's vor mir ganz lang und breit,
> Wir leben in wunderbarer Zeit,
> Ich schau es an, es kömmt mir vor,
> Wie der alten Kuh das neue Thor.
> Wacht auf ihr Herrn und werdet munter,
> Schaut an das Wunder über Wunder,
> Und wahrt das Feuer und das Licht,

Daß dieser Stadt kein Leid geschiecht
Und lobet Gott den Herren!"

Da wachten die Bürger rings am Markte auf, die Bäcker und die Fleischer rieben sich die Augen und rissen die Mäuler sperrangelweit auf und streckten die Köpfe mit sammt den Nachtmützen zum Fenster heraus und schauten das Schloß mit großem Spektakel der Verwunderung an.--Gockel, Hinkel und Gackeleia standen am Fenster und guckten hinter dem Vorhang Allem zu. Endlich schrie ein dicker Fleischer: "da ist da, das Schloß kann Keiner wegdisputiren; aber, ob Leute darin sind, die Fleisch essen, das möcht ich wissen."

"Ja, und Brod und Semmeln und Eierwecken," fuhr ein staubiger, untersetzter Bäckermeister fort. Da gieng aber auf einmal die Schloßthüre auf, und es trat ein großer, bärtiger Thürsteher heraus mit einem großen Kragen, wie ein Wagenrad, und einem breiten, silberbordirten Bandelier über der Brust und weiten gepufften Hosen und einem Federhut, wie ein alter Schweizer gekleidet; er trug einen langen Stock, woran ein silberner Knopf war, wie ein Kürbis so groß, und auf diesem ein großer silberner Hahn mit ausgebreiteten Flügeln. Die versammelten Leute fuhren alle auseinander, als er mit ernster drohender Miene ganz breitbeinig auf sie zuschritt; sie meinten, er sey ein Gespenst. Auch Gockel und Hinkel oben am Fenster waren sehr über ihn verwundert und öffneten das Fenster ein wenig, um zu hören, was er sagte. Er sprach aber: "hört einmal ihr lieben Bürger von Gelnhausen, es ist sehr unartig, daß ihr hier bei Anbruch des Tages einen so abscheulichen Lärm vor dem Schloße Seiner Hoheit des hochgebornen Raugrafen Gockel von Hanau, Hennegau und Henneberg, Erbherrn auf Hühnerbein und Katzenellenbogen macht, Seine hochgräflichen Gnaden werden es sehr ungern vernehmen, so ihr Sie also frühe in der Ruhe störet, und wünsche sich das nicht wieder zu erleben, das laßt euch gesagt seyn."--"Mit Gunst" sagte da der Fleischer und zog seine Mütze höflich ab, "wenn erlaubt ist zu fragen, wird dieß Schloß, das über Nacht wie ein Pilz aus der Erde gewachsen ist, von dem ehemaligen hiesigen Hühnerminister bewohnt?" "Allerdings," erwiederte der Schweizer, "es ist bewohnt von ihm und seiner Gräflichen Gemahlin Hinkel und Hochdero Töchterlein Gackeleia, außerdem von zwei Kammerdienern, zwei Kammerfrauen, vier Bedienten, vier Stubenmädchen, zwei Jägern, zwei Laufern, zwei Kammerriesen, zwei Kammerzwergen, zwei Thürstehern, wovon ich einer zu seyn mir schmeicheln kann, zwei Leibkutschern, sechs Stallknechten, zwei Köchen, sechs Küchenjungen, zwei Gärtnern, sechs Gärtnerburschen, einem Haushofmeister, einer Haushofmeisterin, einem Kapaunenstopfer, einem Hühnerhofmeister, einem Fasanenmeister und noch allerlei anderem Gesinde, welche alle zusammen hundert Pfund Kalbfleisch, fünfzig Pfund Hammelfleisch, fünfzig Pfund Schweinfleisch, sechszig Würste und dergleichen essen."--"Ach", schrie da der Metzger und kniete beinahe vor dem Schweizer nieder, "ich recommandire mich beßtens als Hochgräflicher Hofmetzger." Und der Bäcker zupfte den Schweizer am Aermel mit den Worten: "Seine Hochgräflichen Gnaden nebst Familie werden doch das viele Fleisch nicht so ohne Brod in den nüchternen Magen hineinfressen; das könnte ihnen unmöglich gesund seyn." "Ei behüte," sagte der Schweizer, "Sie brauchen täglich dreißig große Weißbrode, hundert fünfzig Semmeln, hundert Eierwecken, hundert Bubenschenkel und zweihundert und sechs und neunzig Zwiebacke zum Kaffee"--"O so empfehle ich mich beßtens zum Hochgräflichen Hofbäcker", rief der Bäckermeister. "Wir wollen sehen", sprach der Schweizer, "wer heute gleich das beßte liefern wird, kömmt ans Brett." Da stürzten alle die Bäcker und Fleischer nach ihren Buden und hackten und kneteten und rollten und glasirten die Eierwecken und rissen die Läden auf und stellten Alles hinaus, daß es eine Pracht war; und so gieng es nun auf allen Seiten von Gelnhausen; alle Krämer und alle Krauthändler kamen, sahen, staunten und wurden berichtet und waren voll Freude, daß sie so viel Geld verdienen sollten.

Gockel und Hinkel und Gackeleia aber liefen im Schloß herum und sahen Alles an; alle die Dienerschaft setzte sich in Bewegung; man kleidete sich an, man wurde frisirt, man putzte Stiefel und Schuh, man klopfte Kleider aus, tränkte die Pferde, fütterte Hühner, frühstückte; es war ein Leben und Weben wie in dem größten Schloß. Die Bürgerschaft, um ihre Freude zu bezeigen, kam mit fliegenden Fahnen gezogen, jede Zunft mit dem Bild ihres Schutzpatronen auf der Fahne und schöner Musik; sie standen Alle vor dem Schloße, feuerten ihre rostigen Flinten in die Luft und schrieen: "Vivat der Herr Graf Gockel von Hanau! Vivat die Gräfin Hinkel und die Comtesse Gackeleia! Vivat hoch! und abermal hoch!"--Gockel und Hinkel und Gackeleia standen auf dem Balkon am Fenster und warfen Geld unter das Volk. Gockel warf den Männern hundert Stück neue Gockeld'ors, Hinkel den Frauen hundert Stück neue Hinkeld'ors, worunter auch eine große Anzahl Basler Hennenthaler, und Gackeleia den Kindern hundert Stück neue Gackeleid'ors aus. Sie riefen dabei immer: "theilt untereinander aus, laßt wechseln, Einer gebe dem Andern heraus!" Weil aber damals der Cours in Gelnhausen sehr hoch stand und das Gold sehr gesucht und man mit Scheidemünze und Stübern und mit Waaren, z. B. Nüssen, Feigen, Schellen und Kappen wohl assortirt war, so ward der Wechsel--und Tauschhandel sehr lebhaft auf dem Markt. Je mehr das Gold fiel, desto höher stieg es; der Platz ward mit ausgetheilten, gewechselten, ausgetauschten, vollwichtigen Nasenstübern, Kopfnüssen, Ohrfeigen, Maulschellen und gestochenen Kappen überschwemmt und Alles mußte losschlagen, weil Viele ganz unverzeihlich mit diesen Artikeln schleuderten. Man hat auch unter der Hand vertrauliche Informationen eingezogen, daß damals das Haus: "Gebrüder Vatermörder", welches später die Frankfurter Messe in Wachs poussirt bezog, den ersten Grund zu seinem Renommee gelegt habe.--Als man sich nun bereits bei den Haaren um das Gold riß, so daß Keiner mit einem blauen Auge davon kam, der nicht Haare gelassen hatte, drehte Gockel den Ring Salomonis und mit ihm den Kellermeister nebst einem Stück Faß Wein aus dem Keller, und es ward eingeschenkt, jedem der trinken wollte und ein Gefäß bei sich hatte. Da liefen sie auseinander nach Haus und holten Eimer und Kübel und Züber und Schöpfkellen und Kessel und Krüge und was sie fanden, und tranken, da der Goldregen aufgehört, Gockels Gesundheit am Weinfaß.

Der König von Gelnhausen wohnte damals nicht in der Stadt, sondern eine Meile davon, in seinem Lustschloße Kastellovo, auf deutsch Eier-Burg, denn das ganze Schloß war von ausgeblasenen Eierschalen errichtet, und in die Wände waren bunte Sterne von Ostereiern hineingemauert. Dieses Schloß war des Königs Lieblingsaufenthalt, denn der ganze Bau war seine Erfindung, und alle diese Eierschalen waren bei seiner eigenen Haushaltung ausgeleert worden. Das Dach der Eierburg aber war in Gestalt einer brütenden Henne wirklich von lauter Hühnerfedern zusammengesetzt, und inwendig waren alle Wände eiergelb ausgeschlagen. Gerade der Bau dieses Schloßes war schuld gewesen, daß Gockel einstens aus den Diensten des Königs gegangen war, weil er sich der entsetzlichen Hühner--und Eierverschwendung widersetzte und dadurch den König erbittert hatte. Täglich kam nun der königliche Küchenmeister mit einem Küchenwagen nach Gelnhausen gefahren, um die nöthigen Vorräthe für den Hofstaat einzukaufen. Wie erstaunte er aber heute, als er die ganze Stadt in einem allgemeinen Bürgerfest vor einem nie gesehenen Palaste erblickte und den Namen Gockels an allen Ecken ausrufen hörte. Aber sein Erstaunen ward bald in einen großen Aerger verwandelt; denn wo er zu einem Bäcker oder Fleischer oder Krämer mit seinem Küchenwagen hinfuhr, um einzukehren, hieß es überall: Alles ist schon für Seine Raugräflichen Gnaden Gockel von Hanau gekauft. Da nun endlich der königliche Küchenmeister sich mit Gewalt der nöthigen Lebensmittel bemächtigen wollte, widersetzten sich die Bürger und es entstand ein Getümmel. Gockel, der die Ursache davon erfuhr, ließ sogleich dem Küchenmeister sagen, er möge ohne Sorgen seyn, denn er wolle Seine Majestät den König und Seine ganze Familie und Seine ganze Dienerschaft allerunterthänigst heute auf einen Löffel Suppe zu sich einladen lassen, und er, der Küchenmeister, möchte nur mit seinem Küchenwagen vor seine Schloß-Speisekammer heranfahren, um ein kleines Frühstück für den König mitzunehmen. Der Küchenmeister fuhr nun hinüber, und Gockel ließ ihm den ganzen Küchenwagen mit Kibitzeneiern anfüllen und setzte seine zwei Kammermohren oben drauf, welche den König unterrichten sollten, wie man die Kibitzeneier mit Anstand esse; denn der König hatte seiner Lebtage noch keine gegessen.

Der Küchenmeister fuhr durch den Sand in gestrecktem Galopp mit seinem Küchenwagen voll Eiern nach dem Lustschloß, ohne ein Einziges zu zerbrechen, nur daß die zwei Mohren, wo es zu langsam ging, manchmal absteigen und zu Fuß gehen mußten; sie kamen jedoch zugleich in der Eierburg an.

Mit höchster Verwunderung hörte König Eifrasius die Geschichte von dem Schloß und dem Gockel durch den Küchenmeister erzählen, und ließ sich sogleich ein Hundert von den Kibitzeneiern hart sieden. Als nun die zwei schwarzen Kammermohren in ihren goldbordirten Röcken mit der silbernen Schüssel voll Salz, in welches die Eier festgestellt waren, hereintreten, und mit ihrer schwarzen Farbe so schön gegen den weißen Eierpalast abstachen, hatte der König Eifrasius große Freude daran. Er ließ seine Gemahlin Eilegia, und seinen Kronprinzen Kronovus zum Frühstück berufen, und erzählte ihnen das große Wunder vom Palast Gockels. "Ach", sagte Kronovus, "da ist wohl die kleine Gackeleia, mit welcher ich sonst spielte, auch wieder dabei." "Natürlich", sprach Eifrasius, "wir wollen gleich nach diesem Frühstück hinein fahren und das ganze Spektackel ansehen. Aber seht nur die kuriosen Eier, die er uns zum Frühstück sendet; grün sind sie mit schwarzen Puncten; man nennt sie Kibitzeneier, sie kommen weit aus Rußland und werden so genannt, weil sie in Kibitken, einer Art von Hühnerstall auf vier Rädern gefunden, oder gelegt, oder hieher gefahren werden."

Da sprach der eine Kammermohr: "ich bitte Eure Majestät um Vergebung, man nennt sie Kibitzeneier, sie werden vom Kibitz, einem Vogel gelegt, der ungefähr so groß wie eine Taube und grau wie eine Schnepfe ist, und wie eine französische Schildwache beim Eierlegen immer Ki wi, Ki wi schreit, wenn man dann: "gut Freund" antwortet, so kann man hingehen und ihm die Eier nehmen, worauf er gleich wieder andere legt." Den König Eifrasius ärgerte es, daß der Mohr ihn in Eierkenntnissen belehren wollte, und sagte zu ihm: "halt er sein Maul, er versteht nichts davon, sey er nicht so nasenweis." Darüber erschrack der Mohr wirklich so sehr, daß er ganz weiß um den Schnabel wurde. Der andere Mohr sprach nun: "der Raugraf Gockel hat uns befohlen, Eurer Majestät zu zeigen, wie diese Eier jetzt nach der neuesten Mode gespeist zu werden pflegen." "Ich bin begierig", sagte der König, "es zu sehen." Da nahm jeder der Kammermohren eins von den Eiern in die flache linke Hand, und nun traten sie mit aufgehobener Rechte einander gegenüber und baten den König eins, zwei, drei zu kommandiren. Das that Eifrasius, und wie er drei sagte, schlug der eine Mohr dem andern so auf das Ei, daß der gelbe Dotter gar artig auf die schwarze Hand herausfuhr. Dem König gefiel dieses über die Massen, und sie mußten es ihm bei allen hundert Eiern da Capo machen, wofür er ihnen beim Abschied beiden den Orden des rothen Ostereies dritter Klasse ohne Dotter taxfrei zur Belohnung um den Hals hängte.

Nun fuhr der König und seine Gemahlin und der Kronprinz mit dem ganzen Hofstaat auf einer Wurst nach Gelnhausen zu Gockel, der ihm mit Hinkel und Gackeleia an der Schloßthüre entgegen trat. Die Verwunderung über den Reichthum und die jugendliche Schönheit Gockels konnte nur durch die außerordentliche Mahlzeit noch übertroffen werden. Alles war in vollem Jubel. Kronovus und Gackeleia saßen an einem aparten Tischchen und wurden von den zwei Kammerzwergen bedient, und Musik war an allen Ecken. Beim Nachtisch tranken Eifrasius und Gockel Bruderschaft, und Eilegia und Hinkel Schwesterschaft, und Kronovus und Gackeleia Spielkameradschaft, sprechend: "du bist mein König und du bist meine Königin." Eifrasius zog dann den Gockel an ein Fenster und hieng ihm das Großei des Ordens des goldnen Ostereies mit zwei Dottern und Petersilie um den Hals und borgte hundert Gockeld'ors von ihm, worauf das Ganze mit einem grossen Volksfeste beschlossen wurde. So lebten Gockel und die Seinigen beinah ein Jahr in einer ganz ungemeinen irdischen Glückseligkeit zu Gelnhausen, und der König war so gut Freund mit ihm und seiner vortrefflichen Küche und seinem unerschöpflichen Geldbeutel, und alle Einwohner des Landes hatten ihn seiner grossen Freigebigkeit wegen so lieb, daß man eigentlich gar nicht mehr unterscheiden konnte, wer der König von Gelnhausen war, Gockel oder Eifrasius. Auch wurde es unter beiden fest beschlossen, daß einstens Gackeleia die Gemahlin des Erbprinzen Kronovus werden und an seiner Seite den Thron von Gelnhausen besteigen sollte. Aber der Mensch denkt und Gott lenkt, und so kamen auch über diese guten Leute noch manche Schicksale, an die sie gar nicht gedacht hatten.

Alles hatte die kleine Gackeleia in vollem Ueberfluß, nur keine Puppe; denn Gockel bestand streng auf dem Verbot, das er über sie bei dem Tode des Alektryo hatte ergehen lassen, sie sollte zur Strafe niemals eine Puppe haben. Wenn sie nun um Weihnachten oder am St. Niklastage alle Mägdlein in Gelnhausen mit schönen neuen Puppen herumziehen sah, war sie gar betrübt und weinte oft im Stillen; eine solche Sehnsucht hatte sie nach einer Puppe. Merkte der alte Gockel aber, daß Gackeleia, die er wie seinen Augapfel liebte, so traurig war, so that er ihr Alles zu lieb, um sie zu trösten, zeigte ihr die schönsten Bilderbücher, erzählte ihr die wunderbarsten Mährchen, ja er gab ihr auch wohl manchmal den köstlichen Ring Salomonis in die Hände, der mit seinem funkelnden Smaragd und den wunderbaren Zügen, die darauf eingeschnitten waren, alle Augen erquickte, die ihn anschauten.

Einstens gierig nun Gackeleia in ihrem kleinen Gärtchen spazieren, welches am Ende des Schloßgartens, dicht an der Landstraße lag. Da waren die zierlichsten Beete voll schöner Blumen, alle mit Buchs, Salbei und Schnittlauch eingefaßt, und die Wege waren mit glitzerndem Goldsand bestreut; in der Mitte war ein Springbrünnchen, worin Goldfischchen schwammen, und über demselben ein goldener Käfig voll der buntesten singenden Vögel; hinter dem Brunnen aber war eine kleine Laube von Rosen und eine kleine Rasenbank. Ein schönes goldenes Gitter umgab das ganze liebe Gärtchen. "Ach", dachte Gackeleia, "wie glückselig wäre ich, wenn ich eine Puppe in meinem schönen Garten spazieren führen könnte, so allein gefällt er mir gar nicht, was hilft es mir auch, wenn ich mir aus meinem Taschentuche durch allerlei Knoten eine Puppe zusammenknüpfe, sie ist doch nie eine schöne Gliederpuppe, ganz wie ein Mensch, mit einem schönen lakirten Gesicht--und der Vater hat mir selbst solche Puppen verboten."

Während Gackeleia so in schweren Puppensorgen auf ihrer Rasenbank saß, hörte sie auf einmal eine angenehme summende, aber sehr leise Musik ganz nahe hinter ihr vor dem Garten, der an einem Feldweg lag. Da guckte sie durch die Blätter und sah etwas Seltsames. Dicht vor dem Gitter saß ein Mann in einem schwarzen Mantel ohne Kopf an der Erde zusammengehuckt, und unter dem Mantel hervor schnurrte die Musik. Gackeleia beugte sich zur Erde, um zu sehen, wo nur in aller Welt die feine Musik herkomme; wie war sie erstaunt, als sie da unten ein paar allerliebste Puppenbeinchen in himmelblauen, mit Silber gestickten Schnürstiefelchen ganz im Takte der Musik herumschnurren sah, sie wußte gar nicht, was sie vor Neugier, die Puppe ganz zu sehen, anfangen sollte. Oft war sie im Begriffe, die Hand durchs Gitter zu stecken und den schwarzen Mantel ein wenig aufzuheben, aber die

Furcht, weil sie an dieser Gestalt keinen Kopf sah, hielt sie immer wieder zurück. Endlich brach sie sich eine lange Weidenruthe ab, steckte sie durch das Gitter und lüftete den Mantel ein wenig, da schnurrte eine wunderschöne Puppe in den artigsten Kleidern, wie eine Reisende geputzt, unter dem Mantel hervor, und rannte gerade auf das Gitter des Gartens zu, stieß einigemale an die goldenen Gitterstäbe und würde gewiß zu ihr hineingekommen seyn, wenn sich nicht eine hagere Hand aus dem Mantel nach ihr hingestreckt und sie wieder in die Verborgenheit zurückgezogen hätte, wo die kleine Puppe von einer rauhen Stimme sehr ausgeschimpft wurde, daß sie sich unterstanden habe, unter dem Mantel hervorzulaufen.

Gackeleia konnte nicht mehr länger zurückhalten, und rief einmal über das anderemal: "bitte, bitte du schwarzer Mantel, zanke doch die liebe schöne Puppe nicht so, lasse sie doch ein wenig heraus zu mir in den Garten." Da that sich auf einmal der Mantel auf, und ein alter Mann mit einem langen weißen Bart richtete sich vor Gackeleia auf und sprach: "ich bitte recht sehr um Verzeihung, daß ich meine Puppe hier ein wenig unter meinen Mantel tanzen ließ und auf der Maultrommel dazu spielte, ich habe nicht gewußt, daß das Comteßchen zusah. Ich wollte nur versuchen, ob sie mir auf der Reise nicht melancholisch geworden sey; denn ich will sie hier in Gelnhausen für Geld auf dem Rathhause tanzen lassen. Sehen das Comteßchen nur, sie ist ganz artig, jetzt ist sie in ihren Reisekleidern mit einem Mantel und Reisehut und einem Blumenstrauß und einer Landkarte und einem Nachtsack; aber die Schnürstiefelchen sind doch allerliebst, sie hält gewaltig auf einen schönen Fuß, aber Comteßchen, sie hat eine viel schönere Garderobe, sie kann sich verkleiden, in was sie will, bald so, bald so, wenn das Comteßchen erlaubt, werde ich die Ehre haben, Ihnen alle ihre Kleidchen und sieben Sächelchen zu zeigen, ich habe mir hier um meinen Regenschirm sechszehn Silberglöckchen befestigt und bei jedem Glöckchen ein anderes Kleidchen und was dazu gehört, und wenn sie schmutzig sind, wäscht mir sie der Regen und im Sonnenschein trocknen sie. Lasse ich im Wetter tanzen, geschieht es unter dem Schirm, da ist sie wie unter einem chinesischen Dach, Alles ist einfach und kurz beisammen, man muß auf Alles denken."--Da rief Gackeleia aus: "ach! zeige mir Alles, Alles, explicire mir Alles; o wie artig ist die Puppe! wie wackelt sie mit dem Köpfchen, wie schüttelt sie die Zöpfchen, wie reicht sie die Aermchen, ach gieb sie mir nur ein klein Bischen zu betrachten."

Der Alte sagte: "Comtesse, das kann ich nicht, aber die Kleider will ich Ihnen gleich zeigen und Alles expliciren."

Da steckte er die Puppe in den Gürtel, die anfangs mit dem Kopf daraus hervorwackelte und nachher stille ward; dann spannte der alte Mann einen großen Regenschirm aus, der am Rande mit vielen kleinen Glöckchen und bei jedem mit allerlei niedlichen Puppenkleidchen und Kleinigkeiten behängt war. Zuerst drehte er den Schirm schnell herum, daß die Schellen lieblich klingelten und die Puppenkleider bunt im Kreise wehten, dann hielt er plötzlich den Schirm still und fing an, mit einem Stäbchen deutend jedes Stück zu expliciren, wobei er halb sprach, halb durch die Nase sang, und Gackeleia jedesmal antwortete.

Der Alte sang: "Guck', hier bei dem ersten Glöckchen
Dieses grüne, kurze Röckchen
Zieht sie an als Gärtnerin,
Möchte in dein Gärtchen hin;
Hier dies Gießkännchen, zu gießen
Alle Blümchen, die drin sprießen,
Kriegt sie in die kleine Hand."

Gackeleia:
"O wie artig, wie scharmant!
Sie ist klein, kann ohne Bücken
Mir die schönsten Sträußchen pflücken."

Der Alte:
"Guck', hier bei dem zweiten Glöckchen
Dieses schwarze, seidne Röckchen
Und das schwarze Schürzchen dran,
Zieht sie als Scribentin an;
Denn da giebt's leicht Tintenfleckchen.
Sieh' das Tintenfäßchen klein
Und das art'ge Federlein.
Hier ist auch das Wochenblatt,
Wenn sie es gelesen hat,

Putzt sie dran die Feder rein,
Alles muß hübsch sauber seyn.
Ein Wachsstöckchen hängt auch hier
Und ein niedliches Petschier
Und ein Sieg'llakstängelchen,
Grad wie für ein Engelchen.
Und dies Briefchen mit Adresse,
Alles voll Accuratesse,
Kriegt sie dann in ihre Hand."

Gackeleia:
"O wie artig, wie scharmant
Wollen wir correspondiren,
Invitiren, gratuliren!"

Der Alte:
"Guck', hier bei dem dritten Glöckchen
Hängt ein grünes, krauses Röckchen
Und ein Hut mit grünem Band,
Goldne Fransen an dem Rand;
Spielhahnfeder, Gemsenbart
Stecket drauf, nichts ist gespart;
Sieh' den Brustlatz goldgeschnürt,
Alles, wie es sich gebührt,
Rothe Strümpfe, goldne Zwickel,
Ja, es fehlet kein Artikel,
Wenn sie als Tyrolermädchen,
Schmuck als wie ein Silberdräthchen,
Zitherspielend zieht durch's Land."

Gackeleia:
"O wie artig, wie scharmant!
Zimm, zimm, zimm so spielest du,
Und ich singe Eins dazu."

Der Alte:
"Guck', hier bei dem vierten Glöckchen
Hängt ein dunkelbraunes Röckchen
Und ein Häubchen in der Ferne,
Denn sie trägt es gar nicht gerne

Und ein ABC-Büchlein,
Wenn sie Lehrerin soll seyn,
Auch von Christoph Schmidt nicht fehlen
Die Histörchen, zum Erzählen.
O, wie kann sie buchstabiren!
Fast so gut als deklamiren;
Und hier diese feine Ruthe
Für die kleinen Thunichtgute
Kriegt sie dann in ihre Hand."

Gackeleia:
"O wie artig, wie scharmant!
Nur die Ruthe nicht probiren,
Ich will recht hübsch deklamiren."

Der Alte:
"Hier bei diesem fünften Glöckchen
Blinkt ein luft'ges Flitterröckchen
Ganz voll Troddeln, Quästchen, Fransen,
Wenn sie soll als Tänz'rin tanzen;
Sieh' die Goldpantöffelchen,
Wie zwei Zuckerlöffelchen,
Zieht sie an und mit dem netten
Tamburin und Kastagnetten
Schnurrt und rasselt ihre Hand."

Gackeleia:
"O wie artig, wie scharmant!
Schnurre, raßle, klappre nur
Und wir tanzen nach der Schnur."

Der Alte:
"Guck', bei diesem sechsten Glöckchen
Hängt ein schwarz und weißes Röckchen;
Wenn sie soll ein Nönnchen seyn,
Hüllt man ihr die krausen Löckchen
Hier in dieses Schleierlein,
Setzt ihr auf dies Dornenkränzchen,
Und giebt ihr dies Rosenkränzchen
In die kleine, fromme Hand."

Gackeleia:
"O wie artig, wie scharmant!
Sag' hast du auch Pfeffernüßchen,
Bildchen, Blümchen, Leckerbißchen?"

Der Alte:
"Guck', hier bei dem sieb'ten Glöckchen
Hängt ein feuerfarbig Röckchen
Nach der Mode von Vadutz
Zugestutzt, ein Zauberputz.
Auf dem Gürtel schwarz auf weiß,
Der zugleich der Zauberkreis,
Groß das ganze Alphabeth
Abera-Cadabra steht.
Hier ist auch der Zauberstab,
Wen er anrührt, geht in's Grab;
Ist es heut nicht, ist es morgen,
Keiner braucht darum zu sorgen.
Und hier ist der Zauberspiegel,
Wer hineinblickt, sieht das Siegel
Seiner Thorheit im Gesicht,
So bei Nacht als Tageslicht.
Und hier ist das Zaubersieb,
Wer es stiehlt, der kennt den Dieb;
Doch sieh' hier ein Wunderding,
Sieh' von Gold ein runder Ring,
Wer ihn trägt, ist nicht ganz klug,
Hat zu viel und nie genug.
Lischt die Zauberlampe hier,
Riecht der Docht gar übel schier,
Zünde schnell den Wachsstock an,
Weil man sonst nichts sehen kann.
Dieses hier der Wünschhut ist,
Wünsch dich hin, wo du nicht bist.
Dies der Sack des Fortunat,
Gold ist drin, so viel man hat.
Aber hier dies Bäumchen heißt:
Rüttel dich und schüttel dich,
Schüttle, rüttle Herz und Geist,

Leib und Seele über mich.
Gieb mir Das und gieb mir Dies,
Schönster Baum im Paradies;
Wer dies sagt und rührt den Baum
Hat, was ihm gebührt, im Traum,
Schwer und leicht und seicht und tief,
Links und rechts und grad und schief.
Alles dies mit sauber'm Sinn
Braucht sie, wenn als Zauberin
Sie die Geister um sich bannt."

Gackeleia:
"O wie artig, wie scharmant!
Rüttel dich und schüttel dich
Liebes Bäumchen über mich."

Der Alte:
"Guck', hier bei dem achten Glöckchen
Hängt ein grünes, kurzes Röckchen,
Jägerhut und Jägertasche
Und die fein umflocht'ne Flasche
Und die Stiefelchen, die knappen,
Um im Wald herum zu tappen;
Alles dies wird angezogen,
Wenn geschmückt mit Pfeil und Bogen
Sie die flinke Jäg'rin spielt,
Und nach Reh und Häschen zielt;
Dann auch führt an einem Band
Sie dies Windspiel an der Hand."

Gackeleia:
"O wie artig, wie scharmant!
Doch, das sollst du nicht mehr thun,
Lass' nur Reh und Häschen ruhn."

Der Alte:
"Guck', hier bei dem neunten Glöckchen
Ein ganz reputirlich Röckchen,
Wenn sie ist ein Nähemädchen;
Hier im Körbchen, Nähelädchen,

Sind viel Zwirn--und Seidenfädchen,
Nadeln, Scheerchen, Fingerhut
Und noch viele Dinger gut.
Nimmermehr ihr Finger ruht,
Denn zuletzt noch zupfet sie
Alle Restchen zur Charpie;
Und nimmt dann die Kinderkäppchen,
Flickelfleckt aus hundert Läppchen,
All die Hemdchen, Röckchen, Jäckchen
Und die Schürzchen mit zwei Säckchen,
Ausgespitzt aus vielen Fleckchen,
All' die art'gen Dingerchen
Auf die feinen Fingerchen,
Drehet sie mit Freudenblicken
Und mit kind'schem Beifallnicken
Appetitlich auf der Hand."

Gackeleia:
"O wie artig, wie scharmant!
Komm', ich hab gar schöne Läppchen,
Komm', wir machen Kinderkäppchen."

Der Alte:
"Guck', hier bei dem zehnten Glöckchen
Hängt für sie ein krauses Röckchen
Und ein Hut mit Blumenstrauß,
Geht als Sennerin sie aus.
Sieh' im Korb die Blätter decken
Viele reine Butterwecken;
Fette Milch und frische Eier
Trägt sie feil, ist gar nicht theuer,
Jeder sie noch billig fand."

Gackeleia:
"O wie artig, wie scharmant!
Sennerin komm' und mess' geschwind
Mir ein Schöppchen Milch für's Kind."

Der Alte:
"Guck', bei diesem eilften Glöckchen

Hängt ein grob geflicktes Röckchen
Und ein graues Futtersäckchen,
Und hier in dem Wanderbündlein
Trägt ein schreiend Wickelkindlein,
Mit dem Lutscher in dem Mündchen,
Sie als Pilgerin durch's Land;
Hier ihr kluges, mag'res Hündchen,
Das Septemberle genannt,
Ist in aller Welt bekannt."

Gackeleia:
"O wie artig, wie scharmant!
Armes Kindchen komm' zu mir,
Deinen Lutscher füll' ich dir."

Der Alte:
"Guck', bei diesem zwölften Glöckchen
Glänzt ein Purpur-Sammetröckchen,
Breit verbrämt mit Hermelin,
Und am Krönchen goldig, perlich,
Und am Scepter blitzend herrlich
Lacht Smaragd und glüht Rubin.
Wenn sie sich als Königin
Setzt auf's goldne Thrönchen hin,
Und die goldgestickte Schleppe
Niederhänget auf der Treppe,
Küßt man still den goldnen Rand."

Gackeleia:
"O wie artig, wie scharmant!
Doch ich küsse ihre Hand,
Denn ich bin vom Grafenstand."

Der Alte:
"Guck', hier bei'm dreizehnten Glöckchen
Hänget bei dem braunen Röckchen
Schäferhut mit breitem Rand,
Rosen drauf und grünes Band,
Und dazu auch Schäfertasche,
Schäferstab und Kürbisflasche,

Und dies Lamm an rothem Band
Führt die Hirtin durch das Land."

Gackeleia:
"O wie artig, wie scharmant!
Braucht mein Lamm nicht mehr zu seyn
So allein, allein, allein!"

Der Alte:
"Guck', hier bei'm vierzehnten Glöckchen
Hänget für das flinke Döckchen
Ein garnirtes Kaffeebrett,
Wenn sie schön die Wirthin macht;
O, das kann sie gar zu nett!
Sie nimmt Alles wohl in Acht,
Trägt nicht hoch das feine Näschen,
Stößt nicht um die kleinen Gläschen,
Theilt den Kuchen ein so klug,
Daß er reicht mehr, als genug.
Flinker als ein Wassernixchen
Präsentirt sie, macht ein Knixchen:
"Bitte, bitte!" rings herum.
Und kein Bischen kömmt je um,
Alles, was da übrig blieb,
Giebt den Armen sie aus Lieb',
Oder streut's den Vögelein--
Kann man allerliebster seyn!--
Mit der milden, treuen Hand."

Gackeleia:
"O wie artig! wie scharmant
Invitir ich sie zur Noth
Gleich auf Thee und Butterbrod."

Der Alte:
"Guck', hier bei'm fünfzehnten Glöckchen
Hängt ihr spiegelnd Panzer-Röckchen,
Helm und Speer und Schwert und Schild

92

Herrlich in der Sonne blitzt,
Wenn sie für Minerva gilt
Und das Eulchen bei ihr sitzt.
Ich verstehe nichts davon,
Doch ein hoher Kunstpatron,
Der mir schuldet, leider, leider!
Zahlte mich durch diese Kleider;
Er ist Extheaterschneider
Von Person und Condition,
Giebt auch Kindern Lektion
In der Mytholologie
Und Demagogokolie.
Er sprach: "Industrierende,
Krieger und Studierende
Rufen dir bei vollem Haus
Ihre Göttin gern heraus."
Wie er sprach, so ist's gescheh'n,
Jeder will Minervchen sehn.
Keiner weiß doch, was im Schild
Führt das kleine Götterbild;
Durch das Gitter aus dem Helm
Lauscht sie wie ein schlauer Schelm.
Hält sie's mit der Wissenschaft,
Gleich um ihres Speeres Schaft
Rosen, Myrthen und Gedanken
Sich in buntem Wechsel ranken.
Tritt sie krieg'risch in die Schranken,
Eifersüchtig gleich ihr Schwert
Jedes Listgeweb zerstört,
Das der Mückchen heiter'm Leben
Gift'ge Spinnen lauernd weben.
Rächend, daß Arachne's Hand
Sie einst webend überwand.
Ich verstehe nichts davon,
Sag' nur her die Lektion
Von dem hohen Kunstpatron,
Der wohl selbst sie nicht verstand."

Gackeleia:

"O wie artig, wie scharmant!
Kann die Spinnen nicht bedauern,
Die so auf die Mückchen lauern."

Der Alte:
"Guck', hier bei dem letzten Glöckchen
Hängt ein lust'ges, rothes Röckchen,
Fallhut, Rassel, rothe Schuh'
Und ein Püppchen auch dazu,
An Figur und Art und Sitten,
Wie ihr aus dem Aug geschnitten.
Wenn sie spielt die Kinderrolle,
Hüpft dies Püppchen hinter drein,
Und sie neckt es: Molle, Molle!
Weil es nicht wie sie so fein.
Kind und Püppchen wetten dann,
Wer von ihnen beiden kann
Süßer: "bitte, bitte" sagen,
Daß Mama nichts ab kann schlagen.
Und dann spielt das Kind Verstecken,
Mit dem Püppchen sich zu necken,
Thut sich mit dem Schurz bedecken,
Ruft: "Wu Wu", es zu erschrecken.
Hierauf streut das noch verhüllte
Kind, den Vöglein die Brosamen,
Womit es die Säckchen füllte,
Und sie rathen seinen Namen:
Klandestinchen? Schirosellchen?
Penseröschen? Hirondellchen?
Kaschettinchen? Allerleja?
Und das Kind spricht: "Eja! Eja!
Gukuk! gukuk--nit da, nit da!"
Läßt sie fressen aus der Hand."

Gackeleia:
"O wie artig, wie scharmant!
Aber ich ruf', um zu necken,
Girri, girri beim Verstecken."

Nun drehte der wunderliche Alte seinen Schellenschirm wieder klingend im Kreis und machte ihn dann plötzlich vor den Augen Gackeleia's zu, der das Herz flog vor Begierde nach der Puppe und all den schönen Kleinigkeiten.--"Ach die Puppe, die Puppe, ach die schönen Kleider", sagte sie einmal über das andremal, "ach dürfte ich sie nur ein bischen haben, nur ein klein bischen! bitte, bitte, bitte!"

"Halten Sie ein Comteßchen," sagte der Alte: "halten Sie ein, es wird mir so rührend, mein Herz läuft mir aus; ich kann das Lamentiren nicht hören von einem so artigen Frauenzimmerchen; wollen Sie mir eine kleine Freundschaft erweisen, nur ein bischen, ein bischen, so sollen sie die Puppe und die schönen Kleidchen haben für immer, für immer! bitte, bitte, bitte!"

"Die Puppe haben?" sagte Gackeleia mit großem Schmerz und rang die Händchen, "ach edler Mann! Gackeleia darf keine Puppe haben, nie, nie! Gackeleia hat Schurrimurri zu Gallina geführt, Gallina ward erwürgt, und Gackeleia ward verurtheilt: nie, nie eine Puppe haben zu dürfen--ach und ich hätte diese so gern! ach nur ein bischen, ein bischen, bitte, bitte!"

Während Gackeleia so wehklagte, machte der Alte seinen Schirm bald halb auf, bald wieder zu, so daß alle die schönen Kleidchen immer vor den Augen des Kindes herumflatterten, und sagte dann: "ein grausames Urtheil, ein hartes Wort, da müßte sich ein Stein erbarmen, wider die Natur, wider die Menschheit, wider alle Sinnlichkeit für religiöse Gefühle! ein Kind, ein so schönes, liebes Comteßchen soll keine Puppe haben?--hat doch jed Hündchen sein Knöchelchen, hat doch jed Kätzchen sein Mäuschen, womit es spielt!"--"Schweig still, schweig still", sagte Gackeleia, "sag nichts von den Kätzchen, ach die Kätzchen sind eben daran Schuld, daß ich keine Puppe haben darf!--aber es geht nicht, es geht nicht, ich hätte diese doch gar zu gern, ach nur ein Bischen, bitte, bitte!" Da fieng Gackeleia an zu weinen, und der gefühlvolle Alte, der unter einem rauhen Aeußern ein zartes kindliches Herz im Busen zu tragen hatte, weinte, oder ich müßte mich sehr irren, mit.

"Comteßchen", sagte er, "ich halte das Mitleid nicht länger aus, mir wird wie der große Dichter in der Poesie sagt:

Liebes Kind! was soll mir das?
Wein' nicht so, du wirst ganz naß,
Ich muß lachend dir gestehen,
Gleich werd' ich dich trocken sehn."

"Comteßchen, wischen Sie sich die Augen, putzen Sie sich die
Augen, putzen Sie sich das Näschen an die Schürze, aber an der
innern Seite, damit man's nicht sieht; Heimlichkeit, Verborgenheit
sitzt ganz still und kömmt doch weit. Jetzt geben Sie acht: verbietet
uns der Herr Doctor das Bier, so trinken wir Gerstensaft, die
Aepfel, essen wir süße Pomeranzen, das Brod, essen wir Kuchen--
verstehen Sie Comteßchen, jed Ding will sein Sach haben, man
muß dem Beil einen Stiel suchen und dem Kind ein Püppchen."-
"Ach! ich darf aber keine haben", jammerte Gackeleia, "gewiß,
gewiß, ich darf keine Puppe haben"!--"Ganz gut", sagte der Alte,
"bei Leibe nicht! Gehorsam muß seyn, aber können das
Comteßchen lesen? schauen Sie da oben auf die Inschrift über
meinem chinesischen Sonnenschirm, was steht da geschrieben?
denn man muß immer sehen, was geschrieben steht." Da fieng
Gackeleia an zu buchstabiren: k. e. i. kei, n. e. ne keine u.s.w.--
keine Puppe, sondern nur eine schöne Kunstfigur--und sie guckte
den Mann und dann wieder die Puppe in seinem Gürtel mit großen
Augen an und sprach: "wie, das wäre keine Puppe? keine Puppe?"

Nun nahm der Alte die Puppe aus seinem Gürtel in seine Hand
und sagte:

"Mit Verstand sind wir erschaffen,
Menschen haben nicht, wie Affen,
Alles nur gleich nachzumachen;
Zu begründen sind die Sachen.
Und so werd' ich auch beweisen,
Daß dies nicht kann Puppe heißen,
Daß Comteßchen ohne List
Sie darf haben, denn es ist
Keine Puppe, sondern nur
Eine schöne Kunstfigur
Nach der Schnur und nach der Uhr,
Und ein Mäuschen von Natur.
Eine Puppe steht ganz starr,

Aber hier der liebe Narr,
Hat da an dem Kettchen fein
Zu der Uhr ein Schlüßelein.
Ich zieh' auf--horch--knirr, knirr, knirr!
Sieh', schon geht sie in's Geschirr!
Wackelt mit dem klugen Köpfchen,
Schüttelt ihre Seidenzöpfchen,
Regt die Aermchen hin und her,
Bis die Stund vorüber wär'.
Alles, Alles nach der Schnur,
Alles, Alles nach der Uhr
Thut kein Püppchen, sondern nur
Eine schöne Kunstfigur."

"Ja", sagte Gackeleia, "das ist einmal richtig, keine Puppe, sondern nur eine schöne Kunstfigur"; und der Alte fuhr fort:

"Eine Puppe kann nicht laufen,
Man muß stäts herum sie schleppen,
Diese rennt auf Flur und Treppen
Jede Puppe über'n Haufen.
Eine Puppe kann nicht hören,
Diese hier ist leicht zu stören,
Niemand hört sie, doch sie hört,
Wenn ein Blumenblatt sich kehrt,
Wenn ein Holzwurm leise pickt,
Das Figürchen um sich blickt,
Spitzt die Oehrchen und erschrickt;
Und wenn gar die Katze maut,
Schaudert ihr die zarte Haut,
Bang ist ihr, es könnt' die Katze
Halten sie für eine Ratze,
Und sie hielt' mit einem Satze
Sie in ihrer scharfen Tatze;
Und gleich sucht sie eine Ecke,
Daß sie sich darin verstecke.
Keine Puppe, so thut nur
Eine schöne Kunstfigur,
Die trotz Uhr und die trotz Schnur

Ist ein Mäuschen von Natur;
Darum bitt' ich um die Güte,
Daß man sie vor Katzen hüte."

Da sprach Gackeleia:

"Ach ich hüt' mich schon davor,
Vater schrieb mir's hinter's Ohr!"

Der Alte fuhr fort:

"Eine Puppe kann nicht essen,
Die Figur hat's nie vergessen,
Ißt zu der bestimmten Stund'
immer sich hübsch satt und rund;
Braungebackne Semmelrinde
Knuppert sie gern ab geschwinde,
Könnte auch nach ihrem Magen
Speck und Schinken wohl vertragen,
Was sie aber niemals that,
Denn sie ist zu delikat,
Daß des Morgenlands Gesetze
Sie durch solche Kost verletze,
Drum lass' ich steinharten Kuchen
Sie belohnend oft versuchen.
Andern gönnt sie stäts das Beste,
Und sich selbst läßt sie die Reste,
Was so übrig ist geblieben,
Ganz demüthiglich belieben.
Zuseh'n läßt sie sich nicht gerne,
Wenn sie ißt, sonst wär's gar leicht,
Daß man menschlich essen lerne
Und nicht mehr den Thieren gleicht.--
Ja ich zweifle, ob Comtessen
Jemals zierlicher gegessen."

Bei diesen Worten des Alten hob Gackeleia ihr Köpfchen mit
einigem Selbstgefühl in die Höhe, denn sie wußte wohl, daß sie eine
Comtesse sey, und daß sie sehr anständig nach den Tischregeln zu
essen gelernt hatte; ja sie bildete sich etwas darauf ein; daher

sprach sie zu dem Alten etwas in verweisendem Tone:

"Wie Comtessen essen, weiß ich,
Denn ich übe mich gar fleißig.
Die Erzmundwischmeisterin,
Comteß Torschon de Popin,
Lehrte mich, wie städs bei Tische
Jeder anders, ländlich, sittlich,
Appe--und unappetitlich,
Standsgemäß das Maul sich wische.
Denk', die große Lektion
Vom Maulwischrecht kann ich schon;
Als ich mit Gefühlsbetonung
Sie bei Hof hab' deklamirt,
Wischt' die Königin, gerührt,
Mir das Mäulchen zur Belohnung."

Dann wendete sich Gackeleia gegen die Puppe und erzählte ihr,
was ihr vom anständigen Betragen bei Tisch gelehrt worden war:

"Hör'--nicht Puppe, sondern nur
Allerschönste Kunstfigur
Nach der Uhr und nach der Schnur
Und du Mäuschen von Natur!
Hör', was sittlich und dezent
Nach dem Tischzuchtreglement,
Alles, Alles sag ich dir.
Meine Meist'rin sprach zu mir:
"Alle Prinzen und Prinzessen,
Alle Grafen und Comtessen,
Alle Junker, alle Fräulchen
Wischen sich so Mund als Mäulchen,
Dupse-Däumchen, Fingerlein
An der Serviette rein.
O Comtesse, nie vergesse,
Wie ein Kind von deinem Adel
Mit Delikatesse esse--
Gackeleia ohne Tadel!
Schluck' nicht große Brocken ein,
Spuck' hübsch aus die Pflaumenstein';

Alles esse mit Manier,
Ohne Trägheit, ohne Gier,
Doch mit angeborner Zier;
Prüfe, ordne jeden Bissen
Recht mit zartestem Gewissen,
Ja mit feinem Skrupel schier.
Schiebe mit der Gabelspitze
Zierlich Alles, was nichts nütze,
Nicht an Reinheit ebenbürtig,
Nicht an Feinheit speisewürdig,
Daß du's über's Herzchen bringst
Und in's Mägelchen verschlingst,
Zähe Adern, harte Flechsen,
Harte Fasern von Gewächsen,
Schiebe solche Dingerchen
Leis auf deines Tellers Rand,
Heb' das kleine Fingerchen
Fein dabei an rechter Hand,
O, das steht dir ganz scharmant!
Niemals hör' ein Mensch dich schmatzen
Wie die Teller-Lecker-Katzen,
Die unehrbar unter'm Tisch
Hörbar fressen Fleisch und Fisch.
Nein, mit stäts geschloss'nen Lippen
Mußt du knuppern, und bei'm Trinken
Läßt du sanft die Aeuglein sinken,
Mußt du wie ein Vöglein nippen.
Wie man leckt und schmeckt und kaut,
Werde nie durch einen Laut
Irgendjemand anvertraut,
Eben so, wie man verdaut--
Alles still, gleich wie es thaut.
Gar Nichts lass' zu Grunde geh'n,
Was nicht soll zum Munde geh'n,
Jedes Krümchen noch so klein,
Streue aus den Vögelein!"

Gackeleia hatte ihre Lektion hergesagt und erwartete eine
Antwort von der Puppe, indem sie fortfuhr:

"Wie ich esse sagt' ich dir,
Wie du ißt, auch sage mir,
O! du Puppe, o du nur
Eine schöne Kunstfigur
Nach der Uhr und nach der Schnur
Und ein Mäuschen von Natur!"

So plauderte Gackeleia mit der Puppe, welche mit Kopf und
Aermchen in der Hand des Alten wackelte. Der Alte aber sagte:
"Comtesse Gackeleia, sie wird es Ihnen nicht sagen, Sie sollen sie
auch nicht fragen, ich habe es nie gewagt; es giebt Geheimnisse im
kunstfigürlichen Herzen, es ist gefährlich da eindringen zu wollen
nach den Worten des großen Abulfeda:

"In's Inn're der Natur dringt kein erschaffner Geist,
Zu glücklich, wem sie nur die äußre Schaale weis't.
Zum Kern der Kunstfigur, zu wissen wie sie speis't,
Dringt jener Frevler nur, den in die Nas' sie beißt."

"Sehen kann man es nicht, aber hören sollen Sie es gleich!"-
"Hören?" sagte Gackeleia, "sie schmatzt doch nicht, das wäre nicht
artig! "--"Geduld," sagte der Alte, "geben mir das Comteßchen ihr
Körbchen, haben Sie nichts zu naschen?"--"O ja", sagte Gackeleia,
"da sind Knackmandeln von Jungfer Widder, der Schuljungfer, sie
hat sie nach ihrem Bräutigam geworfen, und Prinz Kronovus hat sie
aufgelesen und mir geschenkt."-"Herrlich," sagte der Alte, "aber
eine ist genug," und er that die Figur in den Korb und die
Knackmandel dazu und den Deckel darüber, und nun stellte er den
Korb dicht ans Gartengitter und sagte: "Jetzt horchen Sie, wie die
Kunstfigur krustilliret. "-Gackeleia hielt das Ohr an den Korb und
hörte die Kunstfigur bald so artig mit den Zähnchen knuppern, daß
sie freudig ausrief:

"Knupper, Knupper Kneischen,
Du knupperst ja im Häuschen,
O du schöne Kunstfigur!
Wie ein Mäuschen von Natur."

Dann nahm der Alte die Kunstfigur wieder heraus, zog das
Uhrwerk auf und sagte: "Jetzt wird ihr zur Verdauung ein

Spaziergang gesund seyn, sonst schläft sie uns ein:

> Denn nach Tische soll man stehn,
> Oder tausend Schritte gehn,
> Sagt der würdige Galen."

Die Puppe aber wackelte mit Kopf und Händchen und da er sie an den Boden setzte, lief sie gar geschäftig am Gartengitter hin und her, nickte und winkte und stieß manchmal ans Gitter, weil sie durch wollte in den Garten, aber nicht konnte, denn die Oeffnungen waren nicht groß genug.

Gackeleia außer sich vor Freude rief. "ach sie winkt mir, sie winkt mir, sie möchte zu mir in den Garten--ach lieber alter Mann sage mir geschwind, was ich dir zu Gefallen thun soll, daß du mir die Kunstfigur giebst!"--Da steckte der Mann die Kunstfigur wieder in seinen Gürtel und sprach: "O Comteßchen! es ist nur eine Miniatur von einer Kleinigkeit von einer Bagatelle; ach! ich bin ein armer, betrübter, verlassener Mann, ich habe nicht Vater nicht Mutter, nicht Schwester nicht Bruder, nicht Kind nicht Rind, nicht Kuh und nicht Kalb, nicht ganz und nicht halb, mir fehlet Alles, was man nicht begehren darf, seines Nächsten Weib, Knecht, Magd, Ochs, Esel und Alles, was sein ist, ach! ich habe selbst keine Puppe, sondern nur diese schöne Kunstfigur nach der Uhr und nach der Schnur und ein Mäuschen von Natur; aber mein Kummer ist so groß, daß auch sie mich nicht trösten kann. Doch Sie können es, o Exzellenzchen, daß ich lustig werde wie ein Lämmerschwänzchen."

Nach diesen Worten fieng der wunderliche Alte so zu weinen und zu wimmern an, daß Gackeleia mit Thränen in den Augen zu ihm sprach: "ach weine nur nicht so, du armer Mann! ich will dir ja Alles thun, was dich trösten kann, wenn du mir die schöne Kunstfigur giebst; sage mir doch um Gotteswillen, was dich trösten kann."--Da erwiederte der Alte:

> "Dein Vater hat ein Ringelein
> Mit einem grünen Edelstein,
> Der hat gar einen schönen Schein,
> Laß mich nur einmal sehn hinein,

So werd ich gleich durch Mark und Bein
Froh wie ein Lämmerschwänzchen seyn,
Dann soll das Kunstfigürchen fein
Zu dir ins Gärtchen gleich hinein;
Es bleibt mit allen Kleidern sein
O lieb Comteßchen! immer dein,
Damit die Gackeleia klein
Nicht so allein, allein, allein!"

"Ei!" sagte Gackeleia",den Ring kenne ich wohl, er hat auch mich manchmal schon fröhlich gemacht, wenn ich ihn ansehen durfte. Gehe nur ein bischen weg, gleich wird mein Vater in einer nahen Laube sein Mittagsschläfchen halten, da will ich den Ring schon auf ein Weilchen kriegen. Aber, daß du mir gleich wieder da bist, wenn ich den Ring bringe."

"Ganz gewiß", sagte der Alte, "ich will Ihnen die Kleider der Kunstfigur als ein Pfand gleich hier lassen, Sie können sie alle hübsch glatt streichen und in ihr Körbchen legen, sie sind an dem Schirm ein bischen aus der Façon gekommen." Da gab er ihr die Kleider und Kleinigkeiten, die er von dem Schirme ablöste, und verließ dann mit der Kunstfigur die kleine Gackeleia, die ihm immer nachrief "aber daß du nur auch ganz gewiß kömmst, der Ring soll dich recht anlachen!" "Ja, ja ganz gewiß", rief der Alte und verschwand hinter den Hecken. Gackeleia aber setzte sich in ihre Laube, musterte und ordnete alle Kleider der Puppe, und dachte schon, wie die kleine Gärtnerin bei ihr zwischen den Blumenbeeten herumlaufen würde, und konnte sich zum Voraus vor Freude gar nicht fassen.

Aber schnell bewahrte sie die Kleider in ihrem Korb, da sie den Vater Gockel auf seinem Stuhle in der Laube schnarchen hörte. Sie schlich hin, setzte sich zu seinen Füßen, hatte seine Hand in der ihrigen und sah in den grünen Stein des Ringes. Als sie nun den Stein berührte und vor sich sagte: "ach wenn ich den Ring nur leise von seinem Finger herunter hätte!" da that der Ring seine Wirkung. Gockel schlief fest und schnarchte, und der Ring fiel in das Händchen der Gackeleia, welche geschwind wie der Wind nach ihrem Gärtchen lief, wo der alte Mann vor Begierde nach dem Ring sein mageres Gesicht mit dem Barte schon wie ein alter Ziegenbock über das Gitter herüber streckte. Gackeleia hielt ihm den Ring entgegen und sprach: "die Kunstfigur her! die Kunstfigur her! sieh hier ist der Ring; aber ich gebe ihn nicht, bis du mir erkläret hast, wie man die Figur aufzieht und wie ich sonst mit ihr umgehen muß, damit sie mir nicht krank wird, und bis ich sie in den Händen habe, dann kannst du geschwind in den Ring gucken, denn ich muß ihn schnell in die Laube zurück bringen, ehe der Vater aufwacht."

Der Alte, der nach dem Ring noch gieriger hin sah, als das Kind nach der Puppe, nahm diese, steckte ihr das Schlüßelchen, welches sie anhängen hatte, in das Ohr und sagte: "Comteßchen! links müssen Sie leise drehen, bis Sie Widerstand fühlen, sonst könnte die Figur überschnappen. Sie müssen sich nicht wundern, daß man die Kunstfigur durch das Ohr aufzieht, man zieht ja auch die Kinder auf durch das Gehör. Man schraubt auch die Jugend auf und verschraubt sie eben so leicht, daß kein Uhrmacher mehr helfen kann, nur knarrt es ein bischen mehr bei der Kunstfigur. Aber ich hoffe, die Comtesse werden ihr dieses wegen anderer trefflicher Eigenschaften zu Gute halten. Wenn ich nun aufgezogen, knirr, knirr, knirr, nickt sie ein Weilchen gar lieblich mit dem Kopf und winkt mit den Händchen, ja läuft auch auf ebenem Boden, weil aber Berg und Thal zusammen kommen, so wird ihr das Laufen beschwerlich, und muß darum die Natur der Kunst zu Hülfe kommen, wie umgekehrt bei Menschen die Kunst der Natur oft nachhelfen muß. Was nun die Kunst dieser Figur betrifft, so lassen ihr die Comtesse, so sie harthörig würde, manchmal ein Tröpfchen Mandelöl ins andere Ohr laufen; dann geht sie wieder wie geschmiert. Was die Natur betrifft, habe ich schon gesagt, was sie gern ißt: braune Semmelrinde, auch hartes Zuckerbrod und Knackmandeln; ich rathe nicht zu vielen fetten Speisen, weil sie sich leicht dadurch ihre Garderobe beflecken könnte. Sie trinkt nicht viel, und setzt Comteßchen ihr alle Tage ihr Fingerhütchen voll Wasser in den Korb, ist es zum Trinken, Mundausspühlen und Waschen genug. In das Körbchen machen Sie ihr Bettchen, Sie brauchen sie nicht schlafen zu legen, sie legt sich von selbst. Morgens den Fingerhut und was zu knuppern, Mittags, Abends eben so. Die Kleiderchen halten Sie hübsch reinlich, und verbleichen sie, so lassen Sie sie färben. Hüten Sie sie vor Ungeziefer, besonders vor Spinnen und vor Allem vor Katzen. Ihre

Stiefelchen und Tanzschuhe halten Sie besonders in Ordnung, denn sie hält viel darauf und hat Hühneraugen; darum bitte ich, ihr nicht auf die Füße zu treten; sie ist sehr empfindlich.--Hören Sie, um Sie ganz zu überzeugen, daß sie keine Puppe ist, will ich Ihnen ihr Stimmchen hören lassen." Da zwickte der Alte die Figur an der Spitze des Füßchens, und sie piepte wie ein Mäuschen, so daß Gackeleia laut aufschrie: "ach dem Klandestinchen nicht weh, weh thun!" der Alte aber sagte: "nicht wahr Comteßchen, schreien kann doch

Keine Puppe, sondern nur
Eine schöne Kunstfigur
Nach der Uhr und nach der Schnur
Und ein Mäuschen von Natur."

"Gewiß", sagte Gackeleia und sprach diese Worte mit. Der Alte aber sagte noch: "Sie müssen ihr nicht beim Essen und Trinken zusehen; wenn sie heraus ist, lassen Sie sie ruhig laufen, aber nicht wo es ganz offen ist, sonst läuft sie Ihnen davon." Dann gab er die Puppe der Gackeleia, und sie gab ihm den Ring, mit dem er sich unter seinem Mantel verbarg, wo er ihn eifrig zu betrachten schien.

Gackeleia setzte die Puppe in dem Gärtchen nieder und tanzte voll Entzücken vor ihr her, die ihr überall artig nachschnurrte; Gackeleia patschte freudig in die kleinen Hände, der Alte aber patschte in seine großen Hände. "Ach!" rief ihm Gackeleia zu, "gelt, du hast dich in dem Ring schon recht lustig geguckt? O gieb ihn geschwind, geschwind zurück, ich höre den Vater schon in der Laube gähnen."-"O mir ist schon ganz fröhlich", sagte der Alte, "bald werde ich noch lustiger seyn!" Nun gab er ihr den Ring zurück und wünschte ihr mit einem häßlichen Gelächter viel Glück zu der schönen Kunstfigur, worauf er sich in das Gebüsch verlor.

Gackeleia hatte bereits alle Kleiderchen in ihr Körbchen gelegt, sie legte nun die Kunstfigur oben drauf und deckte den Deckel hübsch darüber. Das Körbchen am Arm lief sie schnell in die Laube und setzte sich zu den Füßen Gockels, der wieder eingeschlafen war, und leise, leise schob sie ihm den Ring wieder an den Finger. Es war ihr, als hätte sie einen Stein von dem Herzen.

105

Gackeleia saß nicht so lange zu den Füßen Gockels, als man braucht, um ein Ei zu sieden, da ertönte in der Ferne ein Oratorium von sechs Posthörnern von der Composition des Cospetto di Bacco, und von der berühmten Agatha Gaddi ward darin eine Fuge Solo gesungen nach den tiefsinnigen Worten des Königlich Gelnhausenischen General-Ober-Hofpostamts-Dichters, der, seinen Namen zu verschweigen, aus übertriebener Bescheidenheit allzufrüh mit Tod abgegangen ist:

"Fahr', fahr', fahr' auf der Post,
Frag', frag', frag' nit, was's kost,
Spann' mir sechs Schimmel ein,
Ich will der Postknecht seyn,
Fahr', fahr', fahr' auf der Post!"

Gleich erwachte Gockel und sprach: "ei, es ist schon vorgefahren, gut, daß du da bist Gackeleia, geschwind laß uns einsteigen, die Mutter sitzt gewiß schon in der Alamode-Barutsche, wir sind von Eifrasius auf die Eierburg zum Eiertanz eingeladen." "Ich habe es gewußt", sagte Gackeleia, "ich bin schon ganz geputzt und habe Alles bei mir. "--Da eilten sie vors Schloß, wo bereits Frau Hinkel breit in der Barutsche saß, die mit sechs Schimmeln bespannt war, auf welchen sechs Postillone das Oratorium bliesen. Die Signora Agatha Gaddi gieng, die Fuge Solo singend, mit einem Teller unter den versammelten Bäckern und Metzgern herum und nahm Heller und Pfennige ein, als sie aber Gockel kommen sah, legte sie ein variirtes Hahnengeschrei in ihre Partie ein, und Gockel warf ihr eine brilliantene Repetir-Uhr mit Schnupftabackdosen von Lava besetzt, worauf der Adler des Gesangs, den Ganymed des Gefühls zum Himmel hinreißend, in Stein gehauen war, in die Schürze, dabei rief er: "bravissimo! da capissimo! cito citissimo!"-- hob Gackeleia in die Barutsche und sprang mit gleichen Beinen hinter ihr drein; Alles das zugleich, und die Postillone knallten ein Finale mit den Peitschen, und sie kamen gerade auf der Eierburg an, als die Signora ihren Danktriller geendet, der bis zum Pfarrthurm hinauf stieg. Wir haben es aus seinem Munde vernommen. --Das heiße ich mir gefahren!--Bei der Eierburg waren viele Menschen auf einer grünen Wiese versammelt, wo getanzt und gespielt wurde um Eier; denn es war Ostern, und das große Ordensfest des

106

Ostereierordens. Man lief und sprang um die Wette nach aufgestellten Eiern, man warf mit Eiern nach Eiern, man stieß mit Eiern gegen Eier, und wessen Ei eingeknickt wurde, der hatte verloren. Die Kinder von ganz Gelnhausen suchten Eier, welche der große königliche geheime Oberhof-Osterhaas in versteckten Winkeln ins hohe Gras gelegt hatte; kurz die Freude war allgemein. Bei Gockels Ankunft war das Volk in einem weiten Kreis unter dem Baume versammelt, auf welchem die königlichen Hofmusikanten und die Gelnhausener Stadtpfeifer einen herrlichen Tanz aufspielten, nämlich den Eiertanz, den die königliche Familie mit der Raugräflichen in höchsteigener Person tanzen wollte. Auf einem köstlichen Teppich wurden hundert vergoldete Pfaueneier, immer zehn und zehn, in Reihen gelegt. Nun trat die Königin Eilegia zu Gockel und verband ihm die Augen mit einem seidenen Tuch, und er that ihr dasselbe; eben so verbanden der König Eifrasius und Frau Hinkel, und der Prinz Kronovus und Gackeleia sich die Augen und wurden nun von den Hofmarschällen auf den Eierteppich geführt, auf welchem sie mit den zierlichsten Schritten, Sprüngen und Wendungen zwischen den Eiern herumtanzen mußten, ohne auch nur Eines mit den Füßen zu berühren. Die Zuschauer sahen mit gespannter Aufmerksamkeit ganz stille zu, und bewunderten die erstaunliche Agilität der hohen Herrschaften.

Aber nicht weit davon in einem Gebüsche saßen ein paar alte Männer, die hatten keine Freude an dem Tanz und guckten mit unabgewendeten Augen nach dem Fußsteige, der aus der Stadt herlief, ob ihr Geselle, der dritte, nicht bald komme, und ehe sie sichs versahen, stand er mitten unter ihnen. "Hast du, hast du?" schrieen sie dem Neuangekommenen entgegen und machten Finger so spitz wie Krallen gegen seine festgeschlossene Faust, und er erwiederte: "Ja ich habe glücklich den Ring durch Gackeleia's Puppensucht ertappt, ich habe ihr einen ganz ähnlichen mit einem falschen grünen Glasstein gegeben, welchen Gockel jetzt am Finger hat. Jetzt können wir uns an ihm rächen, daß er uns bei dem Hahnenkauf betrogen und uns in die Wolfsgrube hat fallen lassen, wo wir elend verhungert wären, wenn uns die Bauern nicht herausgeholten hätten."

So sprachen die drei alten morgenländischen Petschierstecher,

die Gockel hatten anführen wollen, und die er angeführt hatte. Sie
hatten sich doch durch ihre List in den Besitz des Ringes gebracht
und wollten jetzt gleich seine Wunderkraft versuchen. Sie faßten
alle drei an den Ring und sprachen zu gleicher Zeit die Worte:

"Salomon du weiser König,
Dem die Geister unterthänig,
Mach' den Gockel wieder alt,
Zumpig, lumpig, mißgestalt,
Mach' Frau Hinkel wieder häßlich,
Zänkisch, ränkisch, griesgram, gräßlich,
Mach' die Gackeleia schmutzig,
Ruppig, stuppig, zuppig, trutzig.
Nehme ihnen Gut und Geld,
Schloß und Roß und Hof und Feld,
Jag' sie wieder Knall und Fall
In den alten Hühnerstall.
Aber uns drei Petschaftstechern,
Bau' ein Haus mit goldnen Dächern,
Mache uns zu Hofagenten,
Hoffactoren, Consulenten,
Rittern und Kommerzienräthen,
Commissären und Propheten.
Gieb uns Gold und Geld und Glanz,
Stell' uns hoch in der Finanz,
Mach' uns schön wie Davids Sohn,
Den scharmanten Absalon,
Mach' uns glücklich ganz enorm,
Orden gieb und Uniform!
Ringlein, Ringlein dreh' dich um,
Mach' es schön, wir bitten drum.

Während sie so am Ring drehten, entstand lautes Murren und
Lachen und Schimpfen unter dem versammelten Volk. "Ei, seht den
alten Bettler, die alte schmutzige Bettlerin, das schmutzige freche
Kind, nein das ist unverschämt; jagt sie fort, pratsch, pratsch, wie
sie die Eier zertreten!"--und bald ward das Geschrei und Getümmel
so allgemein, daß der König Eifrasius und die Königin Eilegia und
der Prinz Kronovus ihre Binden von den Augen rissen, und wie

erstaunten sie nicht, als sie den Raugrafen Gockel und die Frau Hinkel und Fräulein Gackeleia, die vorher so schön und jung, und prächtig gekleidet gewesen waren, in eine alte, häßliche, zerrissene Bettlerfamilie verwandelt sahen, welche alle Eier auf dem köstlichen Teppich zertreten hatten; auf ihr unwilliges Geschrei rissen nun auch diese Unglücklichen die Binden von den Augen, und fiengen an, bitterlich zu weinen und zu klagen über ihren verwandelten Zustand, denn sie erkannten sich kaum mehr wieder. Gockel griff nach seinem Ring Salomonis und drehte, aber der falsche verwechselte Ring vermochte nichts; da sah er den Ring an und erkannte, daß er ausgetauscht war, und schrie laut aus: "o weh mir! ich bin verloren, ich bin um den Ring betrogen!"

Er wollte eben dem König Eifrasius zu Füßen fallen und ihm sein Unglück klagen, aber dieser stieß ihn zurück, zog sein Schwert und stieß einen Schwur aus, auf welchen seine Adjutanten, ihn in jedem Falle zurückzuhalten, perennirenden Befehl hatten, damit er nicht das Alleräußerste thue. Die Königin Eilegia war so entsetzt, daß sie unter Glucksen und Schluchsen in Nerven-Zuund Umstände und in die Arme der Ober--und Unter-Eiermarschallin ohnmächtig sank. Gockel und Hinkel welche diese Erscheinungen theils aus früherer Erfahrung, theils aus den Annalen der leidenden Menschheit kannten, nahmen die Beine auf die Schultern und liefen davon, um so mehr und schneller aber, als die Mitglieder der k. Hofkapelle erstaunliche Leistungen, mit Eiern nach ihnen werfend, gegen sie zu Stande brachten, worin sie von der hochlöblichen Gelnhausener bürgerlichen Scharfschützen-Compagnie patriotisch unterstützt wurden, nachdem der wachsame Stadthürmer zu Hülfe geblasen hatte.

Das hoffnungsvolle Prinzchen Kronovus allein statuirte abermals ein Exempel seines standhaften Charakters. Als Gackeleia die Eltern alt, häßlich und verlumpt fliehen und sich selbst schmutzig und zerrißen sah, schrie sie weinend: "ach Kronovus, ach wie bin ich so schmutzig und wa wa geworden! wer hat mich so schmutzig gemacht?" da reichte mit schöner Fassung ihr Kronovus sein Schnupftuch mit den Worten: "da Gackeleia wische dich schön ab und putze dir die Nase tüchtig, so--so, das ist brav, da hast du auch dein Körbchen, ich hab dirs beim Tanzen aufgehoben."--dann warf er ihr noch einen Thaler in die Schürze--"da hast du mein Taschengeld. Samstag Abends hinten am Entenpfuhl, wo die Vergißmeinnicht stehen, sollst du immer ein Ei finden, worauf Vivat Gackeleia steht, und worin mein Taschengeld steckt, das hole dir!"--dann zog er eine Bretzel hervor und sagte:

"ziehe!"--da zogen sie, und jedes riß ein Stück davon;--und einen Bubenschenkel und sprach: "reiße!" und jedes riß die Hälfte davon; dann sprach er: "jedes von uns bewahre seinen Theil, und wenn wir uns wieder sehen und jeder bringt seinen Theil wieder, und die Stücke passen noch hübsch zusammen, dann sind wir recht brave, treue Spielkameraden gewesen, und ich schwöre dir, wie du mir, bei dem Grab des alten Urgockels, von dem du mir erzählet hast, daß wir dann immer beisammen bleiben wollen!"--da hoben sie beide die Hände auf und schworen.--Gackeleia weinte in dem feierlichen Momente und wollte Kronovus umarmen, da rief Gockel: "Gackeleia tummle dich geschwind, der Bettelvogt kömmt!"--worauf Kronovus diesem zurief: "halte er sich zurück, Meister Schelm, ich werde das Comteßchen selbst fortführen"; in demselben Augenblicke kam aber ein Adjutant des Eifrasius, forderte dem Prinzchen seinen Degen ab und führte ihn fort in das königliche Oberhof-Ofenloch. Kronovus aber sagte vorher noch dem Bettelvogt: "daß er sich nicht untersteht, meine liebe Spielkamerädin, das Comteßchen anzurühren!" reichte ihr die Hand und sprach: "leide geduldig, aber jetzt laufe, was du kannst!" da lief Gackeleia, was giebst du, was hast du? ihren Eltern mit ihrem Körbchen nach, und der Bettelvogt begleitete die unglückliche Familie, mehr um sie mit seinem ausgespannten Regenschirm gegen den Regen von Eiern zu schützen, welchen die unartigen Gassenbuben auf sie schleuderten, als daß er sie fortgetrieben hätte. Auf dem Eiercirkus war große Verwirrung eingetreten; der König Eifrasius war allzusehr außer sich, die Königin Eilegia allzusehr inner sich gekommen. Eifrasius hatte sein Schwert gezogen, er wollte dem Gockel ans Leben, er strampelte mit allen vier Füßen, da er aber den allerhöchsten Familienschwur ausstieß: "in Kraft sechzig destillirter Eierschnäpse, ich fresse den Kerl auf einem Butterbrod!" so faßten ihn der Kommandant der Leibgarde unter den Armen und der Obrist des Garde-Zwergen-Korps hielt ihm ein Bein fest, bis die erste Courage beruhiget und die Außersichkeit wieder nach Haus gekommen war. Die Königin Eilegia forderte noch größere Anstrengung, um sie aus ihrer Innerlichkeit wieder ans Tageslicht zu bringen; sie war in sich selbst, wie in einen tiefen Ziehbrunnen, vor Schrecken hinabgestürzt. Die Nerven, an welchen bekanntlich der goldene Eimer hängt, in dem die Seele des Menschen sitzt, waren bei Eilegia von so großer Zartheit und Feinheit, daß sie vor Schrecken zerrissen und die hehre Seele mit sammt dem goldenen Eimer tief, tief, tief in ihr schönes Gemüth hinunter plumps'te. Eilegia war unter einem lauten Schrei: "horreur! welche Bettelbagage!" der Oberhof-Eiermarschallin ohnmächtig in die Arme gesunken. Nur den vereinten Anstrengungen der Akademie der Rettungswissenschaften für Verunglückte, welche sogleich eine außerordentliche Sitzung hielt, gelang es, die theure Innige wieder zurückzurufen; die geheime Kammer-Schnürdame schnürte sie auf, um ihrem hehren Gemüthe mehr Luft zu geben; der so ganz fürs Vaterland glühende Oberhof-Osterhaas legte sinnig in kürzester Bälde ein frisches Osterei mit der Inschrift: "Vivat Eilegia!", mit welchem die Ohnmächtige angestrichen ward; und der für das Beßte der leidenden Menschheit immer auf dem Sprung stehende Leibchirurg und Aderlaßschnepper rief die Seele der edeln, sinnigen, innigen Eilegia durch eine, mit eben so viel Geschmack, als Wirkung, mit eben so viel Grazie als Präzision geleistete Blutentlassung wieder aus der innern Tiefe ihres herrlichen Gemüthes auf ihr edles Antlitz zurück--ach! --und ihr erstes schönes Thun war, ihre geliebten Gelnhausener anzulächeln. Die Hofkapelle spielte eine patriotische Dankgallopade, unter welcher Eifrasius und Eilegia in zwei Portchaisen sitzend in die Eierburg zurückwalzten, um sich ganz zu erholen; Prinz Kronovus aber mußte die Nacht im Oberhof-Ofenloch bei Bisquit-Torte und süßem Wein einen strengen Arrest aushalten.

Alles Volk zog nach Gelnhausen lärmend zurück, um Gockels Palast zu plündern und dem Boden gleich zu machen, aber sie kehrten unterwegs so oft in den Wirthshäusern ein, daß sie erst in tiefer Nacht auf dem Markte ankamen, wo ihnen der Nachtwächter entgegen sang:

"Hört ihr Herrn und laßt euch sagen,
Die Glocke hat zwölf Uhr geschlagen,
Aber das ist noch gar nicht viel
Gegen ein Schloß, das in Staub zerfiel;
Hier hat's gestanden lang und breit,
Wir leben in wunderbarer Zeit;
Der Markt ist leer als wie zuvor,
Die Kuh steht wieder vor dem alten Thor,
Schaut an ihr Herren dieses Wunder
Gieng schnell, wie es entstanden, unter;
Bewahrt das Feuer und das Licht,
Daß nicht der Stadt selbst Unglück g'schiecht,
Und lobet Gott den Herrn."

Wirklich war auch das herrliche Schloß Gockels und alle seine Gärten und Alles, was darin war, mit Mann und Maus verschwunden; auf dem Markte plätscherte der alte Stadtbrunnen, als wenn er gar nichts wüßte. Die guten Bürger giengen nach Hause, nachdem sie lange in die leere Luft geschaut hatten, und überlegten, wo sie mit allen ihren Semmeln und Braten hin sollten, da der große Hofstaat Gockels nicht mehr bei ihnen einkaufen würde.--Die guten Gelnhausener konnten aber doch nicht viel schlafen, denn der Bürgermeister hatte von der Eierburg bis auf das Rathhaus eine lange Reihe von Nachtwächtern aufgestellt, welche sich einander zubliesen, wie Eifrasius und Eilegia sich befänden, was der Leibarzt alle Viertelstunden auf der Schloßwache melden ließ, und was die Nachtswächter sich in der ganzen Stadt wieder zuflüsterten, wozu die unzähligen Metzgerhunde bellten und heulten und alle Hähne krähten. Es war eine beispiellos angestrengte, theilnahmvolle, schlaflose, patriotische Nacht für Gelnhausen. Kaum hatten die Bürger die Schlafkappen aufgesetzt, als plötzlich alle Nachtwächter an den Fensterladen pochten und ausriefen:

"Patriotisches Gelnhausen jubilire,
Deine Fenster gleich all' illuminire,
Hochlöbliche städtische Metzgerschaft
Beurkunde jetzt deiner Treue Kraft;
Liefre Schweinsblasen viel und billig,
Zeig' edles Gelnhausen dich willig,
Lass' donnern den hehren Feierknall,
Erfülle die Nacht mit Freudenschall;
Eifrasius und Eilegia theuer
Geruhen harmonisch ungeheuer
Zu ruhen, zu schlafen und zu schnarchen,
Wer kanns ihnen unterthänigst verargen?
Es war ja, was ich schier heiser sag,
Wohl gestern fürwahr ein heißer Tag.
Prinz Kronovus im Oberhof-Ofenloch
Ist ganz wohl auf und singt munter noch:
"Gackeleia, liebste Gackeleia mein,
"Wann werden wir wieder beisammen seyn."
Postskriptum.
"Jetzt allgemeine Illumination,
Nebst großer Blasendetonation;
Morgen früh vor dem Hanauerthor
Große Parade vom Nachtwächterchor,
Dann nach Eierburg Deputation
Vom weißgekleideten Bataillon
Der Mädchen, Blumen zu streuen,
Sie können heute Nacht noch heuen
Im Mondschein auf städtischer Weide;
Daß keinen Schaden doch leide
Die Au bürgermeisterlicher Schafe
Wird geboten bei fünf Gulden Strafe."

Auf diese Bekanntmachung hatten schon mehrere Bürger ihre
Nachtlichter ans Fenster gestellt, da kam ein anderer Befehl:

"Der Patriotismus soll sich noch fassen
Und alles Obige unterlassen;
Nach einem ärztlichen Consulte
Sind zu vermeiden alle Tumulte.

Ein Genesungsfest in leisester Stille
Ist Eifrasii allerweisester Wille."

Die guten Bürger waren so müd und schläfrig, daß sie ihren Patriotismus diesmal beruhigen ließen, und ganz Gelnhausen in das tiefe Schnarchen der Eierburger einstimmte.--Auf dem Markt am folgenden Tag stieg der Eierpreis um 3 und 7/87 Procent. Der arme Gockel, die arme Frau Hinkel, die arme Gackeleia zogen wieder wie ehedem durch den wilden Wald nach dem alten Schloß; aber sie waren viel trauriger und redeten kein Wort, ja Frau Hinkel hatte gar die Schürze über den Kopf gehängt, weil sie sich schämte, so häßlich geworden zu seyn. Als sie auf einer Höhe angekommen waren, wo man Gelnhausen noch einmal sehen konnte, drehte sich Gockel um, und sprach: "unseliger Ort, wo ich um den köstlichen Ring Salomonis betrogen ward; abscheulicher, undankbarer Eifrasius, wie schändlich hast du mich in meinem Unglück verstoßen, und hast nicht daran gedacht, mir die hundert Stück neue Gockeld'ors wieder zu geben, die du in glücklicher Zeit von mir geborgt." Frau Hinkel aber rief aus: "o Königin Eilegia! wie manches indianische Vogelnest sammt den Eiern habe ich dir zum Geschenk gemacht, wie viele Eierspeisen habe ich dich bereiten gelehrt, wie viel hundert Ostereier habe ich dir mit schönen Blumen und Blättern bunt gesotten, die schönsten Muster zu Hauben und Garnituren a l'öff de Puffpuff habe ich dir mitgetheilt, und nun, da wir den Ring verloren und arm geworden, lässest du Undankbare mich zerlumpt und hungernd über die Gränze führen!"--Nun erhob auch Gackeleia ihre Stimme und sprach: "Ach du herzliebes Prinzchen Kronovus, du bist doch der Beste von Allen, du hast mir deinen Thaler geschenkt und dein Taschentuch gereicht, daß ich mich abwischen konnte; du willst mir dein Taschengeld alle Sonnabend am Entenpfuhl bei den Vergißmeinnicht in ein Ei verstecken; ach, du bist doch mein guter Kronovus geblieben und hast die arme, schmutzige Gackeleia nicht von dir weggestoßen. Ach, es thut mir recht leid, daß ich in der Angst vergessen, dir meine herrliche Puppe zum Andenken zu schenken."

Kaum hatte Gackeleia das Wort Puppe ausgesprochen, als Gockel zornig nach ihr blickte und sprach: "du unseliges Kind! du hast eine Puppe? welche Puppe? woher hast du die Puppe? weißt du nicht mehr das Urtheil bei dem hochnothpeinlichen Halsgericht wegen der Ermordung Gallina's, daß du von nun an und nimmermehr keine Puppe haben darfst! --ach, ich ahnde die Ursache meines Verderbens!" Und da er hierauf die kleine Gackeleia ergreifen wollte, lief sie vor dem erzürnten Vater nach dem äußersten Rande eines Felsens hin, der über einen schroffen Abhang hinausragte. Frau Hinkel schrie: "um Gotteswillen, das Kind fällt sich zu Tode!" und hielt Gockel beim Arme zurück. Gackeleia aber kniete auf dem äußersten Rande des Felsens, breitete ihre Aermchen gegen den Vater aus und sprach:

"Vater Gockel ach verzeih',
Mutter Hinkel steh' mir bei,
Oder Gackeleia klein
Springt und bricht sich Hals und Bein!"

Da bat die Frau Hinkel den Gockel sehr, er solle dem Kind verzeihen, und Gockel sagte: sie solle nur Alles erzählen, was sie angestellt, er werde sie nicht umbringen. "Erzähle Gackeleia", sagte die Mutter, "wo hast du eine Puppe herbekommen?" Da war Gackeleia in großer Angst, denn der Vater riß während der Erzählung an einer Birke, die bei dem Felsen stand, dann und wann ein Zweiglein ab, und es sah so ziemlich aus, als wenn er, wo nicht einen Besen, doch wenigstens eine Ruthe binden wolle; aber was half Alles, das Kind mußte sprechen und sprach:

"An mein Gärtchen kam heut Morgen
Ein alt Männchen ganz voll Sorgen,
Ließ vor mir im Tanz sich drehn
Ach! ein Püppchen, wunderschön."

"Da haben wir es", rief Gockel und riß ein starkes Birkenreis ab, "da haben wir die saubere Bescheerung, eine Puppe, o es ist himmelschreiend!" Gackeleia aber sagte geschwind:

"Keine Puppe, es ist nur
Eine schöne Kunstfigur,
Eine kleine Gärtnerin,
Lehrerin und Tänzerin,
Wirthin, Hirtin und so weiter,

Jede hat besondre Kleider."

"Abscheulich, abscheulich!" sagte Gockel, aber Gackeleia fuhr fort:

> "Allerliebst, kaum auszusprechen,
> Mir wollt' schier das Herz zerbrechen
> Nach dem schönen Wunderding;
> Als es an zu laufen fieng,
> Als die Räder in ihm knarrten,
> Wollt' es zu mir in den Garten,
> Lief am Gitter hin und her,
> Als ob es lebendig wär'.
> Und ich glaubt' des Alten Schwur,
> Daß es eine Kunstfigur,
> Daß es keine Puppe sey,
> Dacht' nichts Arges mir dabei."

"Schöne Ausreden", sagte Gockel unwillig und riß wieder ein Birkenreis ab; Gackeleia gefiel das gar nicht, und sie sagte:

> "Vater, bitte, bitte schön,
> Laß das Birkenreis doch stehn,
> Ach ich sorg' vor Angst verwirrt,
> Daß es eine Ruthe wird."

Da sprach Gockel ernsthaft:

> "Gackeleia glaub' du nur,
> Daß es eine Kunstfigur,
> Daß es keine Ruthe sey,
> Denk' nichts Arges dir dabei."

Da sagte Gackeleia:

> "Kunstfigur von Birkenreis?
> Ach du machst mir gar zu heiß!"

Und Gockel sagte:

> "Kunstfigur für Kunstfigur,

Ruthe für die Puppe nur."

Da ward Gackeleia wieder sehr betrübt und schrie wieder ganz erbärmlich:

"Vater Gockel ach verzeih',
Mutter Hinkel steh' mir bei,
Oder Gackeleia klein,
Springt und bricht sich Hals und Bein!"

Frau Hinkel bat sehr, und Gockel sagte: "ich werde sie nicht umbringen, sie soll nur erzählen, was der Alte weiter gesagt hat, und was sie ihm für die Kunstfigur gegeben hat." Da fuhr Gackeleia fort:

"Ach der Alte weinte sehr,
Hätt' nicht Vater, Mutter mehr,
Bruder nicht, noch Schwesterlein,
Keinen Sohn, kein Töchterlein,
Keinen Vetter, keine Base,
Nichts als eine lange Nase,
Einen Bart ganz weiß und lang,
War betrübt und angst und bang."

"Der alte Schelm", rief da Frau Hinkel aus und riß nun auch ein starkes Birkenreis ab, "der alte Schelm ist schuld, daß ich auch wieder eine so häßliche lange Nase habe." Und Gockel sagte: "Schau, Frau Hinkel, jetzt merkst du auch, was wir ihm zu danken haben, du die Nase und ich den Bart. O unglückselige Kunstfigur, was sind wir für abscheuliche Figuren durch dich geworden. Aber erzähle weiter Gackeleia, was wollte er für die Puppe"? Da erwiederte Gackeleia mit großer Angst:

"Für die schöne Kunstfigur
Wollt' in deinen Ring er nur
Einmal ein klein bischen blicken,
Seinen Kummer zu erquicken."

"O du abgefeimter Gaudieb", rief Gockel aus, "o du unseliges, leichtsinniges, spielsüchtiges Kind!--und da zogst du mir den Ring im Schlafe ab, und gabst dem Schelmen den Ring, sprich, sprich, hast du das gethan? sprich gleich, oder ich werfe dich auf der Stelle vom Felsen hinab." Da rief Gackeleia wieder in großer Angst:

"Vater Gockel ach verzeih',
Mutter Hinkel steh' mir bei;
Ja als Vater Gockel schlief,
Mit dem Ring ich zu ihm lief,
Doch er sah nicht lang hinein,
Gab zurück den Edelstein,
Den ich schnell zurückgebracht,
Eh' der Vater aufgewacht.
Ach ich will's nicht wieder thun,
Einmal ist das Unglück nun
Durch mich böses Kind geschehn.
Werdet ihr die Puppe sehn--
Nein nicht Puppe, es ist nur
Eine schöne Kunstfigur,
Ganz natürlich nach dem Leben--
Ach ihr müßt mir dann vergeben."

Und nun nahm sie die Puppe aus ihrem Körbchen, das sie am Arm hängen hatte, zog das Uhrwerk auf, und die kleine Reisende schnurrte so artig zwischen dem Thymian auf dem Felsen herum, daß Gackeleia ihr, in die Hände patschend, nachlief. Da erwischte der alte Gockel das Kind beim Arm und sagte: "Nun habe ich dich, habe ich dir nicht tausendmal verboten, meinen Ring ohne meine Erlaubniß anzurühren? Du hast ihn aber dem alten Betrüger gegeben, und der hat ihn mit einem andern vertauscht, der keinen Heller werth ist, und so hast du deine Eltern und dich in Schande und Armuth gebracht durch deine Begierde nach einer elenden Puppe". Da schrie Gackeleia ganz erbärmlich:

"Keine Puppe, es ist nur
Eine schöne Kunstfigur.
Vater, Vater laß mich los!
Ach sie läuft durch Stein und Moos
Von dem Fels in vollem Lauf,
Mutter Hinkel halt' sie auf!
Daß sie nicht den Hals zerbricht;

Denn sie kennt die Wege nicht."

Die kleine Puppe lief auch ganz wie toll den Felsen hinunter, und
Frau Hinkel wollte sie aufhalten, aber glitt auf dem glatten Rasen
aus und rutschte ein ziemlich Stück Weg hinab. Darüber wurde der
alte Gockel noch viel ungeduldiger und sagte: "nun sieh, das
Unglück, deine Mutter bricht noch schier ein Bein über der
abscheulichen Puppe. Recht muß seyn, du hast unverzeihlich
gefehlt; jetzt wähle Gackeleia: entweder kriegst du hier recht tüchtig
die Ruthe, oder du läßt die Puppe laufen", und da Gackeleia wieder
schrie:

"Keine Puppe, es ist nur
Eine schöne Kunstfigur,
Nach der Uhr und nach der Schnur,
Und ein Mäuschen von Natur."-legte Gockel sie über das
Knie und gab
ihr tüchtig die Ruthe mit den Worten:

"Keine Ruthe, es ist nur
Eine Birken-Kunstfigur,
Und du kriegst sie nach der Schnur,
O du Nichtsnutz von Natur!"

Und Gackeleia schrie:

"Mutter halt', o Jemine!
Halt' sie auf, sie thut sich weh."

Und Gockel schlug immer zu und schrie:

"Fitze, fitze, Domine
Thut die ganze Woche weh!"

Er hätte auch noch länger zugeschlagen, aber Frau Hinkel schrie
so erbärmlich, sie könne nicht wieder herauf, daß Gockel das Kind
los ließ und hinabgieng, ihr zu helfen. Kaum aber war Gackeleia los,
so rüttelte und schüttelte sie sich über die fatale Kunstfigur, die sie
empfunden hatte, und lief ihrer flüchtig gewordenen schönen
Kunstfigur nach, die sie eben unten im Thale über den Steg eines

Baches laufen sah; die Puppe lief, als ob sie vier Beine hätte, über
den Steg und links um und in den Wald hinein und Gackeleia immer
hinter ihr drein.

Gockel hatte indessen Frau Hinkel durch einen Umweg wieder
auf die Höhe hinauf gebracht, und sie klagten sich unterwegs
einander, wie der Schelm, der sie durch Gackeleia's Spielsucht um
den köstlichen Ring Salomonis gebracht, gewiß einer von den alten
Petschierstechern sey, die ihn einst um den Hahn Alektryo hatten
betrügen wollen. Als sie unter solchen Reden auf den Fels
zurückkamen und die Gackeleia nicht mehr sahen, riefen sie nach
allen Seiten nach dem Kinde, aber nirgends hörten und sahen sie
etwas von ihr. Da ward ihr Kummer um allen ihren Verlust in eine
große Sorge um ihr Kind verwandelt, sie liefen hin und her und
schrieen durch den Wald: "Gackeleia, Gackeleia!" und wenn das
Echo wieder rief. Eia, Eia! glaubten sie, das Kind antworte, und so
verirrten sie sich immer tiefer in der Wildniß, bis sie endlich beide,
ach aber ohne Gackeleia, sich bei ihrem Stammschlosse wieder
fanden. Die Vögel wachten alle auf und flogen wie alte Bekannte
um sie her und grüßten sie, aber Gockel und Hinkel riefen immer in
alle Büsche hinein:

> "Gackeleia, komm doch nur,
> S'ist ja eine Kunstfigur,
> Komm' es soll dir nichts geschehn,
> Wenn wir dich nur wieder sehn."

Aber keine Antwort von keiner Seite. Da saßen die zwei armen
Eltern auf der Schwelle des alten Hühnerstalles nieder und weinten
die ganze Nacht bitterlich, und alle Vögelein weinten mit. Am
Morgen aber schnitt sich Gockel einen tüchtigen Knotenstock und
gab auch der Frau Hinkel einen und sagte: "Liebe Frau! wir sind
arme Leute geworden; aber es gebührt einem Raugrafen Gockel
von Hanau und einer Raugräfin Hinkel von Hennegau nicht, im
Unglücke zu verzweifeln; laß uns auf Gott vertrauen und unser
Fräulein Tochter Gackeleia durch die weite Welt suchen, und sollten
wir unterwegs Hungers sterben. Geh' du links, und ich geh' rechts.
Alle Monate kommen wir hier wieder zusammen und sagen uns
einander, was wir entdeckt haben, dabei können wir zugleich dem
Dieb unsers Ringes nachforschen." Frau Hinkel war das zufrieden,

sie umarmten sich beide unter bitteren Thränen und wanderten dann auf getrennten Wegen, Herr Gockel rechts, Frau Hinkel links. Und wenn sie in die Dörfer oder Städte kamen, sangen sie vor allen Thüren:

> "Habt ihr nicht ein Kind gesehn?
> Ein klein Mägdlein wunderschön,
> Blaue Augen, rothe Backen,
> Zähnchen weiß zum Nüsseknacken,
> Einen rothen Kirschenmund,
> Frisch und froh und dick und rund,
> Glänzend wie ein Mandelkern,
> Hüpft und spielt und singt so gern.
> Es hat einen blonden Zopf,
> Einen Strohhut auf dem Kopf,
> Trägt auch eine alte Juppe
> Und läuft hinter einer Puppe
> Her und schreit, es sey ja nur
> Eine schöne Kunstfigur.
> Barfuß läuft es ohne Schuh,
> Fragt man es, wie heißest du?
> Sagt es gleich ganz freundlich: "Eja
> Ich bin Gockels Gackeleia."
> Ach das Kind hab' ich verloren
> Und hab' einen Eid geschworen,
> Nicht zu ruhn, bis ich das Kind
> Gackeleia wieder find'!"

Aber immer sagten die Leute:

> "Wir haben so kein Kind gesehn,
> Ihr armer Mensch müßt weiter gehn;
> Da habet ihr ein Stücklein Brod,
> Gott helfe euch in eurer Noth!"

Da nahmen sie dann das Brod, die armen Eltern, und assen es mit Thränen und setzten ihren Stab traurig weiter.

So waren sie schon dreimal wieder in dem alten Schloße ohne Gackeleia zusammen gekommen, hatten mit großem Jammer im alten Hühnerstall geschlafen, und sich ihre vergeblichen Nachforschungen einander mitgetheilt. "Ach Gott", sagte Frau Hinkel, "das arme Kind ist gewiß umgekommen, hättest du es doch nicht so hart wegen der Puppe behandelt." Da erwiederte Gockel: "Und hättest du besser auf sie Acht gegeben, so hätten wir den Ring und das Kind nicht verloren; nichts ist leichter zu sagen, als-- hättest du. Lasse uns lieber auf dem Grabe des Alektryo in der Kapelle recht herzlich beten, daß wir das Kind morgen zum viertenmale nicht vergebens suchen mögen." Hierauf giengen sie nach der Kapelle und beteten recht eifrig, legten sich dann auf ihr Mooslager und schliefen einen gar süßen Schlaf und träumten von Gackeleia.

Gegen Morgen hörte Gockel noch halb im Schlafe etwas um sich her rasseln, es war noch sehr dunkel in dem Stalle; aber er sah etwas an der Erde hinlaufen und verschwinden, er stieß Frau Hinkel und sagte: "Mir war gerade, als wenn die fatale Puppe der Gackeleia vorüber gelaufen wäre." Da sprach eine Stimme:

"Keine Puppe, es ist nur
Eine schöne Kunstfigur."

Gockel meinte, Frau Hinkel habe das gesagt, und verwies ihr, daß auch sie so eigensinnig wie Gackeleia spreche. Frau Hinkel hatte schlaftrunken die Worte gehört und behauptete, er habe es selbst gesagt. Sie wollten eben zu zanken anfangen, als sie leise an der Thüre pochen hörten. Sie fuhren ordentlich vor Schrecken zusammen, wer das wohl seyn könne, der in dem wüsten zerstörten Schlosse so leise anpoche. Da es aber zum drittenmale pochte, fragte Gockel laut: "Wer ist draus?" und es antwortete eine männliche Stimme: "ich bitte allerunterthänigst um Verzeihung, Herr Graf, daß ich so früh störe, aber die Eseltreiber lassen mir keine Ruhe; sie sagen, daß ich ihnen drei Zentner Käse aus der gräflichen Käsefabrik auf ihre Thiere packen soll, nun wollte ich doch den Befehl des Herrn Grafen selbst abholen."

Gockel wußte auf diese Rede gar nicht, wo ihm der Kopf stand; "drei Zentner Käse", sagte er, "aus der gräflichen Käsefabrik, hast du gehört Hinkel?" "Ja", sagte Frau Hinkel, "was kann das seyn? ich weiß nicht, ob ich träume oder wache." Da der Mann aber immer von neuem pochte und um die Erlaubniß bat, die Käse abzuliefern, schrie Gockel heftig: "bist du, der da pochet, toll oder ein Spötter, der einen armen Greis zum Narren haben will? so nehme dich in Acht, oder ich komme mit dem Knotenstock über dich. Wo habe ich denn Käse oder eine Käsefabrik? Gehe von dannen und gönne den Armen ihr einziges Gut: die Ruhe und den Schlaf." Da antwortete die Stimme wieder: "Gnädigster Graf, vergebet mir, daß ich euch erweckte, ich sehe wohl, daß ihr den Leuten die Käse nicht abliefern lassen wollet, ich werde sie abweisen!"

Nun hörte Gockel draußen auf dem Hofe sprechen und hin und wieder gehen, und seine Verwunderung, was das zu bedeuten habe, wuchs immer mehr. "Ach", sagte er zu seiner Frau, "ich fürchte fast, es ist irgend eine Nachstellung von unsern Feinden aus Gelnhausen, die uns ermorden wollen." "Das wäre entsetzlich", erwiederte Frau Hinkel und drückte sich in der Angst dicht an ihn. Da pochte es wieder an der Thüre, und Gockel rief zwar erschrocken, aber doch ziemlich laut: "Wer da?" Da antwortete eine andere Stimme: "Eurer Hochgräflichen Gnaden unterthänigster Küchenmeister fragt an, ob er einen Zentner Schinken aus der gräflichen Rauchkammer abliefern darf, welche auf den drei Eseln, die vom König Sissi angekommen sind, abgeholt werden sollen?" Gockel, dem bei diesen Reden zu Muthe ward, wie einem Hahn ohne Kopf, rief aus: "Warte, ich will dir Schinken geben, du nichtswürdiger Spötter!" indem er aufsprang und nach seinem Stocke suchte. Als er aber ganz klar und deutlich drei Esel vor der Thüre schreien hörte, rief er und Frau Hinkel zugleich: "Herr Jemine, die Esel sind wirklich da." Es war noch dunkel in dem Stalle, der kein Fenster hatte, und dessen verschlossene Thüre nur durch einen Spalt einen Schimmer des Tages hereinfallen ließ. Gockel tappte an der Wand nach seinem Knotenstock herum, und plötzlich wurde er von ein paar zarten Armen herzlich umschlossen, so daß er laut aufschrie: "um Gotteswillen, wer ist das?" Aber die Unbekannte hörte nicht auf, ihn mit den zärtlichsten Küssen zu bedecken, und als Frau Hinkel auch dazu kam, gieng es derselben nicht besser; und da sie sich in diese Liebkosungen gar nicht finden konnten, sagte endlich das unbekannte Wesen mit einer wohlbekannten Stimme zu ihnen: "Ach! kennt ihr denn euer Töchterlein Gackeleia gar nicht mehr?"-"Du, Gackeleia?" riefen

Beide aus, "nein das ist nicht möglich, du bist ja eine erwachsene Jungfrau."--"Ach, groß oder klein", antwortete es, "ich bin doch eure Gackeleia", und da riß sie die Thüre auf, und es fiel zu gleicher Zeit so viel Fremdes und Wunderbares in die Augen des alten Gockels und der Frau Hinkel, daß sie sich einander in die Arme sanken und weinen mußten.

Erstens sahen sie wirklich die ganze Gackeleia vor sich, aber nicht mehr als ein kleines Mädchen, sondern als eine blühende, wunderschöne, allerliebst geputzte Jungfrau; und zweitens sahen sie sich selbst beide nicht mehr alt und in Lumpen, sondern als zwei schöne wohlbekleidete Leute in den besten Jahren; und drittens sahen sie durch die Thüre nicht mehr in einen verfallenen, mit Schutt und wildem Unkraut bewachsenen Burghof hinaus, sondern in einen schön gepflasterten, reinlichen Hof von schönen Schloßgebäuden, Ställen, Gärten und Terrassen umgeben; in der Mitte des Hofes aber, an einem plätschernden Springbrunnen, sahen sie drei verdrießliche alte Esel mit langen Ohren angebunden, welche die Köpfe zusammendrückten, als ob sie sich schämten. Auch sahen sie allerlei Bediente in schönen Livreen geschäftig auf und niedergehen, die immer, so oft sie am Hühnerstall vorüber kamen, tiefe Verbeugungen machten und schönen guten Morgen wünschten.

"Ach, was ist das, es ist nicht möglich, woher alle diese Wunder?" rief Gockel aus; da reichte Gackeleia ihm ihre schöne Hand und sah ihm freundlich lächelnd in die Augen, und Gockel schrie mit lautem Jubel aus: "ach der Ring, der köstliche Ring Salomonis ist wieder da, den du durch die Puppe verloren!" Da sagte aber Gackeleia gleich wieder:

"Keine Puppe, es ist nur Eine schöne Kunstfigur",

und Gockel sagte: "meinetwegen, ich will dir die Ruthe nicht mehr geben, du bist auch zu groß dazu, und Alles ist ja wieder gut." "Aber wie hast du nur Alles angefangen?" sagte Frau Hinkel, welche immer um die schöne, prächtige Jungfrau herumgegangen war, sie zu betrachten und zu küssen und zu drücken, "um Gotteswillen, Herz-Wunder-Gackeleia, erzähle!" "Ja, erzähle", rief Gockel und drückte sie herzlich an seine Brust. Gackeleia aber erwiederte:

"lobet mich nicht zu sehr, geliebter Vater, denn all unser neues Glück haben wir allein Euch selbst zu verdanken." "Mir?" fragte Gockel, "das müßte seltsam zugehen; ach ich habe ja nichts thun können, als vor den Häusern nach dir suchend herumbetteln." Da sagte Gackeleia: "schon gut, Ihr sollt Alles hören; folgt mir nur an einen andern Ort, wir wollen das wieder hergestellte Stammschloß unsrer lieben Vorfahren einmal ein wenig durchmustern, wir werden gewiß ein Plätzchen finden, wo es uns besser gefällt, als in dem alten Hühnerstall, in dem wir ohnedieß dem Federvieh Platz machen wollen, das gleich wieder hinein muß." Da drehte Gackeleia den Ring und sprach:

"Salomon, du weiser König,
Dem die Geister unterthänig,
Fülle gleich den Hühnerstall,
Lass' die bunten Hühner all'
Gackeln, scharren, glucken, brüten,
Und vom hohen Hahn behüten;
Alle soll er übersehen,
Stolz mit Spornen einhergehen,
Kamm und Sichelschweif hoch tragen,
Streitbar mit den Flügeln schlagen;
Krähen wie ein Hoftrompeter,
Daß bei seinem Anblick jeder
Ganz mit Wahrheit sagen kann:
"Das ist recht ein Rittersmann."
Bringe uns auch schöne Pfauen,
Die bei ihren grauen Frauen
Gold'ne Augenräder schlagen,
Abends nach der Sonne klagen.
Gieb uns dann auch wälsche Hahnen,
Zornig schwarze Indianen,
Solch' hoffärtige Gesellen,
Denen roth die Hälse schwellen,
Die sich kollernd neidisch blähen,
Wenn sie rothe Farben sehen,
Aufgespreitzt mit Hofmanieren
Um die Hennen her turniren.
Schenk' uns Enten bunt und prächtig,

Weiße Gänse, die bedächtig
Nach dem Wolkenhimmel sehn
Und auf einem Beine stehn,
Oder auf der Wiese gackeln,
Bis sie in das Wasser wackeln.
Lasse auch schneeweiße Schwäne,
Rein, wie blanke Silberkähne,
Ernst und klar mit edlem Schweigen
Schwimmen in den Spiegelteichen.
Auf dem Dache lass' sich drehen
Tauben, schimmernd anzusehen,
Um den Hals mit gold'nen Strahlen,
Schöner, als man sie kann malen.
Alles sey recht auserlesen,
Wie's im Paradies gewesen.
Ringlein, Ringlein dreh' dich um,
Mach's recht schön ich bitt' dich drum."

Kaum hatte Gackeleia dieses gesagt, als aus dem Hühnerstalle,
den sie verlassen hatten, ihnen eine Schaar der buntesten Hühner,
Pfauen, Puter, Enten, Gänse und Schwäne nachströmte, und auf
dem Dache Alles von Tauben wimmelte. Gockel und Hinkel hatten
die größte Freude an dem herrlichen Federgeviehzel und folgten,
nachdem sie Alles einzeln bewundert hatten, der Gackeleia in das
Schloß. Freudig und neugierig betrachteten sie eine Reihe von
Gemächern und Sälen, welche alle mit dem prächtigsten alten
Hausrath versehen waren, und traten endlich oben auf einer
Terrasse heraus, von welcher sie herab in den Hühnerhof. links auf
das Schloß und vor sich hin Gärten und Wald in die Ferne bis nach
Gelnhausen und Hanau sahen.

"Hier ist es gar schön", sagte Gackeleia, "seht wie die schönen
Tauben neben uns schweben, und der Pfau sieht auf der Spitze des
Thurmes der Sonne entgegen; hier will ich Euch Alles erzählen, wie
ich den Ring wieder erhalten habe, aber wir wollen auch etwas
frühstücken." Kaum hatte sie dieses gesagt, als ein alter Diener
einen großen Präsentirteller mit Früchten und kaltem Fleischwerk
und feinem Gebackenem und Wein und Milch über die Treppe
heraufbrachte, und als er Alles vor sie niedergesetzt hatte, nochmals

fragte: "sollen die drei Esel mit dem Käse und den Schinken bepackt werden!" "Ja", sagte Gackeleia, "und daß nur Alles recht gut und ausgesucht sey; ich werde hernach das Weitere selbst befehlen." Gockel und Hinkel waren sehr begierig nach ihrer Erzählung und baten sie zu beginnen. Da erzählte sie Folgendes:

"Lieber Vater, als meine Puppe--nein, meine schöne Kunstfigur-- so weit vor mir vorausgelaufen und eure Ruthe--nein, eure häßliche Kunstfigur--so dicht hinter mir her war, zappelte ich mit Händen und Füßen, von euerm Knie herunter auf die Beine zu kommen, um meinem lieben Klandestinchen nachzueilen, welche bergab lief, wie sie noch nie gelaufen war; da ließest du mich los und eiltest den Felsen hinab der Mutter zu Hülfe, ich aber raffte mein Körbchen auf und rannte über Hals und Kopf der Kunstfigur nach, die einen guten Vorsprung hatte. Da wir aber in den dichten Wald kamen, hinderten sie öfter Gras und Gesträuch im Lauf, und ich war ihr endlich so nah, daß ich die Hand ausstreckte, sie zu ergreifen, aber in demselben Augenblick entschlüpfte sie zwischen zwei Felsstücken in eine kleine Höhle.--Ich war in der größten Betrübniß, ich konnte ihr nicht nach; ich kniete vor der Oeffnung nieder und rief zu ihr hinein: "Klandestinchen, Klandestinchen! wie handelst du so undankbar gegen mich, ich habe dich so lieb, so lieb, daß ich lieber die schimpflichste Strafe über mich ergehen ließ, als dich zu verlassen, und jetzt versteckst du dich vor mir, als wenn ich deine ärgste Feindin wäre."

"Als ich diese Worte gesprochen hatte, fiel mir auch erst ein, wie sehr weit ich von Euch, liebe Aeltern, fortgelaufen war; ich sah die Sonne bereits sinken und war außer allem Weg und Steg. Weinend schrie ich in den Wald hinein: "Vater Gockel, Mutter Hinkel!" aber Alles war vergebens, nur das Echo antwortete mir. Dann fiel mir ein, daß jetzt die Stunde sey, wo der alte Mann gesagt, daß die Puppe etwas müsse zu knuppern haben; ich holte etwas Zuckerbrod aus meinem Körbchen und legte es auf ein reines Blatt vor die kleine Höhle und füllte meinen Fingerhut in einem nahen Quell und stellte ihn aufrecht in den feuchten Sand gedrückt darneben, dann rief ich in das Höhlchen hinein: "Klandestinchen, wenn's gefälig ist, es ist servirt."--Ich dachte, der Alte hat von ihrem guten Appetit gesprochen, sie hat Bewegung genug gehabt, es sollte ihr wohl schmecken, wenn sie merkt, daß aufgetragen ist. Ich selbst hatte Hunger, und nahm ein Stück hartes Brod aus meinem Bettelsack, tauchte es ins Wasser und aß in einiger Entfernung, weil ich gehört hatte, daß sie sich nicht gern beim Essen zusehen lasse.--Ach ich war so müd, so müd, Hände und Füße zuckten mir, ich lag im Gras, der Schlaf krabbelte mir den Rücken herauf und machte mir die Augendeckelchen zu, denn das Sandmännchen kam und wollte mir Sand hinein streuen, und das wäre nicht gut gewesen, aber ich raffte mich noch einmahl auf und wusch mich ein bischen am Bach, weil ich so viel Staub und Schmutz im Gesicht und an Händen und Füßen hatte, denn ich habe nie vergessen, was die Mutter mich gelehrt, man soll nie ungewaschen und ungebetet zu Tische gehen, aufstehen und schlafen gehen.--Ich setzte mich also ins weiche Moos, und war so müd, so müd und wußte nicht, sollte ich mich rechts, sollte ich mich links legen, und sagte alle meine Kindergebetchen durch einander her:

"Guten Abend, gute Nacht,
Von Sternen bedacht,
Vom Mond angelacht,
Von Engeln bewacht,
Von Blumen umbaut,
Von Rosen beschaut,
Von Lilien bethaut,
Den Veilchen vertraut;
Schlupf' unter die Deck'
Dich reck' und dich streck',
Schlaf' fromm und schlaf' still,
Wenns Herrgottchen will,
Früh Morgen ohn Sorgen
Das Schwälbchen dich weck'!"

Unter diesen Gebetchen kehrte ich mich nach einer Seite, zuckte noch einige Male und schlief ein.

Da träumte mir, ich sehe Clandestinchen die schöne Kunstfigur aus der Höhle kommen, sie verzehrte das Zuckerbrod, sie trank aus dem Fingerhut, und kam nachher zu meinem Bettchen und sagte: "Herzkind, Gackeleia, schlaf nur süß fort, denn nur im Schlaf

kannst du mich verstehen; sag, süß Lieb! darf ich wohl ein bischen
zu dir kommen? o nimm dein Püppchen in den Arm an dein lieb
Herzchen, meine Füßchen sind ganz wund vom vielen Laufen, auch
ist mir gar nicht wohl, ich muß mich verkältet haben, ach Kind
nimm die Puppe zu dir"--da sagte ich ganz erschrocken:

> Darf nicht, darf nicht, denn ich schwur,
> Keine Puppe, sondern nur
> Eine schöne Kunstfigur,
> Nach der Uhr und nach der Schnur
> Und ein Mäuschen von Natur.

"Ach Gackeleia", sprach sie, "das bin ich alles, und noch mehr,
ich weiß kaum mehr, was ich bin, ich will dir ja Alles erzählen,
nimm mich doch, ich bin ja gewiß keine Puppe."--Hierauf schlupfte
sie zu mir und ich hielt sie schlummernd im Arm an meinem
Herzen, wobei ich sagte:

> Zu Bett, zu Bett,
> Die ein Püppchen hätt,
> Die keines hätt',
> Muß auch zu Bett!

Und da ich mein Schürzchen uns Beiden gegen den Nachtthau
übers Gesicht deckte, ward mir ganz weich ums Herz und ich
wiegte das Klandestinchen ein bischen, daß es schlafen sollte, und
sprach:

> Eia popeia popolen!
> Unser Herr Gottchen mag uns nur holen,
> Kommt er mit dem goldenen Lädchen,
> Legt uns hinunter ins Gräbchen,
> Ueber mich Kräuterlein,
> Ueber dich Blümelein,
> Bis wir beisammen im Himmelreich sein.

Da sagte die Figur: " Das ist alles gar schön, und man mag die
Puppe und die Kunstfigur nach der Uhr und nach der Schnur in
einem goldenen Lädchen immer ins Grab legen, nur das Mäuschen
von Natur, muß ich bitten, damit zu verschonen, denn es muß für

Gatte und Familie, für Volk und Vaterland noch lange leben; drum Gackeleia bitte ich dich um Gotteswillen, mache mir das fatale Drathgürtelchen los, womit mich der böse Alte unter die verschraubte Kunstfigur festgeschnürt hat, ich habe solches Leibschneiden, ich hab' mich überlaufen, ich hab' mich übergessen, es ist mir zum Sterben, geschwind, geschwind hilf dem Mäuschen von Natur, denn ich bin keine Puppe, keine Kunstfigur, ich bin die unglückliche Mäuse-Prinzessin Sissi von Mandelbiß, der dein Vater einmal das Leben gerettet hat." Da sah ich gleich nach und fand wirklich das schönste weiße Mäuschen von Natur mit einem Drath zwischen kleine Räder befestigt, die an den Füßchen der Puppe angebracht waren, ich machte die arme Prinzessin los, die mir freudig dankte und sagte: "Schlaf fort Herz-Gackeleia, gleich komm ich wieder, ich muß mich nothwendig ein bischen bewegen und durch das thauichte Gras laufen, um mich zu waschen und zu erfrischen, gleich komme ich wieder zu dir"--und husch war sie fort."

So weit hatte Gackeleia erzählt, da sah Gockel nach den beiden Mäusen, die sich in ein Stück Kuchen eingefressen hatten und ruhig darin schliefen, und sprach: "Es ist doch eine kuriose Theater-Prinzessin, die Sissi von Mandelbiß; wo die überall herum kömmt, die kann auch mehr als Brod essen! Aber erzähle weiter, wie ist sie nur mit der Kunstfigur zusammengekommen?"

Da fuhr Gackeleia fort: "Als Sissi wieder kam, schlupfte sie mir dicht ans Ohr, versteckte sich warm in meine Haarlocken und erzählte mir alles ganz ausführlich, und ich war so neugierig, daß ich sie nie unterbrach. Sie sagte: "dein Vater Gockel hat mich und meinen Gemahl Prinz Pfiffi von Speckelfleck vor der Katze Schurrimurri gerettet und uns wieder nach Haus befördert; der Mord der Gallina durch dieselbe Katze und die Hinrichtung der Katze und der edle Tod Alektryos ward uns durch Musterreiter unsers Volkes erzählet, wir wollten Gallina und Alektryo ein Mausoleum auf dem Mauskirchhof setzen lassen, und da ich mit Prinz Speckelfleck wegen unserer Rettung eine Wahlfahrt nach dem Mausthurm bei Bingen gelobt hatte, gedachten wir damit eine Kunstreise zu verbinden und uns mit den schönsten Mausoleen in Kirchen und auf Kirchhöfen bekannt zu machen. Prinz Speckelfleck meinte, wir müßten incognito wie gemeine Mäuse nur in geringen Häusern einkehren;--ich folgte, aber nie thue ichs wieder, denn was man da erwischen kann, ist nichts werth, und am Ende wird man noch selbst erwischt.--So waren wir in Friedberg neben drei alten schmutzigen Männern mit langen Bärten im Stroh eingekehrt. Pfiffi schlupfte zur Thüre hinaus, mir etwas zu essen zu suchen, und ich war so unbesonnen dem Geruch von gebranntem Speck in meiner Nähe nach zu gehen, ach schon nagte ich ein bischen--klapp that es einen Schlag, die Falle schloß sich zu, und ich war gefangen. Meine Verzweiflung kannst du dir denken.--Der Schlag der Falle hatte die drei Alten auf dem Stroh erweckt; sie liefen mit der Falle ans Fenster, der Tag brach schon an. "Da haben wir, was wir brauchen", sagte der eine, "eine schöne, große weiße Maus hat sich gefangen; die befestige ich mit einem Drathgürtel unter der Kunstfigur, die wir in Nürnberg gekauft haben; das Räderwerk ist zu schwach, die Puppe kann nicht lang laufen, da kann die Maus als Vorspann dienen, damit sie von der Stelle kömmt. Geschwind zünde ein Licht an, sagte er zu dem Andern, ich will mich gleich an die Arbeit machen." Da schlug der Andere Licht, und der Alte hatte mich bald mit einem Drath an die kleine Puppe befestigt, die er aus seinem Schnappsack holte; dann zog er das Uhrwerk in der Puppe auf und setzte sie an den Boden, und ich lief von dem Saum des seidenen Puppenkleides bedeckt an der Erde in großer Angst umher; da ich aber aus Begierde zu entfliehen, in allen Ecken anstieß, ergriff er mich mit der Puppe und sagte mit einem widerlichen Zorn zu mir: "ich muß andre Saiten mit dir aufspannen, höre Madame weiße Maus, wenn du mir so toll herum rennst, lasse ich dich hungern, daß du schwarz wirst, oder ich gebe dich der Katze, die soll dich besser tanzen lehren."--Vor dieser Drohung hatte ich einen solchen Respekt, daß ich mir vornahm, Alles zu thun, was der Alte nur wollte. Er sprach aber noch allerlei wunderliche Worte Abracadabra über ein Stückchen harten Kuchen, das er mich zu essen zwang, es muß das ein Zauberwerk gewesen seyn; denn nun mußte ich Alles thun, was er nur wollte, bald laufen, bald hüpfen, bald so, bald so, wie er verlangte, und auf alle Namen, die er mir gab, hörte ich, wie ein gut abgerichtetes Hündchen.--"Nun", sagte er zu den Andern, "reisen wir nach Gelnhausen, ich zeige die Puppe der kleinen Gackeleia und schwätze ihr leicht den Ring Gockels dafür ab; ich habe schon einen ähnlichen nachmachen lassen, und

haben wir den Ring, so haben wir für nichts mehr zu sorgen."--
Nach diesen Worten steckte er mich mit der Puppe in seinen Gürtel,
und sie zogen nach Gelnhausen. O ich war froh, zu dir, Gackeleia,
zu kommen, ich machte die artigsten Sprünge vor dir, ich dachte,
wenn du schlafen würdest, dir Alles zu sagen, und durch die
Großmuth deines Vaters nochmals gerettet zu werden; --das
Uebrige weißt du, liebste Herzgackeleia!--Jetzt aber werde ich dich
bald aufwecken, wir sind nicht weit von der Residenz meines Herrn
Vaters, Alles ist gewiß noch in großer Trauer um meinen Verlust, du
sollst die Freude sehen, wenn ich wieder komme. Ich muß dir nur
noch sagen, daß unsre Stadt nicht ist wie eure Städte, Alles ist
ländlich, sittlich; du könntest nicht bequem bei uns wohnen, es ist
alles zu eng.--Sieh unsre Stadt ist gegründet worden auf einem
ehemaligen Schlachtfeld; der Proviantwagen der Marketenderin und
allerlei andere Bagage wurden zerschlagen und geplündert, und das
zwar in einer einsamen unwegsamen Gegend. Meine Vorältern
waren als freiwillige Mäuse mit den Proviantwagen gezogen, und da
nun alles zerstört und die Soldaten fort waren, ließen sie sich dort
nieder, sammelten noch andere edle Mäuse, richteten Alles in eine
vollkommene Stadt ein, und es wird jetzt von dort aus ein großes
Mäusereich regiert. Du wirst dein blaues Wunder an den herrlichen,
geschmackvollen Anlagen sehen. Sobald wir dort sind, lasse ich dir
ein Blumenbettchen auf unserm Maifeld machen, da legst du dich
gleich nieder und schläfst und kannst dann Alles verstehen, was ich
sagen und thun werde, um deinem Vater Gockel den Ring
Salomonis wieder zu verschaffen.--Jetzt erschrick nicht, ich beiße
dich ein bischen ins Ohr, damit du aufwachst; dann nehme ich
einen leuchtenden Johanniswurm in den Mund und laufe vor dir her
nach meiner Heimath, da folgst du mir, wie einer Fackelträgerin.
Glück auf Gackeleia!" Nun biß die Prinzessin Mandelbiß mich ins
Ohrläppchen, und ich erwachte.

Schnell packte ich die Kunstfigur und alles Andre wieder in mein
Körbchen und rüstete mich zum Abmarsch. Die Mäuseprinzessin
machte die lustigsten Freudensprünge mit dem leuchtenden
Johanniswürmchen vor mir her durch das Gras, was gut war; denn
da der Mond noch nicht aufgegangen, so war es im dichten Wald
noch sehr dunkel und ich wußte weder Weg, noch Steg. Ich folgte
dem Lichte; aber sie eilte so sehr, daß ich sie oft aus dem Gesichte

verlor. Wenn ich dann ängstlich rief: "Mandelbißchen, laß mich nicht im Stiche!" pfiff sie laut und sprang mit dem Lichtchen vor mir hoch aus dem Gras auf, wodurch ich mich wieder zurecht fand.

Als wir ungefähr eine halbe Stunde gegangen waren, hörte ich ein großes Gepfeife und sah um einen Hügel herum die Residenz des Mäusekönigs im Sternenschein liegen, die ich euch gleich beschreiben will. Kaum hatte die Prinzessin sich am Thore der Stadt gezeigt, als es weit aufflog, und ein freudiges Gepfeife durch die ganze Stadt und das oben liegende Schloß sich verbreitete, aus welchem viele weiße Mäuse ihr entgegenstürzten und sie mit großem Jubel empfingen. Sie wollte aber nicht in das Schloß hinein, sondern drehte sich abwechselnd gegen mich und die Ihrigen, welchen sie von mir zu erzählen schien, so, daß alle die Mäuse bald ihre Köpfchen gegen mich aufhoben und allerlei pfiffen, was ich nicht verstand. Da sagte ich zu ihnen: "ihr lieben Mäuse, gleich will ich mich schlafen legen, damit ich eure Gespräche verstehen kann," und kaum hatte ich das gesagt, als sie auch zu Tausenden anströmten und das zarteste Moos an einem reinen Plätzchen zwischen Blumen zusammen trugen. Ich sah wohl, das dieß ein Bettchen für mich werden sollte, und betrachtete unterdessen die schöne Mäuse-Stadt. Oben auf dem Hügel lag das königliche Schloß, von grossen holländischen Käsen erbaut, die alle auf das reinlichste ausgenagt waren. Alle Thüren und Fenster waren zwar etwas nach altem Geschmack, und nicht ganz gleichförmig vertheilt; doch hatte die Burg ein sehr ehrwürdiges Ansehen; sie war pyramidalisch im perspektivischen Stile erbaut, und ich kann noch nicht begreifen, wie es Mäuse-möglich war, ein so kühnes Werk zu Stande zu bringen.

Rings um das Schloß her und selbst auf seinen Dächern waren die schönsten Gärten von Schimmel angelegt, den ich nie höher und feuchter gesehen habe. Thürme von ausgehöhlten Commisbroden, mit Kuppeln von Flaschen-Kürbissen schmückten das mit Bretzeln und dergleichen verzierte Schloß. Die neuern Häuser der Unterthanen bestanden aus hohlen Kürbissen und Melonen, die sie früher selbst mit Mühe herangewältzt, in der neuern Zeit aber, bei zunehmender Bildung und Industrie, an den Stellen gepflanzt und, wenn sie groß waren, ausgehöhlt hatten. Aeltere adelige und Patrizier-Geschlechter bewohnten alte Reiterstiefel, Patrontaschen, Tornister, Pistolenhulfter, Mantelsäcke, Filzhüte und Lederhelme und was auf dem Schlachtfelde liegen geblieben war; jedoch schienen diese Gebäude der Reparatur zu bedürfen. Einen alten Reutersattel sah ich als Thor oder Triumphbogen zwei Stadttheile verbinden. Alle Gebäude der etwas sehr unregelmäßigen Stadt wurden durch größere und kleinere Anlagen von Schimmel, Pilzen und vielerlei andern Pflanzen umher verschönert. Auch bemerkte ich viele Höhlen in die Erde hinein, die theils Keller und Vorrathskammern waren, theils von einem eigenen Stamm der Feldmäuse bewohnt wurden.

Das Schönste aber von allem war Folgendes: herrlich und kunstreich schaute von einer Höhe eine große gothische Kirche auf die ganze Stadt wie ein Hirt auf seine Heerde herab; ihr Schiff bestand aus einem großen alten Koffer, worüber ein zerrissener Flaschenkorb stand, die beiden Thürme waren aber zwei weißgebleichte Pferdeschädel, welche das Gebiß noch im Maule hatten. Leider war, wie bei den meisten solchen Werken der Stil nicht ganz gleichartig, denn das eine Gebiß war eine Trense das andre eine Stange. Die Thurmspitzen selbst waren mit tausend kleinen Knochensplittern verziert und verspitzt; um die Kirche her breitete sich der Kirchhof aus, Grab an Grab schön geordnet, und mitten darauf ein Beinhaus von lauter Mäusegerippen und Beinchen, weiß wie Elfenbein, in schönster Ordnung zusammengelegt. Etwas tiefer als die Kirche lag ein Bauwerk, das zu den sieben Wundern der Welt gezählt wird, es bestand aus einem Trinkhumpen, der gekrönt von einem Reuterhelm in einer Trommel stand. Man nannte es das Mausoleum, denn hier ist der erste König dieses Volkes Namens Mausolus I. begraben, und seine Gattin Artemisia I. hat es ihm errichtet. Alles das konnte ich nicht genug bewundern, und der Mond schien so hell in die kleine wimmelnde Welt, daß es eine Lust war hinein zu schauen.

Während dem hatten die Mäuschen mein Bettchen und neben mir eines für die Kunstfigur von dem weichsten Moose zwischen Blumen fertig gemacht. Die meisten giengen ihrer Wege, einige konnten aber gar nicht fertig werden, mir gute Nacht zu sagen, und ich war doch von den vielen Anstrengungen so müde, daß ich schier vergessen hätte, wie ich hier bei weltfremden Leuten war; ja, lieber Vater! ich war so in der Empfindung des Schlafes, daß ich glaubte, ich sey bei Mutter Hinkel in Gelnhausen, und ich rieb mir die Augen und hatte schon angefangen, mit weinerlicher Stimme zu sagen: "Mutter, Mutter, Gackeleia ins Bettchen legen, Gackeleia ist müd, müd!"--Da ich aber die Worte der Mutter nicht hörte:

"ja, schlafen gehen, das Kind ist müde, das Sandmännchen kömmt angeschlichen", besann ich mich und schaute um mich, und sprach mit majestätischer Stimme: "Ich habe die Ehre, Ihnen sämmtlich eine geruhsame Nacht zu wünschen, lassen Sie sich etwas recht Schönes träumen. Sie würden mich unendlich verbinden, wenn Sie sich zurückziehen wollten, damit ich mich schlafen legen kann." Da aber die dummen Mäuse immer noch verwundert da standen, jagte ich sie endlich mit meiner Schürze nach Haus. Es ist mir nichts Peinlicher, als das lange unentschiedene Zaudern, und doch war ich nun, da ich mich zum Schlafen niederlegte, längere Zeit beunruhigt, daß ich die armen Schelmen so hart angefahren hatte und bat sie in meinem Innern herzlich um Verzeihung. Kaum war ich entschlafen, so versammelte sich die königliche Mäusefamilie mit ihrem Ministerium um mich her, und ich hörte alle die schönen Reden, die sie hielten, an denen nichts auszusetzen war, als daß die kurzen zu langweilig und die langen zu kurzweilig waren. Die Hauptsache war, wie sie der Raugräflich Gockelschen Familie nun schon zweimalige Rettung verdankten. Prinz Pfiffi sagte, als seine Gemahlin in die Gefangenschaft unter die Kunstfigur gekommen, sey er den drei Petschierstechern gefolgt, habe gesehen, wie sie sich den Ring verschafft und sich zu vornehmen, schönen, jungen Leuten gemacht, den Graf Gockel und seine Familie aber in arme Bettler verwünscht hätten. Kurz er wußte Alles, und wollte morgen allein ausziehen, mir den Ring wieder zu verschaffen, was ihm wegen der Uneinigkeit der Besitzer sehr leicht schien. "Nein, nein" rief da die Prinzeß Sissi, "ich will dabei seyn, du bist viel zu ungestüm, wir wollen es zusammen versuchen, und Gackeleia soll auch mitgehn." Da sprach ich: ja, ja, das wollen wir, und ich verspreche euren königlichen Eltern, wenn ich den Ring wieder erhalte, einen Zentner der schönsten holländischen Käse und einen Sack der besten

Knackmandeln, um ihre Residenz neu erbauen zu können, und dazu noch einen Zentner der beßten Schinken zur allgemeinen Belustigung der Nation, und sonst Alles, was dem edeln Volk der Mäuse lieb und angenehm seyn kann. "--"Ach", rief der alte König aus, "meine liebe Gemahlin sagt mir so eben, daß sie vor ihr Leben gerne einmal Königsberger Marzipan und Thornischen Pfefferkuchen und Jauersche Bratwürste und Spandauer Zimmtbretzeln und Nürnberger Honigkuchen und Frankfurter Brenten und Sachsenhauser Kugelhupfen und Mainzer Vitzen und Gelnhauser Bubenschenkel und Koblenzer Todtenbeinchen und Liestaller Leckerli und Botzner Zelten und dergleichen patriotische Kuchen essen möge."

"Alles das sollt ihr im Ueberfluße erhalten", sagte ich, "sobald ich den Ring besitze."--"Wohlan", sprach der König, "so mögt ihr morgen mit Tagesanbruch auf das Abentheuer ausziehen. Jetzt aber soll gleich, sobald unsre Rathsitzung geschlossen ist, in die Kirche gezogen werden, um den Segen des Himmels zu erflehen; die fliegende Gensdarmerie soll gleich die nöthigen Anstalten treffen."-- Nach diesen Worten des Königs Mausolus VIII. sah ich viele Fledermäuse geschäftig durch die Stadt hin- und wiederfliegen.

Jetzt trat noch ein fataler Schmeichelredner auf, um den Muth herauszustreichen, mit welchem ich die Ruthe für Prinzessin Sissi ertragen hätte. Ein alter Pair aber unterbrach ihn mit den Worten: "Ehre, dem Ehre, Ruthe, dem Ruthe gebührt! Sie litt nicht weil sie eine Mäusefreundin, sondern eine Spielratze und einst eine Katzenfreundin war; wer weiß, ob sie nicht noch jetzt deren Spionin ist"--dieser Verdacht schnitt mir durchs Herz, so daß ich im Schlafe wie eine Katze zu miauen begann, worauf dem Redner das Wort in der Kehle stecken blieb, und das ganze Parlament über Hals und Kopf auseinanderlief und sich in alle mögliche Wohnungen und Löcher verkroch.

Die Prinzessin von Mandelbiß hatte nach ihrem Zartgefühl mich wohl verstanden, sie blieb bei mir und sagte: "liebe Gackeleia, du hast die Sitzung etwas schnell aufgehoben, aber ich hätte es an deiner Stelle auch gethan; jetzt will ich gleich verkünden lassen, woher das Katzengeschrei kam, dann fällt Alles auf den undelikaten Redner. Vorher muß ich dich bitten, mir die Kunstfigur als Königin gekleidet aufzubinden, denn ich will mit derselben die Prozession begleiten, das wird eine so große Wirkung thun, als das Trojanische Pferd;--ich bringe sie dir nachher wieder, wenn wir nach der Feierlichkeit auf die Eroberung des Ringes ausziehen." Schnell kleidete ich die Figur nach ihrem Verlangen, heftete sie ihr wieder auf den Rücken und zog die Uhr in ihr auf. Da lief sie so schnell durch die Gassen hin, daß die Mäusekinder, welche sich schon vor der Thüre des Schulmeisters zur Prozession versammelt hatten, nicht wenig über sie erschracken.

Ich war froh, endlich ein wenig Ruhe zu haben, und kauerte mich recht auf meinem Lager zusammen; aber es dauerte nicht lange, da gieng wieder was Neues los. Die Kirchenmäuse liefen auf die Thürme der Kirche und riefen das Volk zum Gebet; sie hatten keine Glocken, und ich glaube darum, daß sie eine Art türkischer Religion haben. Die Fledermäuse, eine Art fliegender Nachtwächter-Gensdarmerie, schwebten über der Stadt hin und wieder und verkündeten, das gehörte Katzengeschrei sey nur im Traume geschehen, die Prozession finde Statt, Prinzeß Mandelbiß trage die schöne Kunstfigur als Königin dabei durch die Strassen u.s.w. Nun hörte ich ein fernes Singen immer näher und näher kommen; endlich verweilte der Gesang in der Nähe meines Lagers, und ich hörte, daß Prinz Speckelfleck ausrief: "hier wird das ganze Lied sanft wiederholt, um der Comtesse Gackeleia den Schlaf zu versüßen."--Ich hörte nun das folgende Lied, welches von Zeit zu Zeit von dem Chor der vorüberziehenden Mäuseprozession unterbrochen ward.

> Kein Thierlein ist auf Erden
> Dir lieber Gott zu klein,
> Du ließt sie alle werden,
> Und alle sind sie dein.
> ####Zu dir, zu dir
> ####Ruft Mensch und Thier;
> ####Der Vogel dir singt,
> ####Das Fischlein dir springt,
> ####Die Biene dir brummt,
> ####Der Käfer dir summt,
> ####Auch pfeifet dir das Mäuslein klein:

####Herr, Gott, du sollst gelobet seyn.
Das Vöglein in den Lüften
Singt dir aus voller Brust,
Die Schlange in den Klüften
Zischt dir in Lebenslust.
####Zu dir, zu dir u.s.w.
Die Fischlein, die da schwimmen,
Sind, Herr, vor dir nicht stumm,
Du hörest ihre Stimmen,
Vor dir kömmt Keines um.
####Zu dir, zu dir u.s.w.
Vor dir tanzt in der Sonne
Der kleinen Mücken Schwarm,
Zum Dank für Lebenswonne
Ist Keins zu klein und arm.
####Zu dir, zu dir u.s.w.
Sonn, Mond geh'n auf und unter
In deinem Gnadenreich,
Und alle deine Wunder
Sind sich an Größe gleich.
####Zu dir, zu dir u.s.w.
Zu dir muß Jedes ringen,
Wenn es in Nöthen schwebt,
Nur du kannst Hülfe bringen,
Durch den das Ganze lebt.
####Zu dir, zu dir u.s.w.
In starker Hand die Erde
Trägst du mit Mann und Maus,
Es ruft dein Odem: "werde",
Und bläst das Lichtlein aus.
####Zu dir, zu dir u.s.w.
Kein Sperling fällt vom Dache
Ohn' dich, vom Haupt kein Haar,
O theurer Vater wache
Bei uns in der Gefahr!
####Zu dir, zu dir u.s.w.
Behüt' uns vor der Falle
Und vor dem süßen Gift
Und vor der Katzenkralle,

Die gar unfehlbar trifft.
####Zu dir, zu dir u.s.w.
Daß unsre Fahrt gelinge,
Schütz' uns vor aller Noth,
Und hilf uns zu dem Ringe
Und zu dem Zuckerbrod.
####Zu dir, zu dir u.s.w.

Nach diesem frommen Gesang hielten sie eine kleine Pause, dann stimmten sie in einem rascheren Takt folgende drei Verse an:

Vivat! beim höchsten Schwure
Nicht Puppe, sondern nur
Nach Uhr und nach der Schnure
Die schöne Kunstfigur!
####Von ihrer Zier
####Spricht Mensch und Thier
####Das Vögelein singt,
####Das Fischelein springt,
####Das Bienelein summt,
####Das Käferlein brummt,
####Auch pfeifen alle Mäuselein:
####Die Kunstfigur ist schön allein.
Vivat! du feine gute
Prinzessin Mandelbiß,
Die sich mit Heldenmuthe
Aus schlimmem Handel riß.
####Von ihr, von ihr
####Spricht Mensch und Thier
####Das Vögelein singt,
####Das Fischelein springt,
####Das Bienelein brummt,
####Das Käferlein summt,
####Auch pfeifen alle Mäuselein:
####Prinzeß Sissi ist superfein.
Vivat! hoch Gackeleia,
Singt ihr ein Wiegenlied,
Singt Heia und Popeia,
Das Kind ist müd, so müd!

####Von ihr, von ihr
####Spricht Mensch und Thier,
####Das Vögelein singt,
####Das Fischelein springt,
####Das Bienelein brummt,
####Das Käferlein summt,
####Auch pfeifen alle Mäuselein:
####Schlaf' Gackeleia popeia ein!

Ich erwachte über dem schönen Gesang und hatte schon im Sinn aufzustehen und für die Nachtmusik zu danken, aber ich fürchtete, dann möchten sie kein Ende in ihren Gegenkomplimenten finden, und so hielt ich mich dann mäuschenstille und schien wie eine Ratze zu schlafen, bis die Sänger weiter gezogen waren; dann aber richtete ich mich auf und sah die schönste Procession ein wenig an. An der Spitze gieng die schöne Kunstfigur, umgeben von der königlichen Familie und dem ganzen Hofstaat. Unter den Hoffräulein sah ich eine viel zu große, kuriose Person mitgehen, sie war wie eine Riesin unter ihnen, tanzte mehr als sie gieng, und ihre Stimme paßte gar nicht in den Gesang. Hierauf folgten mehrere fremdartige Mäuse, sie unterschieden sich nicht nur durch Gestalt, Größe und Farbe, sondern auch leider meistens durch ihr nicht sehr erbauliches Betragen; sie guckten viel umher und flüsterten immer sehr angelegentlich unter einander. ich erfuhr später, wer sie waren. Auf sie folgten alle adelichen Geschlechter, worunter das schöne Geschlecht meistens aus weißen Mäuschen von hoher Zartheit und Delikatesse bestand. Alle, von welchen ich bis jetzt gesprochen, trugen Fackeln, aus leuchtenden Johanniskäfern bestehend, welche ihnen die herumschweifenden Fledermäuse hatten einfangen müssen. Hierauf folgten nun die Bürgerlichen und endlich die Landmäuse, alle in ihren National--und Naturalfarben; diese bedienten sich der Splitter von leuchtendem faulem Holze als Fackeln, welche sie im Vorübergehen an einem alten Weidenstumpf abbissen. Ich kann euch gar nicht sagen, wie feierlich sich der Zug der vielen kleinen Lichter durch die Straßen der wunderlichen Mäusestadt den Hügel hinan in den ehrwürdigen Dom hinein schlängelte--es war, als wenn die Funken an einem verglimmenden Zunderlappen hinlaufen; weißt du noch Vater, du sagtest mir manchmal in Gelnhausen am Kamin, "das sind die Studentchen, die aus der Schule laufen", ich dachte noch an diese deine Rede. Vor der Thüre der Kirche empfieng eine sehr elegante Maus an der Spitze der andern Kirchenmäuse die schöne Kunstfigur und den Hof und geleitete sie in den Dom, den ich nun aus allen seinen Oeffnungen erleuchtet sah; dann vernahm ich einen sanft pfeifenden Gesang, worauf es mäuschenstille ward.--Da nun Alles in der Kirche, und die ganze Stadt todt und stille war, warf ich noch einen Blick auf die seltsamen Gebäude im Sternenlicht. Ach, da wuchs mir das Herz; die Welt ward zu enge, weit ward es um die Seele, meine Locken schienen mir Gefühle und Wünsche, die sich sehnten, im Winde zu spielen, und ich gab sie ihm hin; denn, horch', jetzt kam auch ein Wehen und regte die Wipfel des Hains auf; sieh, und das Ebenbild unsrer Erde, der Mond, kam da geheim nun auch; die schwärmerische, die Nacht kam, trunken von Sternen und wohl wenig bekümmert um uns glänzte die Erstaunende dort, die Fremdlingin unter den Menschen, über Gebirgsanhöhen traurig und prächtig herauf!--Ach! da dachte ich nichts mehr, als wäre nur Vater und Mutter hier, und wenn selbst nur Kronovus hier wäre, daß ich mittheilen könnte, was ich fühle!-- ja liebe Eltern, es giebt Eindrücke, die ein armes Kind nicht allein fassen kann, wo es sich anklammern möchte an ein vertrautes festeres Wesen, wie an einen Fels, einen Baum des Ufers, wenn der Strom der Empfindung anschwillt und uns reißend ins weite Meer der Begeisterung dahin tragen will! --nirgends aber ist dieses mehr der Fall, als bei großer Architektur im Mondschein"--da hielt Gackeleia ein wenig in der Erzählung ein, Frau Hinkel schloß sie ans Herz und sagte: "O das ist eine sehr poetische Stelle, o das ist aus meinem Herzen, ja du bist mein Kind, mein herz--und seelenvolles Kind, auch mich hätte einst zu Gelnhausen im Pallast Barbarossa's im Mondschein der Strom der Empfindung ins Meer der Begeisterung reißend dahin getragen,--aber Vater Gockel war bei mir und so einerlei, daß ich nicht so allerlei empfinden konnte. "- "Bleibe bei der Wahrheit", sagte Gockel, "du hast doch zweierlei empfunden, du hast an die Fleischerladen und Bäckerladen gedacht und den Schnupfen bekommen. Dir aber Gackeleia, sage ich: ich müßte mich sehr irren, oder du bist eine Schwärmerin mit deinen verschimmelten Käsen, Kürbißen, alten Reuterstiefeln, Sätteln, Patrontaschen und gothischen Kirchen im Mondschein--auch finde ich deine Gefühle im Mondschein nicht kindlich genug

141

ausgesprochen, wärst du damals schon so groß gewesen, als jetzt, so wären dergleichen Redensarten zu verzeihen, aber so warst du ja kaum vor einigen Stunden der Ruthe entlaufen."--"Vater", erwiederte Gackeleia, "entschuldiget mich, ich bin durch den Ring Salomonis jetzt wie eine erwachsene Jungfrau und kann nicht mehr Alles so wie eine kleine Gackeleia vorbringen, ich sage als Jungfrau, was ich als Kind gefühlt, und gewiß, Vater, als Kind habe ich nur anders gesprochen."

"Gott, lasse dich immer weise, immer ein Kind zugleich seyn," sagte Gockel, "aber erzähle weiter, damit wir aus der kuriosen Stadt herauskommen--jetzt, wo du den Ring Salomonis hast, brauchst du in dem sehnsüchtigen Strom der Empfindung nicht mehr herum zu patschen--jetzt heißt es, dreh' den Ring, und du wirst so viel Bäume am Ufer der Sehnsucht haben, daß du Kohlen daraus brennen kannst und zuletzt ausrufen mußt: "ach, es ist Alles, Alles einerlei! o Eitelkeit der Eitelkeiten und Alles Eitelkeit, spricht der weise Salomo selbst und sein Siegelring wird ihm nicht widersprechen"--aber erzähl weiter Herz Gackeleia!"

"Ja", fuhr Gackeleia fort, "wie ich mein Herz so groß, meine Seele so weit fühlte, erkannte ich wohl, daß jedes Geschöpf der Eitelkeit unterworfen begehret und verlanget und immerfort seufzet und sich quält; so gieng ich umher und schaute in alle Winkel, ob gar kein Wesen da sey, dem ich mein Herz auspacken könne, und sang dabei stille vor mich hin:

"Mutter-seelig ganz allein,
Wie der stille Mondenschein
Schauet in die Stadt hinein,
Muß die Gackeleia klein
In der weiten Welt noch seyn,
Wie ist Alles klar und rein,
Wie ist Alles licht und fein,
Wie ist Alles im Verein
Zwei und zwei, und mein und dein;
Aber ich, ich bin allein,
Mutterseelig ganz allein!"

Da hörte ich einige Schritte von meinem Moosbettchen entfernt einen dumpfen Ton, wie von leisem, verstecktem Katzengeschrei, was mich für die frommen Mäuse sehr besorgt machte; ich schlich mich leise hinzu und fand, von Distel und Dornen überwachsen, eine alte, leere Pulvertonne dort liegen, das Spundloch war gegen mich gekehrt, der Mond schien hinein--ich guckte auch hinein--ach liebe Eltern! ich sah etwas so Entsetzliches, daß mich der Schrecken wie mit einer Gänsehaut überzog; in der alten Pulvertonne, deren einer Boden fehlte, saßen fünf junge Kater, in welchen ich zu meinem größten Schrecken--ach, sie waren mir nur zu bekannt geworden:--die fünf Söhne Schurrimurri's, Mack, Benack, Gog, Magog und Demagog, erkannte. Sie waren also der Hinrichtung entgangen--ihre Mutter Schurrimurri aber hatte ihre Strafe erlitten, denn sie saßen um deren Todtenkopf herum, der in einer alten Alongeperücke lag.--Mack schien eine heftige Rede zu halten, aber nur leise, leise, alle machten große Buckel, spreitzten die Haare, und schlugen einander den Pelz mit ihren Schweifen, daß Feuerfunken umher flogen; manchmal konnten sie ihren Grimm nicht ganz unterdrücken und ließen ein dumpfes Murren und Wimmern, wie ein unterirdisches Erdbeben, hören, wobei sie ihre weitvorgestreckten Krallen auf dem Todtenkopf, wie Dolche, wetzten. Das Ganze hatte vom Monde im Faß beleuchtet etwas höchst Gräuliches, Tückisches; mir war, als sehe ich in die Hölle, und unwillkührlich kam mir in die Seele, das ist eine Verschwörung, eine Meuterei, rette deine Freunde, die frommen Mäuse! Diese Verbrecher sind schon gerichtet, sie dürfen ihrer Strafe nicht entgehen.--Ich besann mich nicht lang, erwischte das Fäßchen beim hinteren Ende und stellte es aufrecht, so daß es wie eine Glocke über der ganzen Verschwörung stand; das junge Katzenellenbogen war gefangen, und das Spundloch stopfte ich mit einem Stück Rasen zu. Ich legte noch soviel Steine auf das Faß, als ich in der Eile rings finden konnte, damit die Gefangenen es nicht umwerfen möchten, und begab mich mit dem Gefühle, eine edle Handlung gethan zu haben, nach meinem Moosbettchen; ich horchte noch ein Bischen nach dem Faße hin, aber sie hielten sich ganz stille, und so deckte ich mein Schürzchen über die Augen, zuckte ein Bischen und schlief einen süßen Schlaf ein.

Nach einer Weile träumte mir, die Prinzeß Mandelbiß komme wieder mit der schönen Kunstfigur zu mir und sage mir ins Ohr:

143

"Gackeleia, mache mich los und lege die Kunstfigur neben dich in ihr Bettchen, sie wird wohl so müde seyn wie ich, ich will mich in deine Locken an dein Oehrchen legen und dir alles erklären, was du bei der schönen Prozession gesehen hast und wie unser Hofredner Muskulus so herrlich gesprochen hat."

Ich that halb träumend, wie sie verlangte, dann legte sie sich in meine Locken und plauderte mir wie ein Schlafkamerädchen ins Ohr; da habe ich dann Alles folgende gehört: Die große, seltsame Person, die mir unter den Hoffräulein der Prinzeß Sissi so sehr gefallen, war eine vornehme Bergmaus, die Marquise Marmotte, welche, aus der Gefangenschaft eines Savoyardenbuben entflohen, hier bei Hof eine anständige Gelegenheit abwartete, wieder in ihr Vaterland zurückzureisen. Sissi war nicht gut auf sie zu sprechen, denn Prinz Speckelfleck hatte sich zu oft nach ihr umgeschaut und sie allzusehr gelobt, was sie bei keinem Menschen recht leiden konnte. Er bewunderte ihren Tanz, ihre schönen Träume und vor Allem ihre artigen Vorderpfötchen.--Sissi, blind für alle diese Vorzüge, sagte:

"Vorderpfötchen! es ist mir schier lächerlich! in allen Naturgeschichten steht von den Murmelthieren: ihre Vorderfüße haben vier Zehen und einen sehr kurzen Daumen, die Hinterfüße fünf; aber, daß dieses schön sey, das steht nirgends!--Wie mag sie sich nur eine Maus nennen? ihrer Größe nach könnte sie eben so gut Bergbär als Bergmaus heißen; diese Marquise Marmotte hat einen großen, runden Kopf, Nase und Lippen wie ein Hase, Haare und Klauen wie ein Dachs, unbedeckte Zähne wie ein Biber, einen Schnurrbart wie eine Katze, Augen wie ein Siebenschläfer, Pfoten wie ein Bär, einen kurzen Schweif und gestutzte Ohren. Wenn man ihr schön thut, so knurrt sie wie ein Hündchen. Was ist Schönes hieran? ihr Tanzen und Purzeln ist ihr von dem Savoyarden mit Hunger und Schlägen eingequält, und schläft man, wie sie, vom Oktober bis in den April, so hat man allerdings Zeit, sich etwas Schönes träumen zu lassen." Jene, welche ich in der Prozession so viel umherschauen und untereinander plaudern gesehen, waren die Abgesandten von mancherlei fremden und ausländischen Mäusegeschlechtern und Arten, welche sich hier am Hofe befinden, Bündnisse abzuschließen, Gratulationen abzustatten und sich

Erfahrungen mitzutheilen, wie den Katzen, Eulen, Geiern und andern Mäusefeinden zu entgehen sey, auch theilten sie sich Warnungen vor gelegtem Gift und Gegenmittel und Nachrichten von neu erfundenen Mausfallen mit. Eine unter diesen Standespersonen hatte der Prinzeß Sissi ganz besonders gefallen, er war mit einem Schiffe über See sehr weit her, von den Antillen gekommen, um zu hohen und allerhöchsten wohlthätigen Zwecken eine Collekte zu machen, er hatte die Gestalt einer großen Ratte, trug einen schwarzen Frack und weiße Unterkleider. Er hieß Herr Piloris, und Sissi behauptete, er habe durch seinen Moschusgeruch die ganze Prozession erbaut und sehr wohlthätig auf ihre schwachen Nerven gewirkt. Die übrigen Abgesandten waren von den Spitzmäusen, Bergmäusen, Waldmäusen, Wurzelmäusen u. dgl. Sie plauderten in der Kirche und bei der Prozession von der Rettung der Prinzeß Sissi und besonders von der Hinrichtung der Katze Schurrimurri und ihrer Jungen, äußerten sich alle aber sehr bedenklich über ein umlaufendes Gerücht, daß die fünf verwegenen Söhne der Schurrimurri der Hinrichtung durch Einverständniß mit den Söhnen des Scharfrichters entgangen seyn und unter dem Nahmen des jungen Katzenellenbogens eine höchst gefährliche Verschwörung, angeblich zur Rache ihrer Mutter, eingegangen haben sollten; ihre Absicht aber sey eigentlich gegen das edle Mausgeschlecht, gegen Hühner und Vögel; die Eulen seyen bereits für sie gewonnen, ebenso die Füchse, mit den Wieseln unterhandelten sie, man müsse sehr auf seiner Hut seyn u.s.w.-- Sissi erzählte mir dieses Gerede der ausgezeichneten Staatsmäuse mit großer Bangigkeit;--o wie froh war ich, ihr versichern zu können, obgleich jenes Gerücht gegründet, sey dennoch gar nichts von diesen Verschwörern zu befürchten. Sissi erzählte mir auch noch den Inhalt der Rede, welche der edle Hofredner Muskulus im Dome gehalten. Er sprach über Mann und Maus, Menschheit und Mausheit, Menschlichkeit und Mäuslichkeit, Menschenmöglichkeit und Mäusemöglichkeit. Er erwähnte den Verstand der Mäuse, welche stäts von jeder Speise das beste Theil erwählen; ihre Großmuth, weil sie trotz ihrer Blödigkeit vor allen Thieren ein sehr großes Herz haben; ihre Dankbarkeit, wie sie den Löwen aus dem Netze befreit; ihren Heldenmuth, weil sich der Elephant fürchtet, sie möchten ihm in den Rüssel schlüpfen; ihren prophetischen Geist, weil sie ein Haus verlassen, ehe es zusammenstürzt. Er sprach von

145

der Ehrfurcht der Ratzen gegen ihre Eltern, welche, wenn sie alt sind, von den Jungen gefüttert werden. Er erwähnte die große Nächstenliebe der Mäuse, welche, wenn eine in eine Grube gefallen ist, sich einander in die Schwänze beißend, eine Kette bilden, um ihre verunglückte Nebenmaus aus der Grube zu ziehen. Er sagte, wie thöricht bei all diesen großen Eigenschaften die Fabel sey: ein Berg habe gebären wollen, und eine lächerliche Maus sey hervorgekommen; er führte die Mäuse als Werkzeuge Gottes in den Aegyptischen Plagen, und bei dem geitzigen Hatto von Mainz an, den sie gefressen, obschon er sich auf den Mausthurm mitten in den Rhein geflüchtet. Er sprach auch von der Holdseligkeit der Mäuse, daß sogar die Menschen ihre artigsten Kinder: "kleine Maus, liebes Mäuschen," nennen. Er erwähnte, daß die Mäuse das feinste Gehör außer den Eseln haben. Aber auch vom Uebermuth der Mäuse sprach der edle Muskulus, er sprach: wenn die Maus satt ist, schmeckt ihr das Mehl bitter. Er sprach von gefährlichen Zeiten, und daß die Mäuse, welche auf dem Tische herumtanzten, wenn die Katze nicht zu Hause sey, sich nicht so mausig machen, sondern bedenken sollten, daß die Katze das Mausen nicht lasse. Dann flehte er noch den Segen des Himmels auf das edle Vorhaben der Prinzessin Mandelbiß und des Prinzen Speckelfleck herab und forderte sie auf, das Sprichwort wohl zu überlegen:

> "Zu bedauern ist die Maus,
> Kennt sie nur ein Loch im Haus;
> Aber ins Verderben rennt
> Jene, die gar keines kennt,"

und nun setzte der gelehrte Muskulus hinzu, wie er bei seinen Studien eine halbe Bibliothek durchfressen und wie trefflich ihm endlich die schöne Stelle des heidnischen Komödienschreibers Plautus geschmeckt habe:

> "Bedenk' die Weisheit der kleinen Maus,
> Sie hat viel Thüren in ihrem Haus,
> Sperrst du ihr einen Schlupfwinkel zu
> Flieht sie zum andern und sitzt in Ruh'."

Als der Klingelbeutel in dem Dom herumgieng, hielt der edle Muskulus noch eine rührende Auslegung des tiefsinnigen Wortes:

146

"er ist so arm wie eine Kirchenmaus," welche den ganzen Klingelbeutel mit Waitzenkörnern so reichlich füllte, daß die Marquise Marmotte genug zu thun hatte, ihn herum zu schleppen, wenn gleich der duftende Herr Piloris ihr dabei den Arm gab.

So erzählte mir Prinzeß Sissi Alles, daß ich es eben so gut wußte, als wenn ich in der Rede des edlen Muskulus geschlafen hätte.--Ich dankte ihr herzlich dafür und sagte ihr: "Liebste Sissi, ich bin glücklich, daß sich unsre Herzen gefunden haben und daß wir uns du nennen--ach so kann ich auch alle meine Leiden in deinen schwesterlichen Busen ausschütten; ach ich muß dir zu meiner großen Beschämung gestehen, es ist mir so sehnsüchtig um's Herz, ich sehne mich nach einem Gegenstand, den ich freßlieb haben könnte, es ist mir so leer, so leer, ich möchte Alles verschlingen; ich müßte mich sehr irren, oder ich habe einen ganz abscheulichen Hunger, denn seit ich das Birkenreis geschmeckt, habe ich nichts mehr über mein Herz gebracht, als einige Wald-Erdbeeren; Sissi, schaffe mir etwas zum schnabelieren, oder ich sterbe aus Sehnsucht."--Da erwiederte Sissi: "Herz Gackeleia! du hast ja noch eine halbe Bretzel und einen halben Bubenschenkel in deinem Körbchen;" aber ich entgegnete: "das sind Dokumente, und ich wollte eher verhungern, als Dokumente essen." "Wohlan," sagte Sissi, "ich will sehen, was ich dir auftreiben kann," da pfiff sie einige Mal, worauf eine Fledermaus zu ihr heranflog, welcher sie den Auftrag gab: die reinsten Schulmauskinder sollten augenblicklich Beeren pflücken und auf grünen Blättern mir zu Füßen legen--eben so solle sie den anwesenden Geschäftsträger der Haselmäuse, den wohlriechenden Chevalier Muscardin in ihrem Namen um eine Portion Haselnüße bitten und diese hieher besorgen, überhaupt möge sie Alles, was sie von menschlichen Eßwaaren auftreiben könne, ohne großes Aufsehen zu machen, so schnell als möglich herbeischaffen. --Die Fledermaus machte ihr unterthäniges Kompliment und flog von dannen.--Schon nach einigen Minuten bemerkte ich eine große Thätigkeit: die Mäuse schleiften ein altes, rund genagtes Trommelfell auf den Rasen in meine Nähe und deckten mehrere große Pilze, die wie kleine Tische umherstanden, mit Blättern und trugen allerlei Eßwaaren darauf zusammen.

147

Nun sprach ich zu Sissi: "Höre mich an, du bist besonnen und klug, was ich dir sage ist wahr, was ich verlange, mußt du thun, sonst seyd ihr Alle verloren, Aufsehen muß vermieden werden, damit kein unnöthiger Schrecken das schüchterne Volk verwirrt. Sieh dort die kleine Pulvertonne aufgerichtet und mit Steinen belegt: Mack, Benack, Gog, Magog und Demagog, die fünf Rädelsführer des jungen Katzenellenbogens, welche darin in einer Alonge-Perücke ihre Krallen auf einem Todtenkopf zu eurem Untergange gewetzt haben, wurden von mir darunter gefangen, ich habe ihre Loge gedeckt und die Pulververschwörung, das Spundloch der Hölle, verstopft. Gehe gleich mit deinem Gatten, Prinz Speckelfleck, zu deinem königlichen Vater Mausolus VIII., zeige es ihm an, und sage ihm, er solle eilend befehlen, daß alle Mäuse und den Mäusen Befreundete ohne Ausnahme Lehm, Erde und Rasen zu dem Fasse hintragen und es rund damit umgeben, bis es ganz ummauert eine Pyramide wird. So eingeschlossen werden sie einander selbst zerreißen und ihr werdet euch durch euer frommes Gebet gerettet finden.--Dem Volke soll gesagt werden, das Ganze sey ein Monument zum Andenken meiner Anwesenheit und deiner Rettung und heiße Gackeleioeum, ein Gegenstück zu dem Mausoleum. Er soll nur sein Volk, aber keine Maurer daran arbeiten lassen, denn die da drinnen dürften nur einmal rufen: "Mack," und die draußen antworten:

"Benack," so wäre Alles verrathen.--Eile, es ist keine Zeit zu verlieren, der Bau muß fertig seyn, wenn ich deinem Vater die versprochenen patriotischen Backwerke schicke, welche bei der Einweihung das Fest verherrlichen können. Mache deinen Bericht kurz und kehre schnell mit Prinz Speckelfleck zurück, damit wir inkognito fortreisen."

Ich bewunderte die Gemüthsfassung der hochherzigen Prinzessin Sissi: ein Blick des Entsetzens gegen die Pulvertonne, ein Blick des Dankes gegen mich, ein Blick der Hoffnung gegen den Himmel war alles, was sie erwiederte, und sogleich lief sie in der größten Eile zu dem königlichen Käsepallast hinauf. Der Hunger weckte mich nun, ich näherte mich der von den Mäusen zusammengetragenen Mahlzeit, da fand ich auf dem Trommelfell eine kleine Melone, welche die Marquise Marmotte selbst

149

herangewälzt hatte; der Chevalier Muskardin hatte nicht nur ein halb Hundert der schönsten Haselnüße eigenmaulig heraufgetragen, sondern auch aufgeknackt; die Schuljugend hatte einen Haufen Erdbeeren und Heidelbeeren herbeigetragen und in Nußschaalen sehr artig angerichtet, eine Speckmaus hatte einen gewaltigen Flug gethan und mir einen ganzen frischen Bubenschenkel aus einem Bäckerladen und ein Würstchen aus einem Fleischerrauchfang von Gelnhausen gebracht, Dank dem edlen, biedern, deutschen Herzen! an ihm wird die alle edlen Anstrengungen so sehr beachtende Familie der Mausoleer das Sprichwort wahr machen: "dem Verdienste seine Kronen." Ach! wie rührend war es, als nun noch ein gemüthvoller, junger Igel von der schönsten Haltung zu mir heran rasselte, wie ein ganzer Rüstwagen; er hatte sich in einem benachbarten Ort unter den Borstorfer Aepfelbäumen gewälzt und alle herabgefallenen Aepfel auf seinen Stacheln aufgespießt, die ich ihm dankbar herabnahm, worauf er sich schweigend empfahl. Er war etwas melancholisch, denn er war verkannt, sein Geschlecht gehört zu den Feinden der Mäuse, aber er hatte seine Natur besiegt und lebte in einsamer Betrachtung als philosophischer Wohlthäter und Mäusefreund unter ihnen von dem schönen Herzen der geistvollen Prinzessin Sissi geschätzt. Ich aß nun im Zwielicht (denn der Mond war untergegangen und es dämmerte im Osten) ohne große Wahl, was mir unter die Finger kam, lustig hinein, Alles, Alles schmeckte köstlich--o da kam erst das Beste!--ach es raschelte etwas neben mir und es rollte etwas in mein Schürzchen, ich fühlte, es war ein Ei, ich hielt es neugierig dem ersten Strahle des Tages entgegen--es war schwarz mit einem schönen Vergißmeinnicht bemalt, ringsum standen die Worte: "Vivat Gackeleia," ich schüttelte es, ach es rasselte Geld darin; wie ein Blitzstrahl durchfuhr es meine Seele: es ist das Ei meines lieben Kronovus, das er für mich alle Wochen mit seinem Taschengeld hinten an den Entenpfuhl verstecken wollte! meine Freude war unaussprechlich--aber wer ist der wohlthätige Sterbliche, der mir diese höchste Freude gemacht? dachte ich und sprang auf und rief aus: "o mein heimlicher Wohlthäter entziehe dich meinem Danke nicht!" aber ich hörte es fern weg eilen, und ein wundersüßer Moschusgeruch drang mir entgegen. Da wurde es mir klar, und ich rief ihm nach: "du bist es edler Piloris, fernher pilgernden Menschenwohlbezwecker im schwarzen Frack und weißen

Unterkleidern, der Wohlgeruch deiner schönen Handlungen verräth dich!"

"Ja, liebe Eltern," unterbrach sich hier Gackeleia, "ich hatte mich nicht geirrt, diese edle Moschusratte Piloris war es gewesen. Sissi, der ich von dem Ei des Kronovus erzählte, hatte ihm schon in der Kirche zugeflüstert, welche große Freude es ihr machen würde, wenn sie meine Wohlthaten gegen sie mit diesem Eie belohnen könnte. Piloris, so hohes Interesse er auch an der Rede des edlen Muskulus hatte, verließ sogleich den Dom und eilte, ohne sich umzusehen, nach der Eierburg an den Entenpfuhl und brachte dies Ei, welches Kronovus seinen Worte getreu mit 1 Gulden 30 Kreuzer beschwert dort hin versteckt hatte."

Gockel und Hinkel sahen das Ei mit großer Rührung an, die beiden Mäuschen kamen herbeigelaufen und tanzten lustig umher, als gäben sie ihren Beifall. Frau Hinkel aber sagte: "erzähle weiter Gackeleia, damit du einmal von all dem Ungeziefer wegkömmst" und Gackeleia fuhr fort:

Gleich werde ich davon weg seyn, um zu noch viel ärgerm Ungeziefer zu kommen. Ich hatte mich pumpsatt gegessen, ich packte die Puppe--nein die nur eine schöne Kunstfigur--in mein Körbchen, ich legte mein liebes Ei, einige Aepfel und Haselnüße und den halben Bubenschenkel, der noch übrig, hinein und auch das Würstchen und von dem Moos meines Lagers; kaum war ich fertig, da kam Prinz Speckelfleck und Prinzeß Mandelbiß und hüpften in das Körbchen und pfifferten allerlei, was ich nicht verstand--aber es mußte wohl heißen, daß meine Sendung ausgerichtet sey, denn ich sah das Andringen von unzähligen Mäusen mit Erde und Rasen durch alle Straßen und Schluchten in solcher Menge, daß ich mich auf die Höhe vor den Dom retirirte, um keinen der Arbeiter zu zertreten. Es war ein wunderbarer Anblick, viele strömten gegen die Pulvertonne hin und bissen die Dornen und Disteln rings weg, andere wühlten Erde und Lehm auf, andere benetzten sie und machten Klumpen daraus, dann legten sich Ratzen und Mäuse auf den Rücken und faßten die Erde mit den Füßen, und die andern zogen sie bei den Schweifen wie beladene Wagen fort. Vor allen zeichnete sich die Marquise Marmotte aus, sie hatte einen Klumpen Rasen, größer als ein Backstein, zwischen ihren Pfoten, der Chevalier Muskardin und der edle Piloris spannten sich vor und zogen sie bis an die Pulvertonne; der edle Igeljüngling war auch mit Rasenstücken bedeckt und trug sie hinauf.--Ich segnete die liebe Mäusestadt und eilte mit meinen zwei Mäuschen und sieben Sächelchen im Korbe dem Walde zu.

Ich zog über Berg und Thal und fragte vergebens nach euch, liebe Eltern; manchmal ließ ich bei Bäckerläden meine Kunstfigur vor den Kindern herumtanzen und der Bäcker gab mir gern ein Brödchen zur Belohnung. So fristete ich mein Leben. Wir zogen um Gelnhausen herum, denn ich fürchtete den Bettelvogt, Meister Schelm; da ich aber die Hahnen dort krähen und auf den Thurmspitzen in die Ferne blinken sah, ward mir es recht schwer ums Herz, und wenn etwas im Gebüsch raßelte, guckte ich um und meinte immer das Prinzchen Kronovus käme vielleicht auf seinem Schimmelchen zur Jagd geritten. Aber, wer nicht kam, das war er. Da ich nun einige Stunden weiter, nahe bei einer ganz herrlichen Stadt, reisemüd an einem Bächlein niedersaß und mich im Wasser beschaute, mußte ich mich recht schämen, ich hatte vergessen, mich am Morgen meiner Abreise und am folgenden Abend zu waschen und sah nun, daß ich Mund und Nase ganz schwarz von den vielen Heidelbeeren hatte, die ich in der Mäusestadt im Dunkeln gegessen hatte. Nun wußte ich erst, warum die Kinder überall mich ausgelacht hatten, und ich war recht froh, daß Kronovus mich nicht so schmutzig gesehen hatte. Geschwind wusch ich mich und erfrischte mich durch und durch. Ich aß auch ein Bischen mit meinen Mäuschen, und da es sehr heiß gewesen, war ich schläfrig und legte mich vom Gebüsch versteckt auf den weichen Rasen und schlief. Da kam Prinz Speckelfleck an mein Ohr und sagte mir:"Wir sind am Ziel unserer Reise, wir haben die herrliche Hauptstadt Urbs des Weltreichs Orbis vor uns. Hier ist der Ring deines Vaters, hier wohnen die morgenländischen Petschierstecher; als sie mir Sissi entführt, bin ich ihnen bis hieher gefolgt, wo sie hingiengen, weil Alles, was Salz lecken kann, hier frei und ungestört leben darf. Sie sind immer in Angst vor allen Menschen und vor einander selbst. Sie fürchten des Ringes halber getödtet zu werden; damit man nun nicht merken möge, wo ihr großer Reichthum herkömmt, haben sie hier die großen Salzbergwerke gekauft und sind Salzverschwärzer, Salzversilberer, Salzjunker und endlich Salzgrafen geworden; sie haben sich einen salzgräflichen Pallast erbaut, sie sagen, daß sie Gold machen können; aber Alles ist durch den Ring Salomonis. Trage mich und Sissi nur gleich in die Kirche und bete einstweilen, daß Gott uns hilft, so wollen wir den Ring bald erwischen. So gern ich und Sissi und alle Mäuse Salz lecken, brauchen wir doch kein Scheffel Salz mit diesen kuriosen Grafen zu essen, bis wir sie kennen lernen."

Nach diesen Worten wachte ich auf und trug die Mäuschen geschwind, geschwind in meinem Korb in die Kirche nach Urbs; der Gedanke, dem lieben Ring so nah zu seyn, lehrte mich so schnelle zu laufen, als da ich die Puppe und mich die Ruthe verfolgte.--O liebe Eltern, welche Kirche! welches Wunder der Architekto-Natürlichkeit, der ungeheure große gothische Säulenwald mit unzählichem Schnitz-, Spitz-, Glitz-, Blitz-, Ritz-, Kritz--und Spritzwerk im vorgothischen und hintergelnhausenschen Spitzbubenschenkel-Katzenellenbogen-Styl übertraf das Unerhörte.--Alles, alles war von Salz, die Kirche war ein Salzkrystall, die Fenster waren Salzscheiben, die Kanzel war ein Salzfaß; das Merkwürdigste aber war die Erbauung dieser Kirche: ein eifriger Mann hatte hier vom Krystalismus predigend gesagt: wer die Hand an den Pflug gelegt, der solle sich nicht mehr umschauen, die Weiber sollten an Loths Weib denken, die durch das Umschauen in eine Salzsäule verwandelt worden; "ach!" rief er aus, "wollte Gott ein Wunder zur Erbauung der Kirche thun, an eurem Umschauen fehlt es nicht, so hätten wir einen Wald von Säulen, ehe man sich umsieht, um eine Kirche darauf zu stützen." In demselben Augenblick kam die Frau Salzinspektorin mit einem neuen Hut in die Kirche, da schauten sich um alle Fräulen und dienten verwandelt in Säulen zur allgemeinen Erbauung der Kirche im gothischen Styl, denn in diesem Styl war der Hut der Frau Inspektorin. So wurde die Kirche zwar sehr schnell, aber doch nicht, ehe man sich umsah, erbaut. Als ich in das Salzmünster hineintrat, verließ eben nach der Nachmittags-Predigt der Redner die Kirche, aber ich versäumte nichts, die Kirche ist echoistisch gebaut, der Redner braucht nur ein paar Worte zu verlieren, so werden sie sogleich von Frau Echo, der unverbesserlichen Widerbellerin, aufgeschnappt und eine halbe Stunde lang zwischen den Säulen herumgehetzt und geschleudert, und so lief auch jetzt zwischen allen Salzsäulen die Rede umher: "so gut auch das Salz sey, wäre es doch mißlich, wenn es dumm werde, man habe Nichts, um es zu salzen und es mache weder das Feld noch den Mist besser. "--Ich kniete in ein Winkelchen und betete herzlich um die Hülfe Gottes; nicht weit von mir kniete eine prächtig geputzte Köchin, und neben ihr stand ein von Makaroninudeln geflochtener Gemüskorb, auf welchem mit goldenen Buchstaben stand: "salzgräflich-Salomon-Salabonischer Salatkorb." Sissi und Pfiffi merkten gleich, daß dieses die Köchin der drei morgenländischen Petschierstecher sey, sie schlupften in den Korb und ließen sich von ihr in den salzgräflichen Pallast tragen. Als ich nun in der Kirche einsam und allein war, vernahm ich durch das geschäftige Echo jedes Gebet, jedes Flüstern und Seufzen der Umherknieenden; der Eine betete: "ach Gott! befreie uns von dem Hoffaktor Salzgraf Salathiel Salaboni, er ist schuld, daß das Salz so dumm und theuer geworden;" der Andere: "befreie uns von dem Commerzienrath, Salzgraf Salomon Salaboni, er ist schuld, daß die Salzkukummern so kümmerlich schmecken und so klein sind;" der Dritte seufzte: "ach hilf uns aus dem Salz des Elendes, befreie uns von dem Hoflieferanten, Salzgraf Salmanasser Salaboni, er versalzt uns alles Leben, füllt unsere Augen mit gesalzenen Thränen und fegt unsre Beutel aus dem Salz!"--Da betete ich dann auch so recht von Herzen, Gott möge mir wieder zu dem Ringe helfen, weil die drei Morgenländer doch keinen Menschen damit glücklich machten.--Da es aber in der Kirche so hübsch stille und kühl war, überfiel mich ein leiser Schlummer, und ich hatte schier so lange geschlafen, daß mich der Küster in die Kirche eingesperrt hätte; aber Sissi kam gerade zur rechten Zeit und flüsterte mir in die Ohren: "geschwind Gackeleia, geh mit mir aus der Kirche; hörst du? der Küster rasselt schon mit den Schlüsseln; geh mit mir, du sollst selbst sehen, wie wir den Ring erwischen, wir haben die beste Hoffnung." Fröhlich nahm ich nun die kleine Maus in mein Körbchen und gieng mit ihr nach dem Schlosse der Petschierstecher. Als wir an die Gartenmauer kamen, sprang Sissi an die Erde und zeigte mir den Weg. Die Sonne war im Begriff unterzugehen. Ich gelangte hinter ein artiges Lusthaus, Krystalline genannt, wo ich auf den Kübel eines Orangenbaumes stieg und durch eine Spalte im Fensterladen Alles sehen und hören konnte, was im Gartenhaus vorgieng.

Die drei Salzgrafen saßen jung und glänzend mit wohlakkomodirten Perücken in verschiedenen alamodischen kuriosen Uniformen um einen Tisch, in dessen Mitte der köstliche Ring Salomonis lag und stritten miteinander, wer den Ring am Finger tragen und wünschen sollte; sie nannten sich Commerzienrath, Hoffaktor, Hoflieferant untereinander und jeder wollte nicht mehr so heißen, jeder wollte den Salzgrafentitel haben; der Eine schrie: "einer muß der Erste seyn," die Andern schrien: "das geht nicht, wir sind Drillinge, wir sind eine große Merkwürdigkeit, keiner geht vor dem andern;" da schrie der Eine wieder: "ich habe die Maus gefangen und unter die Puppe geheftet, wodurch wir der Gackeleia den Ring abgelockt, ich muß ihn haben, wem ich was wünschen soll, der bringt mir einen vollwichtigen Gockelsd'or, da wünsche ich ihm Etwas, wie gerade der Kurs steht."--"Wie kömmst du mir vor?" sprach der Andere, "habe ich doch den falschen Ring gemacht, der für den ächten dem Gockel an den Finger gesteckt ward, ich muß den Ring haben!"--"Was soll mir das?" schrie der Dritte, "habe ich doch die Puppe gekleidet und tanzen lassen und die große Arie gedichtet und abgesungen von der großen Garderobe, habe ich doch der Spielratze die Puppe aufgeschwätzt, den Ring abgeschwätzt und euch den Ring gebracht, mein muß er seyn!" Da sie aber gar nicht einig werden konnten und lange geschrien und gezankt hatten, weil immer der Eine fürchtete, der Andere möge ihm den Tod anwünschen, wenn er den Ring am Finger habe, griff endlich der Eine mit solcher Heftigkeit nach dem Ring, daß er den Tisch umstieß, und dieß machte sich der Andere zu Nutz und ertappte den an die Erde gefallenen Ring, steckte ihn an den Finger und drehte und schrie:

"Salomon du weiser König,
Dem die Geister unterthänig,
Mach' zwei Esel aus den Beiden,
Die in diesem Garten weiden,
Ringlein, Ringlein dreh dich um,
Mach's geschwind, ich bitt dich d'rum."

Während er dieses mit der größten Eile hergeschnattert hatte, rissen die Beiden Andern ihn hin und her; aber es währte nicht lange, so waren sie Beide zwei dicke, häßliche Esel, und er nahm einen Prügel und trieb sie aus dem Gartenhaus hinaus, das er hinter ihnen verschloß. Sie schrieen und bissen sich unter einander noch eine Weile, fiengen aber bald an, sich in ihre neue Natur zu schicken und Trauben und Disteln durcheinander zu fressen.

Ich guckte wieder in das Gartenhaus, da wollte sich der, welcher den Ring hatte, schier bucklicht lachen, weil er seine Gesellen endlich so sauber angeführt. "Gott sey Dank," sagte er, "nun kann unser eins doch einmal ruhig ausschlafen, ohne die Gefahr, daß der andre ihm den Tod wünscht." Nach diesen Worten schaute er sich lachend im Spiegel an und hängte seinen Federhut auf die Spitze einer wunderbaren Kaktuspflanze, die an der Wand blühte. Der Ankaufspreis stand auf dem Topf. Die Perücken und Hüte der zwei andern lagen noch an der Erde, wie auch ihre Stühle. Nun lehnte er sich breit in seinen Prachtstuhl, stellte die Füße auf einen Schemel und sprach: "reich zum zahlen, klug zum prahlen, schön zum malen--was fehlt mir noch, ich will berühmt werden--da fällt mir was ein--ich will den Namen Pictus, Salzgraf von Orbis annehmen, und will einen neuen Orbis Pictus herausgeben, da sollen alle unbefriedigten Wünsche der Welt nach dem ABC darin abgemalt werden, und ich will sie mir alle mit dem Ring befriedigen von A bis Z--aber Alles, Alles mit Geschmack und Kunstgefühl--poetisch, sympathetisch, magnetisch"--und nun fieng er an, bald tüchtig zu schnarchen.

Nun ist es Zeit, dachten Pfiffi und Sissi und schlupften beide durch ein Loch in das Gartenhaus. Ich wendete kein Auge von dem Schlafenden und dem Ring an seinem Finger; ach, er hatte eine Faust gemacht, und der Ring schien sehr schwer zu bekommen; aber Sissi nahte sich seinem Ohr und sang mit der süßesten Stimme nichts als das Verslein:

> "Louisd'ore und Dukaten
> Aechte Perlen, Diamant,
> Ritterorden, Ihro Gnaden,
> Hohe Bildung, Ordensband,
> Witz und Wesen, scharf und zart,
> Gänsefett und Backenbart."

Kaum hatte der Schlafende diesen Vers gehört, als er die Hand so öffnete, als wolle er nach all den schönen Sachen greifen. Nun biß ihn Prinz Pfiffi in den Ringfinger; er wachte auf und sagte: "ein scharmanter Traum, aber der Ring drückt mich und weckt mich auf, wer kann ihn mir hier nehmen? die zwei Esel grasen draußen nach dem besten Appetit; was brauchen sie mehr? ungebildete Menschen kennen keine höheren Bedürfnisse. Sie sollen nicht einmal die Ehre haben unter den dreihundert weißen Mauleseln zu seyn, die ich mir wünschen werde, um die Schlüssel meiner Schatzkammer zu tragen. Ach, der schöne Traum! ich will versuchen, ob ich ihn wieder träumen kann; Psyche, das angenehmste Frauenzimmerchen aus der klassischen Literatur, rührte mich an der Nase mit einer Blumenzwiebel an und beleuchtete mit einer hetrurischen Lampe das Traumbild meiner Wünsche--ich will nochmals gerührt werden, ich will gerührt seyn, der Ring soll mich nicht wieder stechen, ich lege ihn, bis ich erwache, auf den Tisch." Nun zog er den Ring ab und schlief wieder ein, indem er flüsterte:

"Psyche rühr'! und nicht vergebens!
Führ', was ich im Schilde führ',
Führ' das Traumbild meines Lebens,
Mir empor dort an der Thür!"

Kaum aber schnarchte er, als Sissi ihm wieder ins Ohr sang:

"Louisdore und Dukaten,
Aechte Perlen, Diamant,
Ritterorden, Ihro Gnaden,
Hohe Bildung und Verstand,
Witz und Wesen scharf und zart,
Gänsefett und Backenbart."

Da lächelte er so süß wie ein Topf voll saurer Milch und antwortete mit schmachtender Stimme im Traume:

"Psyche rührt und nicht vergebens,
Seh' das Traumbild meines Lebens,
Seh', was ich im Schilde führ'"
Ich im Wappen an der Thür,
Von dem Goldsack blasonirt,

Mit Papieren kraus verziert,
Grand-Kordon und Lorbeerkron,
Huldigung, Dedikation,
Und weil ich gemalt seyn muß,
Seh' ich dort mich als Modell
Vor dem kühnsten Genius,
Der sein eigner Pegasus,
Der sein eigner Musenquell,
Schöpfer schier, kaum Kreatur,
Alles lernte von Natur.
Ja, ein solcher Geist haucht nur
Treu in ganzer Positur
Und ursprünglicher Figur
Meiner Grazie Formenzauber
Auf die Leinwand zart und sauber;
O wie duftig! wie moelleux!
Kunst, das ist die höchste Höh!"

Hierauf breitete er die Arme mit großer Innigkeit aus und sprach:

"Seyd umschlungen Millionen,
Diesen Kuß der ganzen Welt!
Schönste Psyche, o verschonen
Sie doch mein, ich hab' kein Geld,
Bin gerührt und alterirt,
Denn die Schildwach' präsentirt!"

Da brachte mir Sissi den Ring Salomonis durch das Loch
heraus, ich steckte ihn in tausend Freuden an den Finger, drehte ihn
und sagte voll Neugier:

"Ringlein sag' mir unversäumt,
Was der Petschaftstecher träumt!"

Und gleich sah ich, daß dem Petschierstecher Alles, was er im
Schild führte, in einem prächtigen Wappen im Traume vorgestellt
wurde. Ein Geldsack war der Helm, allerlei Papiere und
Wechselbriefe die Helmzierde, er selbst stand voll Anstand in der
Mitte, ein Genius krönte ihn mit Lorbeern, ein Andrer reichte ihm
ein Ordensband, einer huldigte ihm mit Kleinodien, einer dedizirte

ihm ein Buch; auch war das Sinnbild der Sternsehenden Wachsamkeit eine fette Gans vor seinen Füssen. Ganz unten aber im Wappen malte der geflügelte Genius der Kunst selbst den Schönsten der Sterblichen, denn ein Anderer hätte nie vermocht, einen so ursprünglichen Menschen aufzufassen. Nun aber öffnete sich plötzlich der purpurfarbichte Sammetkelch einer Kaktusblüthe und zwischen den weißseidenen Staubfäden schwebte eine feine Jungfer mit Schmetterlingsflügeln hervor an die Seite des Wappens hin; in der einen Hand hatte sie eine Zwiebelpflanze, mit der sie die Nase des Glücklichen berührte, in der andern trug sie eine antike Lampe, womit sie das Wappen beleuchtete. Er nannte sie Psyche. -- An der andern Seite des Wappens erschien ein Grenadier, der das Gewehr präsentirte.--Ach, der gute Salzgraf träumte so selig, daß er mich schier dauerte; aber ich konnte ihm nicht helfen, ich mußte ihm aus dem Traum helfen;--ich drehte also den Ring mit den Worten:

"Salomon du weiser König,
Dem die Geister unterthänig,
Lasse diesen, wie die andern
Gleich als einen Esel wandern;
Schaff' auch einen Eseltreiber,
Der mir ihre faulen Leiber
Mit dem Prügel tüchtig rührt,
Und zum Vater Gockel führt.
Ringlein, Ringlein dreh dich um,
Mach's recht schnell ich bitt' dich drum."

Und sieh da, gleich war der Esel fertig, und der Treiber stand schon bei ihm, trieb ihn mit einem Prügel aus dem Gartenhaus hinaus und mit den beiden Andern hieher. Ich aber drehte den Ring und wünschte bei euch zu seyn. Da war ich gleich hier in dem Hof und als ich euch in dem alten Hühnerstall so klagen hörte, wünschte ich, daß das Schloß wieder seyn möchte, wie es einst im höchsten Glanze bei unsern Vorältern gewesen; auch wünschte ich euch als schöne Leute in den besten Jahren und mich als eine schöne vernünftige Jungfrau, über die Puppen--wollt' ich sagen Kunstfiguren-Jahre hinaus zu sehen; zürnet nicht lieber Vater, aber der Gedanke an die Kunstfigur von Birkenreis kann mich noch jetzt erbittern."--Gockel lachte und sagte: "Gackeleia dreh' den Ring nur noch einmal, um verständig zu werden, es steckt noch viel vom eigensinnigen Kind in der erwachsenen Jungfrau, du willst die Ruthe noch nicht küßen!"--da küßte Gackeleia ihm die Hand und fuhr fort: "Als nun Alles nach meinem Wunsche geworden war, schlich ich zu euch in den Hühnerstall und drückte mich in einen Winkel, um eure Ueberraschung recht zu genießen. Sissi aber wollte mit aller Gewalt unter die Puppe gebunden seyn, um euch zu wecken; da lief sie über euer Stroh und als ihr aufriefet: "die Puppe! die Puppe!" sagte ich:

"Keine Puppe, es ist nur
Eine schöne Kunstfigur."

"Das Andre wißt ihr Alles."

Nach dieser Erzählung umarmten Gockel und Hinkel die Gackeleia unter Freudenthränen und sagten: "Dank, tausend Dank, liebes Kind; du sollst zum Lohne deiner Güte nun auch den Ring immer am Finger haben, du sollst Alles wünschen, was du willst!" Gackeleia sagte: "ich nehme es an, vor Allem wollen wir die drei Esel, welche im Hofe stehen mit Allem bepacken; was ich dem guten Mäusekönig versprochen habe und dann sollt ihr sehen, wie vernünftig ich wünschen will."

Nun giengen sie hinab und wünschten, nachdem die Käse und die Schinken den Eseln auf den Rücken gepackt waren, den Königsberger Marzipan, den Thornischen Pfefferkuchen, die Jauerischen Bratwürste, die Spandauer Zimmetbretzeln, den Nürnberger Lebkuchen, die Frankfurter Brenten, die Sachsenhauser Kugelhupfen, die Mainzer Vitzen, die Gelnhausner Bubenschenkel, die Koblenzer Todtenbeinchen, die Liestaller Leckerli und die Botzener Zelten auch dazu, welche sich ohne Verzug einstellten und die Esel so belasteten, daß sie schier niederbrachen.

Als nun die Zeit kam, daß Prinz Speckelfleck und Prinzessin Sissi Abschied nehmen wollten, drehte Gackeleia den Ring Salomonis mit dem Wunsch, die Sprache der Mäuse zu verstehen, ohne grade zu schlafen, und dadurch ward die Unterhaltung jetzt ganz leicht. Gackeleia sagte: "Meine liebsten durchlauchtigen

Freunde! Euer Abschied thut mir sehr leid, wir verdanken euch Alles; ich will es euch belohnen. Ihr habt gesehen was der Ring vermag; die Petschierstecher hat er in Esel verwandelt--so ihr es verlangt, soll er euch gleich in Menschen verwandeln, und ihr könnt für immer hier bei uns bleiben."--Die beiden Mäuschen schauten sich ernsthaft an und dann erwiederte Sissi: "Gackeleia, du sagst ein großes Wort--aber lasse uns bleiben, was wir sind, wir wollen uns nicht von unserm Volke trennen, wolltest du auch unser ganzes Volk zu Menschen machen, wo wäre das Land, das sie fassen und ernähren könnte? o es gäbe Mord und Todschlag und Hungersnoth! nein, wir sind uns als Mäuse genug; uns bleibt Nichts mehr zu wünschen übrig, als daß wir, glücklich nach Hause gekommen, die Verschwörung Mack, Benack, Gog, Magog und Demagog mit der Pulvertonne in dem herrlichen Monumente Gackeleioeum auf ewig eingemauert finden, daß wir unsre königlichen Eltern mit all den köstlichen Leckerbissen erquicken können und daß weder Papa noch Mama sich den Magen verdirbt. O die Einweihung des Monuments wird monumental werden!--o wie hinreißend wird Muskulus deklamiren! wie süß wird der edle Piloris duften!"--da fiel Speckelfleck ein: "und wie bezaubernd die holde Marquise Marmotte tanzen!"--Sissi aber that, als wenn sie ihn nicht hörte; und Gackeleia erwiederte: "Sissi! du sprichst sehr vernünftig, aber frage doch den anmuthigen jungen Igel, ob er vielleicht ein Mensch seyn möchte, er scheint mir melancholisch; --"ich glaube kaum," versetzte Sissi", aber ich will es thun."

Als hierauf Prinz Pfiffi und Prinzessin Sissi von ihren Freunden den zärtlichsten Abschied genommen hatten, befestigte Gockel den falschen Ring Salomonis dem Esel, der ihn nachgemacht hatte, als ein Andenken in das Ohr, heftete ihm seine Pudelmütze auf den Kopf und setzte die Mäuschen hinein, dann ließen sie durch die Treiber die drei Esel nach dem Mäuseland hintreiben und recht viele schöne Grüße ausrichten.

Als sie fort waren, sagte Gackeleia: "jetzt wollen wir auch einmal in unsre Schloßkapelle gehen und sehen, wie sie sich verändert hat." Kaum hatte sie diese Worte gesprochen, als die Glocke zu läuten anfing und sie in die Kapelle rief. Sie traten hinein und konnten sich nicht satt sehen, wie Alles so reinlich und festlich mit

Blumen und Laubkränzen geschmückt war. Alle Wände und Steinbilder, das Grabmal des Urgockels und die Bilder aus seinem Leben waren wie neu, rein und polirt. Es war eine schöne Kanzel an der Seite und gegenüber eine Orgel mit einem stattlichen Organisten und seinen Blasebalgtretern. Mehrere kleine Jungen läuteten am Glockenstrang aus Leibeskräften. Ein Anderer lief mit Wasser und Sprengwedel umher und sprengte, daß es kühl sey. An einer Seite streuten weißgekleidete Mädchen Blumen, an der anderen standen Knaben hinter großen Sträußern versteckt. Aber es war doch keine rechte Kapelle, der Altar war auch nicht, wie zu Urgockels Zeiten, da waren keine Leuchter, keine Kerzen, kein Heiligthum. Der Ring Salomonis hatte sein Mögliches gethan; aber er kann nur Zeitliches, Natürliches, Künstliches, Weltliches, aber nichts Ewiges und Geistliches geben.

Als sie Alles mit Freuden betrachtet hatten, wurden sie durch den Anblick des Hahns auf dem Grabmal des Urgockels recht lebhaft an den guten Alektryo erinnert. Sie dachten an das Halsgericht, das Gockel hier gehalten. Frau Hinkel und Gackeleia schlugen die Augen nieder; da spielte auf einmal der Organist eine sehr rührende Arie: "Wie sie so sanft ruhn." Es war ein gar feierlicher Moment.--"Ach der edle Alektryo!" seufzte Gockel, "ich kanns nicht aushalten," schluchzte Frau Hinkel, "ach wäre er nur wieder da!"--"Ei," dachte Gackeleia, "dazu kann ich helfen" und drehte ganz still an ihrem Ring:

"Salomo du weiser König,
Dem die Geister unterthänig,
Mache meine Eltern froh
Durch den Hahn Alektryo;
Ringlein! Ringlein! dreh' dich um,
Mach geschwind, ich bitt' dich drum."

Da hob sich ein Wölkchen auf der Stelle aus dem Boden, wo die Gebeine Alektryo's verbrannt worden waren, und wirbelte und ballte sich zusammen und ward wie ein Hahn und der Uralektryo auf dem Grabmal rührte sich, streckte den Hals, schlug mit den Flügeln und krähte durchdringend, und es fuhr wie ein Feuerstrahl aus seiner Kehle sichelförmig zu der kleinen Wolke nieder, die im Augenblick der alte kräftige Alektryo ward, auf Gockels Schulter flog, mit den Flügeln schlug und mit ritterlichem Krähen dem steinernen Hahn antwortete, worauf draußen in dem Hühnerhof alle Hahnen antworteten; es gieng wie ein Zurufen der Schildwachen von Hahn zu Hahn das Krähen umher.

Aller Freude über Alektryo war sehr groß, er selbst aber war tiefsinnig und nachdenklich, er meditirte. Da nun von allen Seiten die Hühner und Hahnen in die Kapelle hinein kamen, den Alektryo zu sehen, benutzte dieser die durch seine Wiedergeburt erschütterten Hahnenherzen und Hühnergemüther, schwang sich auf die Kanzel empor und hielt eine ganz erstaunlich ergreifende Rede über Familienglück und Kinderzucht, so daß auch kein Hühnerauge ohne Mitgefühl blieb, all das unten zuhörende Federvieh schluchzte und piepte ganz leise--der Organist accompagnirte gar lieblich mit einer melancholischen Arie: "Ach Schwester! die du sicher u.s.w." Auch die raugräfliche Familie war sehr gerührt.

Als nun Alektryo am Schluße seiner Rede ausrief: "ist jemand unter den verehrten Anwesenden, der feierliche Verlöbniß oder Hochzeit zu halten wünscht?"--drehte Gackeleia den Ring, ohne zu wissen wie, und sprach ganz heimlich, ohne zu wissen was:

"Salomo du weiser König,
Dem die Geister unterthänig,
Bring' doch den Kronovus her
So ganz, wie von ungefähr;
Ringlein! Ringlein! dreh' dich um,
Mach' geschwind, ich bitt' dich drum."

Da ertönten plötzlich Jagdhörner im Schloßhof. Gackeleia lief hinaus, als ob ihr der Kopf brenne, und sah das Prinzchen Kronovus in einem grünen Jagdröckchen von seinem Schimmelchen springen, und sie flogen sich einander in die Arme mit dem Ausruf: "Ach wie bist du so groß, bück dich!"--"Ach wie bist du so klein, streck dich!" Gackeleia aber drehte schnell den Ring hinter dem Rücken des Kronovus und wünschte, daß er so erwachsen und verständig seyn möge, als sie selbst, und sieh da, er ward es zusehends, worüber sie eine große Freude hatte. Da eilte sie mit ihm in die Kapelle, sein Jagdgefolge aber blieb in den Thüren stehen.

Gockel und Hinkel grüßten den Kronovus herzlich und dieser sagte sogleich, da sein Herr Vater Eifrasius und seine Frau Mutter Eilegia, das Zeitliche gesegnet hätten und mit Tod abgegangen seyen, erkläre er ihnen, daß, so sie ihm die Hand ihrer Tochter Gackeleia geben wollten, er sie zu seiner Königin von Gelnhausen zu machen Willens sey. Da alle Theile zufrieden waren, führten die Eltern das junge Paar zu dem blumengeschmückten Altar.

Indessen spielte und sang der Organist die schöne Arie: "Schönstes Hirschlein über die Maßen, hörst du nicht den Jäger blasen?" Alektryo aber schrie dreimal hinter einander von der Kanzel:

> "Zum Verlöbniß hier sich melden
> Die Hochachtbar Wohlbestellten,
> Majestät Kronovus, König
> Von Gelnhausen, oberthänig,
> Mit der zarten Raugräfinn
> Gackeleia, unterthänig,
> Grafen Gockels Gau-Erbinn,
> Wend't Niemand was dawider ein,
> So sollen sie verlobet seyn!"

Kein Piepswörtchen von einer Einwendung ließ sich hören, als er aber zum drittenmal fragte: "wer wendet was dawider ein?" erschallte eine dumpfe Stimme, die alle erschreckte:

> "Ich Urgockelio sag: Nein!"

Alles schaute das Bild des Urgockels an, Kronovus aber zog grimmig seinen Degen und schrie gegen den Grabstein:

> "Wer wagt's und spricht ein Wort darein?"

Urgockel aber schlug mit der Ruthe auf das steinerne Abc-buch, daß es rasselte und sprach, die Augen wie ein erzürnter Schulmeister rollend:

> "Gleich steck' mir ein den Flederwisch,

Sonst ich dich bei dem Fell erwisch'
Und lasse dir die Kunstfigur
Von Birkenreis recht tüchtig schmecken;
Kennst du sie nicht? die Braut frag' nur,
Sie wird dir, wie sie schmeckt, entdecken!"

Das plötzliche Reden des steinernen Urgockels brachte keine geringe Störung unter die hohen Anwesenden und deren Federvieh, Gackeleia hatte kaum das Wort "Kunstfigur von Besenreis" gehört, als eine glühende Röthe ihre Wangen überzog; aber sie sammelte sich augenblicklich und winkte dem Organisten, der in einem Spiegelchen Alles sah, was am Altare geschah, und dieser ließ plötzlich alle Pfeifen los und machte einen Tusch wie mit Paucken und Trompeten, so daß die ganze Drohung Urgockels nicht gehört ward. Indessen zog Gackeleia die Kunstfigur auf, gab ihr einen kleinen Klingelbeutel in die Händchen und ließ sie unter den anwesenden Hühnern herumschnurren, mehrere junge Hahnen aber, welche kein kleines Geld bei sich hatten, fiengen darüber zu schwätzen und endlich zu streiten an, und ein kleiner Junge nahm einen Sprengwedel und spritzte unter sie, daß sie mit großem Geschrei wegliefen, dazu schrie Alektryo fortwährend von der Kanzel, und Gackeleia war herzlich froh, daß man über all dem Spektakel die Worte Urgockels nicht gehört und Kronovus seinen Degen wieder eingesteckt hatte. Als es wieder etwas ruhig geworden, rief Alektryo zum drittenmal:

"Wendt Niemand was dawider ein,
So sollen sie verlobet seyn!"

und aller Anwesenden Augen waren auf das Bild Urgockels gerichtete welches sprach:

"Ich segne euer Bündniß nur,
Wenn ihr gehalten euern Schwur,
Den ihr bei meinem Namen sprachet,
Als ihr beim Fest die Bretzel brachet,
Nur dann einander nie zu lassen,
Wenn die gebrochnen Stücke passen!"

Urgockel hatte aber diese Worte kaum ausgesprochen, als auch

Gackeleia gleich aus ihrem Körbchen und Kronovus aus seiner Jagdtasche, die Hälfte der Bretzel und des Bubenschenkels hervorzogen und zusammenhielten; und die Bruchstücke paßten so scharf zusammen, als ob sie eben jetzt erst gebrochen wären.--Sie entschuldigten sich nicht, daß sie ihr Gelübde in der Freude des Wiedersehens vergessen hatten, aber sie wurden bei den Worten Urgockels roth bis über die Ohren und sahen ganz blöd vor sich hin, weil sie sich beschämt fühlten.

Bei dieser feierlichen Handlung herrschte eine allgemeine Stille, man hörte nichts als das Glöckchen am Klingelbeutel, den die Kunstfigur herumtrug. Urgockel aber streckte seine steinerne Hand hervor und segnete Kronovus und Gackeleia mit den Worten:

"Wie die beiden Hälften Eines,
Trenne sich vom Andern Keines;
Und in euren Wappenschilden
Sollt in einem Myrthenkranz
Ihr im goldnem Feld abbilden,
Glänzend, unverletzt und ganz,
Bretzel und auch Bubenschenkel
Zum Gedächtniß später Enkel.
Zwei gekrönte Mäuschen fein
Sollen die Schildhalter seyn;
Unter'm Schild am Ordensband
Hänge als der Treue Pfand
Des Kronovus buntes Ei,
Worauf Vivat Gackelei.
Auf des Schilds zwei Helmen stehen
Königskrone, Grafenkrone,
Und Alektryo mit Krähen
Auf der Königskrone throne
Und ein starkes Nest behüte,
Worin Frau Gallina brüte.
Auf der Grafenkrone Rand
Schweb' in purpurnem Gewand,
Hebend mit der kleinen Hand
Hoch des Glückes Unterpfand,
Salomonis Siegelring,

Jenes liebe Wunderding,
Keine Puppe, sondern nur
Eine schöne Kunstfigur!"

Nach diesen Worten zog Urgockel seine Hand wieder zurück und
war ein unbeweglicher Grabstein wie zu vor. Der Organist aber
sang eine schöne kunstfigurirte Arie, wozu Menschen und
Federvieh einstimmten und die Glocken läuteten--denn sieh, ein
merkwürdiges Ereigniß hatte den Bund bekräftiget, die beiden
Stücke der Bretzel und des Bubenschenkels waren fest und wieder
Eins geworden, als seyen sie nie getrennt gewesen.--Gackeleia aber
drehte den Ring mit dem Wunsche das Wappen möge nach dem
Willen Urgockels fertig seyn und sogleich stand es auf einer
schönen Fahne neben der Orgel. Schon wollte man sich ordnen mit
der vorgetragenen Fahne in den Speisesaal zu ziehen, als Gackeleia
an den goldnen Hahn, die goldne Henne, das Geschenk von Salomo
und der Königin von Saba gedachte, das sonst bei jeder Hochzeit in
Gockelsruh im Brautzug getragen worden. Schnell drehte sie den
Ring und wünschte, dieses Kleinod möge sich im Schatze der
Kapelle befinden und in ihrem Zuge getragen werden.--Da trat ein
Jüngling und eine Jungfrau, beide in morgenländischer Tracht,
herrlich geschmückt in die Kapelle vor eine eiserne Thüre in der
Wand, die mit Rasseln aufsprang. Da sah man die beiden
Brautgeschenke schimmernd stehen. Sie nahmen sie heraus und
präsentirten sie dem Brautpaare, welche sie auf den Altare stellten
und mit großer Freude anschauten.--Indem nun Alektryo von der
Kanzel das Bild der brütenden Gallina in der goldnen Henne
erkannte, schlug er mit den Flügeln und krähte gar wehmüthig.
Gackeleia verstand seine Sehnsucht und drehte den Ring, auch die
gute Gallina möge wieder im Kreise ihrer Lieben verweilen. Da hob
sich ein Wölkchen auf dem Grabstein, wo die Gebeine Gallinas und
ihrer Jungen verbrannt worden, wirbelte, drehte, ballte sich und
ward zum großen Erstaunen aller Anwesenden Hühner, denen die
Federn darüber zu Berge stiegen--Gallina; Alektryo unterbrach seine
ernste Rede und flog von der Kanzel zu seiner Gefährtin nieder, die
er freudig begrüßte; aber Alektryo besann sich, flog wieder auf die
Kanzel, bat die Anwesenden um Vergebung, daß er von der Freude
des Wiedersehens hingerissen, ihre ernsten Betrachtungen
unterbrochen habe und forderte abermals jene sich zu melden auf,

welche sich zu vereinigen gedächten.

Da trat die Primadonna von Gelnhausen in die Kapelle und da der
Organist eben die Fuge anstimmte:

> "Laurentia, schönste Laurentia mein,
> Wann werden wir endlich vereiniget seyn?"

wollte sie künftig die Fugen nicht mehr Solo singen, sondern mit
ihm, da sie aber sich immer mit dem Gesang einander flohen und
nachließen, ohne jemals sich zu vereinigen und ihr Zusammensingen
eine Fuga perpetua, eine immerwährende Flucht war, und da der
gräfliche Erztruchseß hereintrat, vermeldend, daß bereits servirt sey
und bei längerem Verziehen das Fett am Hammelsbraten leicht
gerinnen könne, so ordnete sich der Brautzug die Kapelle zu
verlassen.

Man hatte die Wappenfahne bereits in Bewegung gesetzt, die
Träger der Braut-Henne und des Braut-Hahnes hielten bereits diese
Reichskleinodien auf purpurnen Sammtkissen vor ihrer Brust, und
Kronovus und Gackeleia wollten so eben von den Stufen des
Altares herabsteigen, als Urgockel auf dem Grabstein sich abermals
sehr heftig bewegte und mit drohender Stimme sprach:

> "Wohl ist das Sprichwort wahr gestellt:
> Undank ist stets der Lohn der Welt,
> Undank ward dem Alektryo,
> Undank dem Urgockelio.
> Ich habe euch den Ring geschenkt,
> Doch ist hier Niemand, der mein denkt,
> Ich muß euch Ringe wechseln sehn
> Und Keiner will den Ring mir drehn,
> Ich stehe hier auf meinem Stein--
> Verlassen, einsam, ganz allein,
> Und draußen bei der Linde ruht
> Mein edles Weib, Urhinkel gut,
> Sie wählte diesen Ort zum Grab,
> Weil ich sie dort errettet hab'.
> Drei Lilien stehn auf ihrer Gruft
> Und senden Weihrauch in die Luft;

Wenn ein Geschick vorübergeht,
Ihr Geist bei diesen Lilien steht,
Mit denen er zum Himmel fleht'
Und Gott erhöret ihr Gebet.
Die Lilien leuchten dann zumal,
Die Sterne senken Strahl um Strahl
In ihre reinen Kelche ein;
Auch schweben schöne Engelein
In sie hinein und singen fein;
Das höret Alles klar und rein
Urhinkel an und stimmt mit ein
Und läßt das weiße Schleierlein
Im Sternenschein, im Mondenschein,
Hin spielen in den Lüftelein;
Ich aber muß hier einsam seyn
Und recht in meines Herzens Pein,
Wie's Kindlein nach dem Mütterlein,
Nach dem Urhinkel draußen schrein:
O laß doch den Urgockel dein
Nicht so allein, allein, allein!
Du plauderst draußen mit der Lilie,
Vom Thau berauscht im Sternenschein,
Mich hüllt hier trocken ohne Familie
Der alte kalte Epheu ein.
Urhinkel komm! ich rück' zur Seite,
Du bist ja Bein von meinem Bein,
Es ist vollkommen für uns Beide
Raum, Licht und Luft auf diesem Stein."

Dann schaute Urgockel das Brautpaar sehr gebieterisch an und
fuhr fort:

"Was euch ist recht, das ist mir billig,
Ihr wollet zwei und zwei hier seyn,
Und drum in Zukunft nicht mehr will ich
Das ein mal eins hier seyn allein;
Dreh, Gackelei den Ring und führe
Die Ahnfrau her mit Sang und Klang;
Bleibt Wahrheit immer vor der Thüre,

169

Wird Zeit und Mährchen stäts zu lang."

Gackeleia, welche großes Mitleid mit dem Urgockel hatte, drehte den Ring Salomonis schnell, schnell mit dem Wunsche, die Gebeine der Frau Urhinkel möchten aus dem Grabe unter der Hennenlinde erhoben und Alles bereit seyn, um sie in die Gruft Urgockels beisetzen zu können. Als sie nun aus der Kapelle hinausgezogen waren, fanden sie Alles folgendermassen geordnet; im Schatten der Hennenlinde um das Hennenkreuz standen bei den Lilien drei schneeweiß gekleidete Klosterjungfrauen und mitten zwischen ihnen schwebte der Geist der Frau Urhinkel von Hennegau in einem schneeweißen, schimmernden Gewand; ihr von langen schwarzen Locken umströmtes Haupt war über einem weißen Schleier mit weißen Rosen gekrönt, auf ihrer Schulter saß eine weiße Henne, in der einen Hand hielt sie eine goldne Spindel, in der andern ein feines leuchtendes Brod. Ihr Angesicht war nicht irdisch schön, aber von einer himmlischen Liebe und Freundlichkeit übergossen, man konnte nicht aufhören, sie anzuschauen, ihr Blick war eine segnende Verbindung von Thau und mildem Sonnenlicht. In kleiner Entfernung von ihnen war das Grab der Ahnfrau eröffnet und stand neben demselben ihr irdisches Kleid im Sarge auf einer Tragbahre; nicht weit von diesem aber bei jenen Kräutern, die bei dem Begräbniß Gallina's so großes Beileid bezeugt hatten, stand die Erscheinung von acht altfränkisch festlich gekleideten Jungfrauen, sie waren mit Kräutern bekränzt und mit einem Orden an amaranthfarbigem Band geschmückt. Eine jede trug ein schönes Huhn in einem Körbchen unter dem Arm. Sie blickten alle mit dem Ausdruck ernster Freude und Rührung nach dem Geiste und dem Leibe der Ahnfrau und waren in einer lieblich schwebenden Bewegung. Sie schienen Etwas zu erwarten, die Tragbahre war mit einer tiefrothen Sammtdecke, worauf das Hennegausche Wappen in Gold gestickt, bedeckt. Auf dieser Bahre stand nun der offne Sarg, worin die liebste Frau Urhinkel ruhte; aber welch ein seltsamer Sarg! es war ein langer Gitterkorb von Zypressen und Myrthenzweigen geflochten und mit erstaunlich vielerlei Blumen durchschlungen, welche durch ihre Namen und Bedeutungen ausdrückten, wie sehr die Todte von den Armen geliebt worden war, die ihr den Sarg geflochten und ausgeschmückt hatten und ihrer Leiche gefolgt waren. Gackeleia hatte oft von dem

Blumensarg ihrer Ahnfrau erzählen hören. Es gab ein Mährchen davon in der Gockelschen Familie, das man den Kindern erzählte, um ihnen Milde gegen die Armen einzuflößen.--Nun sah sie diesen Blumensarg vor ihren Augen; aber er war ganz welk und verdorrt.-- Sie wollte um Alles in der Welt den Blumensarg wieder in seiner ganzen Schönheit sehen. So drehte sie dann den Ring Salomonis mit den Worten:

"Salomo, du weiser König,
Dem die Geister unterthänig,
Lasse neu den Sarg verzieren
Mit des Dankes Blumengaben;
Wolle uns vorüber führen
Alle Armen, alle Kinder,
Die den Sarg gewebet haben;
All der Liebe Kränzewinder,
Die in Blumen einst begraben
Dieses Herz, den Trost der Kinder.
Sende all die Kronenbinder,
Jene Blumen einzusammeln,
Jene Kräuter, jene Halmen,
Deren Namen Wünsche stammeln,
Deren Namen Dankespsalmen,
Süße Grüße, Wohlgefallen,
Wie unschuldige Kinder lallen.
Um das Bettlein, wo in Frieden
Ruht das ird'sche Kleid der Braut,
Die vom Leib der Zeit geschieden,
Ward dem ew'gen Geist getraut,
Werde von dem Dank hienieden
Neu ein Blumenzelt gebaut.
Schmücket neu dies Herz mit Blüthen,
Liebeswerke, die drin glühten,
Daß die Blumen, Erdensterne,
Zeitlich hier den Leib umkränzen,
Wie des Himmels Blumen, Sterne,
Ewig dort den Geist umglänzen;
Ringlein! Ringlein! dreh dich um,
Schmück' den Sarg, ich bitt dich drum!"

Auf diese Worte Gackeleias ertönte ein leiser, ungemein reiner und lieblicher Gesang von den drei Lilien her, welche zu Häupten des Hennenkreuzes standen:

"O Stern und Blume, Geist und Kleid,
Lieb, Leid und Zeit und Ewigkeit!"

Nach diesen Stimmen nahte hinter der Linde hervor von beiden Seiten eine gar rührende Prozession von Greisen, Männern, Frauen, Jünglingen und Jungfrauen, Knaben und Mägdlein, ja Säuglingen auf den Armen der Mütter. Alle waren sie durch Kränze und Gewinde der manichfaltigsten Blumen und Kräuter verbunden, die sie in der einen Hand hielten, während sie in der andern an weißen Stäben schimmernde Fahnen trugen und rings um Frau Urhinkel aufpflanzten. Diese Fahnen aber bestanden aus nichts anderm, als aus Hemden, Strümpfen, Röcken, Wämsern und besonders aus vielen allerliebsten, kleinen Kindermützchen, welche Frau Urhinkel mit eigenen Händen verfertigt hatte, um die Armen damit zu bekleiden. Alle die Kleidungsstücke schimmerten wie Silber und Gold und was mit großem Fleiße, mit großer Liebe und Ueberwindung genäht war, das war wie mit Edelsteinen und Perlen ausgeziert. Es waren die Werke der Frau Urhinkel, welche ihr nachfolgten. Als nun alle diese Siegsfahnen um die liebe Seele aufgepflanzt waren, zogen die Geister der Armen, welche sie durch milde Austheilung der Gaben Gottes vor Noth, Verzweiflung und Verbrechen gehütet und als dankbare Kinder in das Haus des Vaters geführt hatte, hin zu dem Sargkorbe, worin der Leib ihrer Wohlthäterin ruhte, und verwandelten ihn mit allen ihren Laubgewinden durchflechtend in ein Schiff von Blumen. Die guten, dankbaren Seelen schmückten das Ruhebettlein der Ahnfrau mit allem Danke, aller Liebe, die sich durch Blumennamen aussprechen lassen, und als der Blumensarg neu erblüht war, brach Gackeleia freudig in die Worte aus:

"o das ist eine schöne Leichenrede, das sind keine rednerischen Blumen, das ist eine Blumenrede, mir ist, als spräche ich selbst so, wenn ich diese Blumengewinde ansehe; denn was die Blumen heißen, das sind sie mir!"

"Ja, liebe Ahnfrau, da ist Augentrost für dich, welche alle

172

Thränen getrocknet, Liebäugelein für dich, weil du alle Arme so
lieblich anblicktest, brennende Liebe mit den granatrothen Blumen,
weil dein Herz von Nächstenliebe geglüht; Thymian, das gewürzige
Demuthkraut für dich du Demüthige; Ehrenpreis für dich du aller
Ehren werthe; Engelsüß und Engelblume sprechen: "du süßer milder
Engel in aller Noth!--O du Herzblümlein, du Herzenstrost, du
Herzensfreude flüstern drei andre Blümlein;--du Honigblümchen, je
länger je lieber hatten wir dich, sagen andre.--Wie viele stammeln
mit Kinderaugen, "Vergiß mein nicht."-Das Schlafkräutlein spricht:
"schlummere süß"--und das Fühlkraut: "rühr mich nicht an."--Das
Mollenkraut, das Wunderbäumchen, Palme Christi säußelt um dein
Haupt.--Das Herrgottsbärtlein weht durch deine Locken.--Die
Passionsblume schaut dich an--ruhe sanft lieb Denkeli--an deinem
schattigen sonnigen Herzen, du Liebstöckel, blühet dein
Herzgespann, das demüthige Sophienkraut, das Sonnenbräutlein,
der Sonnenthau füllt ihm die Löffelchen seiner Hände, im tiefsten
Schatten, wie in glühender Sonne heilend und erquickend. Dem
lieben Herzen, dem es nahe ist, müssen die Feinde vergeben, wie es
ihnen vergiebt, alle müssen es lieben, kein Zauber kann es kränken,
selbst der eigne nicht.--O schlummre selig, der Engeltrank dir Wohl
verleih!--Sey Wohlgemuth, Gottes Gnade, Gottes Hülfe, Gottes Heil
sind mit dir.--Zum Himmel kehr dich du Sonnenwende.--Wandle
träumend durch den Himmelsthau zu dem Kreuzblümlein, dem
Jesusblümlein.--Der Heiland legt den Himmelsschlüssel in deine
Hände--Du ewige Blume. --Gotteshülfe sey dir ewig grün.--
Tausendblättchen hast du reine, feine Garbe voll Heilkraft--und
Floramor, Tausendschön, die purpursammtne Amaranthe
schimmert dich an, daß dir das Herz lacht u.s. w.--Wer kann alle
Liebe aussprechen, welche die Blumen stammelten?--Zu ihren
Füßen deutete die Jerusalemsblume, die feurige Liebe, die
Mannstreue auf die Liebe und Treue Graf Gockels. Alle diese
Blumen waren von vielen weißen Rosen durchflochten und an den
Ecken des Sarges ragten Lilien hervor, und beide wußten nichts
freudigeres zu sagen, als, "sie liebte uns." In der Hand hatte die liebe
Todte einige Heilkräuter, einen Strauß von Schlüsselblumen,
Chamomillen, Melissen, weißen Nesseln, Lindenblüthe und
Orangenblättern.--Ein Monatröschen, das sie lange gepflegt, blühte
in einem Körbchen an ihrer Seite.--Die ganze sprechende
Blumendecke des Sarges war von einer immergrünen Epheuranke

übersponnen, welche an dem Kreuze zu Häupten des Sarges hinanrankend sagte: "immergrün ist meine Treue, wer will mich trennen von meiner Liebe, ich halte ihn und lasse ihn nicht. Wer ist treuer als ich? selbst von der Wurzel getrennt, lasse ich nicht von dem, was ich umarmte, und grüne und lebe klammernd an meiner Stütze. Mit ewigem Grün umschließet die Treue die Asche der Todten und bindet die Scherben der Urne; denn losgerissen würde sie sterben. Selbst den gefallenen Stamm umgrüne ich. Seit ich lebe, ringe ich aufwärts, nicht aus eigener Kraft, sondern getragen von zuvorkommender Gnade, die ich dankbar mit den Wurzeln meiner Zweige erfaße.--Weil ich barmherzig den nackten Fels bekleide, decket die ewige Liebe meine eigne Armuth und trägt mich aufwärts mit den Barmherzigen, die sie selig spricht; auf daß ich aufsteige aus der Wüste, gestützt auf den Geliebten überfließend von Beglückungen."--Solches und vieles andere stammelten die Blumen und Kräuter, womit die Geister der dankbaren Armen, denen Frau Urhinkel alle Barmherzigkeit erwiesen hatte, ihren Sarg von neuem schmückten. --Als sie den Sarg geschmückt hatten, zogen sie sich zu beiden Seiten der Frau Urhinkel zurück, erhoben ihre Fahnen wieder und traten in den Hintergrund.

Alles das sahen Gockel, Hinkel, Gackeleia und Kronovus ganz still mit tiefer Rührung an und nun sprach Gackeleia: "das also ist der schöne Blumensarg unsrer Ahnfrau von dem du mir so oft erzählt liebe Mutter, daß die Engel die Blumen dazu im Himmelsgarten gepflückt?"--da erwiederte Frau Hinkel: "Ja, und er ist noch viel schöner als ich wußte, denn die Engel waren die Armen, die sie in den Himmel durch ihre Liebe geleitet und der Himmelsgarten war der Garten ihres liebvoll barmherzigen Wirkens und alle die Blumen und Kräuter waren ihre Liebeswerke. Sie hat mit der Gnade Gottes ihren Garten selbst gebaut!"--Da sprach Gockel: "Hier kann man wohl sagen, unsere Werke folgen uns, und wie man von Kummer und Bösem sagt, das ist ein Nagel in meinen Sarg, kann man wohl von allen Werken der Liebe sagen, sie sind Blumen auf meinem Grab, o wer sollte sich nicht einen solchen Garten zu bauen wünschen!"--"Ach," sprach Kronovus, "du mußt helfen Gackeleia, wir wollen fleißig im Garten arbeiten." Gackeleia hatte Thränen in den Augen und nickte still.

So standen sie und sahen den Leib der Ahnfrau an, der ernst und ehrwürdig und doch so lieblich mit seinem Brautkleid in dem Blumenbettchen ruhte. Keine Spur von Verwesung entstellte die rührende Gestalt. Sie war ganz dieselbe, wie man sie in dem Grafensaal in Gockelsruh als Braut gemalt sah, nur noch weiser, noch reiner. Das edle, kluge Haupt trug die Grafenkrone über einen Kranz von Amaranthen, der die reichen mit Perlen durchflochtenen Locken umfieng und ruhte mit geschloßnen Augen, wie das Antlitz eines schlummernden Heldenkindes, auf einem runden goldnen, mit Rubinen verzierten Polster, das sie gleich einem Heiligen Schein umleuchtete; die eine Wange jedoch lehnte etwas zur Seite geneigt an einem Kissen von der feinsten schneeweißen Leinwand.-- "Kennst du das kleine Kissen?" fragte Frau Hinkel die Gackeleia und diese antwortete: "o gewiß, davon hast du mir ja auch erzählt, wie von dem Blumensarg; die Gräfin Amey von Hennegau spann so fein, so fein, webte so fein, so fein, und trocknete mit ihrem Linnen die Thränen der Armen; weil aber noch so fein gesponnen, endlich doch kömmt an die Sonnen, so haben ihr die Armen dieses Linnen an der Sonne mit Thränen des Dankes gebleicht. Sie theilte aber Alles mit ihnen und so auch dieses Linnen; da haben dann die dankbaren Armen ihr aus ihrem Theil ein Brauthemd und ein Todtenhemd genäht, und da noch ein Stückchen übrig blieb, verfertigten sie dies kleine Kissen daraus und nähten den Spruch darauf. "ein gutes Gewissen ist das ruhigste Kissen." Es kamen aber alle Vögelein, denen sie von Jugend auf ihre Brosamen ausgestreut hatte, herangezogen, und rupften sich selbst aus Dankbarkeit die zartesten Flaumfederchen aus der Brust in das Kissen, bis es recht weich und reichlich gefüllt war. Diese Gaben verehrten sie der lieben Wohlthäterin als Brautgeschenk und sie nahm sie mit in den Blumensarg."--"Du weißt Alles noch recht schön," erwiederte Frau Hinkel, "sieh, zum Andenken dieses so ehrenvollen Ereignisses haben auch alle Jungfrauen und Frauen unseres Stammes in ihrer Ausstattung zwei solche Hemden und ein solches kleines Kissen, welche von den Armen verfertigt werden müssen und dieser Theil der Ausstattung heißt die Armen-Linnen-Spiegelgabe, weil wir uns an der Milde unsrer Ahnfrau spiegeln sollen."

"Ach," sagte Gackeleia, "es ist schwer den Blick von dem lieben Angesicht zu trennen, es ist so ehrwürdig, so ernst wie eine Sybille, welche Schicksale träumt, so liebvoll sorgend und warnend wie eine fromme Mutter, und auf der sinnenden Stirne ruht der Friede besiegter Leiden, und wenn ich ganz bewegt bin und die Thränen mir in die Augen treten wollen, lächeln mir ihre Wangen und ihre Lippen so kindlich entgegen und es ist mir, als küße mir ein Kind die Thränen von den Augen und streiche mir tröstend die Locken von der Stirne."--Da sprach Gockel: "Kind, du hast ein gutes sicheres Aug, was du sagst, muß wohl so gewesen seyn. Sieh, darum hat das liebe Herz, die gute Ahnfrau auch schon als Jungfrau den Hennegauschen Mägdlein-Orden der freudig-frommen Kinder gestiftet, dessen höchster Grad hier im Sarge ihre Brust bedeckt. Es ist derselbe Orden, den Mutter Hinkel und auch du jetzt trägst.

Es war in den Tagen der guten Ahnfrau im Lande Hennegau unter dem weiblichen Geschlecht eine traurige tiefsinnige Andachtsweise eingerissen; das Ei wollte klüger seyn, als das Huhn, und die Hühner sprachen erstaunlich viel über umgelegte Eier. Es war wie eine Krankheit unter den Mägdlein des Landes geworden, aller weiblichen Handarbeit und Pflege und ebenso aller Freude und Heiterkeit zu entsagen und sich allein einem tiefsinnigen Hinbrüten zu ergeben, wodurch manche auf sehr verkehrte Dinge kamen.--Da nun im Jahre 1310 Porette, eine Jungfrau aus Hennegau, welche die Gräfin Amey kannte, durch diese Lebensweise auf so unsinnige Meinungen und Lehren kam, daß sie in Paris zum Feuertode verurtheilt ward, nahm Gräfin Amey sich dieses so zu Herzen, daß sie sich entschloß, dieser Verkehrtheit durch ihr Beispiel entgegen zu arbeiten. Sie errichtete deswegen für Jungfrauen den Orden der freudigen frommen Kinder, in welchem sie alle ihre Freundinnen verbindlich machte, mit Arbeit und Pflege für die Armen, kindliche Freude und Andacht zu vereinigen. Alles Gute und Heilige hatte einen Altar in ihrem Herzen, alles Kindliche und Heitere aber auch eine gastfreie Herberge darin; und so kam die liebe Amey in ein recht liebes, natürliches Wesen. Sie ward der Trost der Armen und die Freude der Kinder, sie selbst nannte sich als Großmeisterinn des Ordens das arme Kind von Hennegau. Da begann eine gute Zeit für die Kinder in Hennegau, welche durch die übertriebene Selbstbeschauung ihrer Mütter und älteren Schwestern ganz unbeobachtet, verwildert, schmutzig, zerrissen und zerlumpt geworden waren. Die liebe Amey errichtete große Ordensfeste und jede ihrer Ordensgespielinnen mußte eine Heerde Kinder sauber und reinlich gekleidet auf die Wiese bringen, wo getanzt und gespielt, gegessen und getrunken und auch Gott gedankt wurde. Alle edlen Jungfrauen wollten in dem Orden der freudig frommen Kinder seyn, und die weibliche Sitte erhielt eine neue schöne Wendung, so daß es ein Sprichwort geworden: "Wie wohl wär mir, hätt' ich zur Frau ein' edle Dirn aus Hennegau!" Um aber die Verbindung der freudigen Frömmigkeit und Kindlichkeit zu bezeichnen, um auszudrücken, daß die tiefste Betrachtung es eben nicht viel weiter bringt, als ein lallendes Kind, so besteht das Ordenszeichen aus einer Figur, welche auf der einen Seite ein zur Sonne auffliegendes Lerchlein als das Bild freudiger Betrachtung und auf der anderen Seite ein kleines, lächelndes Wickelkind, das sich geduldig von einem Arm auf den andern nehmen läßt, vorstellt. Es wird dieser Orden aber an einem amaranthrothen, mit allerlei Glöckchen und Quästchen und sieben Sächelchen behängten Bande um den Hals getragen, weil die Amaranthe nicht verwelkt und ihre tiefe, rothe Farbe auch getrocknet bewahrt. Die Amaranthe ist das Sinnbild treuer, beständiger Gottes--und Menschenliebe, und ein Schmuck geliebter Todten, und es ward dem armen Kind von Hennegau hier im Blumenbettlein die schöne Amaranthenkrone aufgesetzt, weil es recht gewandelt ist. Die Erde trägt eigentlich nur den Schatten dieser Blume, der Himmel allein bringt sie in der Fülle ihrer ganzen Bedeutung wirklich hervor, als ein unvergängliches, unbeflecktes, unverwelkliches Erbtheil, das uns in ihm bewahrt ist.--Die Amaranthe ist ein Sinnbild der unschuldigen Kindlein, weil diese durch das Schwert vom Leben getrennt, in ihrem Blute im Himmel wie die tiefrothen Amaranthen glühen, welche selbst von der Pflanze abgeschnitten, ihre Farbe nicht verlieren.--Die Amaranthe ist das Sinnbild der Beständigkeit, der treuen Ausdauer, und von ihr heißt es, in Kälte und Hitze, auch getrennt beständig, nimmer welkend, in Thränen erneuet.--Dieser Eigenschaften wegen trägt Gräfin Amey die Amaranthen-Krone und den Orden am amaranthrothen Band; daß aber am Saum dieses ernsten Bandes alle die kleinen artigen Spielsachen, Quasten, Glöckchen, Troddeln hängen, deutet wieder auf unschuldige Freude am Saum des ernsten Tagwerks, so wie die Beete eines Gartens, den wir mühselig bauen, mit kleinen lieblichen Blumen eingefaßt sind. Sieh Gackeleia, wegen der tiefen Bedeutung der Amaranthenfarbe hatte

die gute Ahnfrau auch wohl eine so tiefe Rührung bei ihrem
Anblick, denn sie konnte sich oft gar nicht zurückhalten, wenn sie
diese Farbe sah; oder entsprang die Macht dieser Farbe über sie aus
einem Vorgefühl des Schicksals, das ihr durch dieselbe bevorstand?
--ich kann es nicht entscheiden--nur muß ich dich ermahnen, liebe
Gackeleia, nie eine Hinneigung zu irgend einer Sache allzu heftig
werden zu lassen, damit sie dich nicht endlich überwältige; denn
sieh--die gute Ahnfrau wurde durch diese Farbe gefangen und aus
Hennegau hieher nach Gockelsruh entführt. Die Räuber, welche
wußten, daß sie dieser Farbe nicht wiederstehen konnte, breiteten
auf einer grünen Wiese, auf der sie oft spazieren gierig, eine
amaranthfarbige, seidene Decke aus, und sangen ein Lied in der
Nähe, das sie sehr liebte:

> "Feuerrothe Blümelein,
> Aus dem Blute springt der Schein,
> Aus der Erde dringt der Wein,
> Roth schwing ich mein Fähnelein."

Dieses Lied lockte Amey ans Fenster und als sie den tiefrothen
Fleck im Abendschein auf der Wiese funkeln sah, konnte sie der
Begierde nicht wiederstehen; sie mußte hineilen, und sich auf die
Decke niedersetzen, und so entschlummerte sie. Da zogen die
Räuber mit verborgenen Schnüren plötzlich die Decke über ihr
zusammen, banden sie auf ein Pferd und entführten sie bis hieher
unter die Hennenlinde, wo Urgockel sie auf ihr Hülfsgeschrei
befreite.--Sieh, sie ist ganz in ein weites amaranthseidenes Gewand
gehüllt, das deutet auf jene Decke, in der sie entführt, gerettet und
die Braut Urgockels ward. "--"Es paßt recht schön," sprach nun
Gackeleia, "daß sie diese Farbe auch hier im Tode trägt, denn so ist
sie auch in dieser Farbe von der Erde entführt, und unter dem
wahren Hennenkreuz gerettet, eine Braut des Himmels und wie ein
Küchlein unter die Flügel der Henne versammelt worden.--Aber
sage, warum haben denn die Räuber die liebe Ahnfrau entführen
wollen?--Sie sieht doch gar nicht so reichgeschmückt aus wie
andere Gräfinnen, die von funkelndem Geschmeide strotzen, und
ich habe mich schon über diese Armuth verwundert, kannst du mir
wohl sagen, warum hat sie denn gar keinen andern Schmuck auf
ihrem amaranthseidenen Brautkleid, als nur zwei kleine Edelsteine

auf den beiden Spangen, welche das weite Gewand auf den Schultern zusammen fassen?"--Da schaute Gockel die Gackeleia lächelnd an und sprach: "du bist ein rechter Schelm, du fragst mich über Allerlei, was längst vergessen ist, und dann drehst du heimlich den Ring Salomonis, damit mir Alles in den Sinn kommen soll, was ich nie oder doch nur dunkel gewußt habe."--"Freilich mache ich es so," antwortete Gackeleia, "denn wie jede Speise ihr eigenthümliches Gefäß hat, so sind solche alte Geschichten immer am schönsten, wenn sie der Vater erzählt."--Da fuhr Gockel fort: "du fragst ganz recht wegen den Räubern, die sie entführten und diesen einsamen Edelsteinen auf ihren Achselbändern zugleich, denn wegen dieser wollten die Räuber, welches böse Edelleute aus dem Turgau waren, sie entführen, und Kronovus mag dich nur gut bewachen, sonst kann dir es auch so gehen; denn auch du trägst solche zwei kleine Edelsteine auf den goldnen Spangen, welche die Aermel deines amaranthfarbigen Brautkleides auf der Schulter schürzen, und es sind diese Spangen deine eigentliche Morgengabe, welche dir allein gehört. Es sind die sogenannten heiligen Lehns-Kleinode der Grafschaft Vaduz, deren Wappen darauf eingegraben ist. Vaduz mit seinen Felsenschlößern ist ein Frauenlehn und gehört allen erstgebornen Gräfinnen von Hennegau, die mit diesen Spangen auch alle Rechte einer Lehnshuldinn von Vaduz empfangen. Es ist eine alte geheimnisvolle Sage mit diesen Steinen verbunden; es heißt, die wahren, heiligen Gnaden-Kleinode, habe schon Rebecka auf ihren Schultern getragen, sie seyen wunderthätig, die Ahnfrau habe sie mit ins Grab genommen, um ihre Nachkommen vor Gefahren zu hüten, und jene, welche diese trügen, seyen gewöhnliche Edelsteine; das mag wohl auch so seyn, denn Mutter Hinkel trug diese Kleinode auch, seit sie Gräfin von Vaduz ward, aber ich habe sie dadurch nie Wunder wirken sehen. Jedoch sind die Kleinode, wodurch die Gräfin Amey ihre Tochter zur Gräfin von Vaduz weihte und welche nun bis auf deine Schultern gekommen sind, an die ächten Edelsteine angerührt worden und mögen so einen Strahl ihres Segens empfangen haben. Die ächten heiligen Lehns-Kleinode aber sehen wir hier auf den Spangen der lieben Ahnfrau, und in dem großen Buche, welches hier neben ihr im Sarge liegt, steht von dem Geheimniß dieser Steine, wir wollen es heute nach der Hochzeitsmahlzeit lesen, jetzt aber sollt ihr mit der Nachricht Vorlieb nehmen, wie diese Kleinodien und das Ländchen

Vadutz an die Gräfinnen von Hennegau gekommen sind.--Der Vater
der lieben Ahnfrau trug diese Kleinode selbst, er war ein Erb-Graf
von Vadutz, vermählte sich aber mit einer Gräfin von Hennegau,
zog mit den Kleinoden nach Hennegau und nahm dessen Namen an.
Er sehnte sich lange nach einem Töchterlein; als nun seine
Gemahlin die liebe Amey gebohren, war es gerade Neujahrstag, der
Graf von Hennegau war in der Schloßkapelle und im Augenblick als
man sang:

> "Uns ist geboren ein Kindelein,
> Sein Reich lehnt auf den Schultern sein."

kam ein Edelknab gelaufen, er solle geschwind zu der Frau
Gräfin kommen, so eben habe ihr der Klapperstorch ein allerliebstes
Töchterchen gebracht. Da lief der Graf geschwind hinauf in das
Zimmer der Gräfin und sang den ganzen Weg:

> "Mir ist geboren ein Töchterlein,
> Sein Reich lehnt auf den Schultern sein,"

und als er hinauf kam, saß die Gräfin aufrecht auf ihrem Lager
und hatte das liebe, arme Kind von Hennegau am Herzen, und der
Graf war ganz außer sich vor Freude und lehnte sein Haupt auf die
Schulter der Mutter und sah dem Töchterlein in die lieben Augen
und vergoß Freudenthränen, dann nahm er seine Achselbänder,
worauf zwei Edelsteine, die Reichskleinode von Vadutz, befestiget
waren und sagte feierlich: "weil uns das liebe Töchterchen gerade
bescheert worden ist, da man das Verschen sang, so will ich ihm
auch sein Reich auf seine Schultern lehnen und zwar jetzt dir, als
seiner treuen Vormünderin." Da heftete er seiner Gemahlin die
Achselbänder mit den Edelsteinen, worauf das Wappen von Vadutz
eingeschnitten war, auf die Schultern und sagte: "Ich belehne deine
Erstgeborne durch dich und alle erstgebornen Töchter ihrer
Nachkommen mit dem Ländchen Vadutz, es sey ein Frauenlehn, ein
Kunkellehn in unsren Nachkommen, und sollen den erstgebornen
Töchtern der Grafen von Hennegau, sobald sie die erste Kunkel des
zartesten Flachses für die Armen, ohne den Faden zu zerreißen,
abgesponnen haben, diese Edelsteine auf die Schultern geheftet und
sie so mit dem Ländchen Vadutz belehnt werden."--Du nun, liebe
Gackeleia, trägst jetzt diese Kleinodien auf deinen Achselbändern.

Der alte Graf von Hennegau sprach nichts von dem Ursprung und den Gnaden dieser Kleinode, die bei seinen Vorfahren schon in Vergessenheit gekommen waren, welche aber die Ahnfrau später von drei Klosterfrauen erfuhr, denen sie zum Lohn ein Kloster Lilienthal stiftete, es sind dieselben, welche dort neben den Lilien bei ihr stehen.--Wegen diesen Kleinoden nun und dem Besitz der Grafschaft Vadutz entführten einige Ritter, welche nicht vom Auslande her regiert werden wollten, die Lehnshuldin und wurden hier von Urgockel erschlagen."

Hierauf schwieg Gackeleia ein Weilchen, und da Gockel sie fragte, "warum sprichst du nicht?" antwortete sie, in dem sie ihm eine Spindel voll des feinsten Gespinnstes reichte: "Ei Vater, weil ich jenen Rocken nicht abgesponnen, lehnte mir das Ländchen so schwer auf den Schultern wie ungerechtes Gut, da drehte ich den Ring Salomonis geschwind, geschwind am Finger wie eine Spindel und da hab ich sie nun voll feinem Garn für die Armen und es ist mir wieder ganz leicht auf den Schultern."

Da lächelten sie alle über die Gewissenhaftigkeit der neuen Königin Gackeleia von Gelnhausen, Gräfin von Gockelsruh und Hennegau, Lehnshuldin von Vadutz, und schauten die liebe Ahnfrau weiter an. Die goldnen Armringe, welche einst die weiten Aermel fest angeschlossen, waren los an den dürren Armen herabgesunken, die feinen weißen Hände ruhten an beiden Seiten des Leibes. Die Linke hielt die obengenannten Heilkräuter, die Rechte ruhte auf einem großen Buch und faßte acht lange amaranthfarbige, mit Perlen gestickte Bänder, welche von dem ähnlichen Gürtel ausliefen, der das weite Gewand über den Hüften umschloß. An diesem Gürtel hingen auch Schlüssel, und ein Löffel, Kinder zu speisen und eine Rassel, Scheere und Aehnliches. Die hagern feinen Füßchen schauten so arm und rührend unter dem Saum des Gewandes hervor, als zitterten sie, und die mit Perlen gestickten Goldpantöffelchen waren zu weit geworden, und eines herunter gefallen, so daß der eine Fuß mit den weißen schimmernden Zehen hervorsah.--Da kniete Gackeleia mit großer Liebe und Rührung an dem Sarge nieder und küßte den Fuß und benetzte ihn mit Thränen, mit den Worten: "du liebes armes Kind von Hennegau hast ja dein Pantöffelchen verloren, o Mutter Hinkel sieh, wie muß das liebe Ahnfrauchen zu den Armen im Schnee herumgepatscht seyn, die Spitze des Fußes ist ganz braun, sie hat sich die Füße verfroren, --wart, ich weiß, was ich thue, in der goldnen Gallina der Königin von Saba ist eine Frostsalbe, hohle mir sie Kronovus!"--Gleich brachte Kronovus die Salbe und sie pflegte den Fuß der geliebten Todten damit und schaute mit Thränen den Vater an und sprach: "Vater Gockel, das liebe, arme Kind von Hennegau ist schon lange todt, aber ich darf es doch pflegen, nicht wahr Vater, das ist nicht ganz unvernünftig? denn sieh, ich muß es thun aus Liebe und Dank und würde mich schämen, so ich es nicht thäte, ich thue es mit dem Wunsche, es ihr selbst zu thun, sie wird schon wissen, wozu sie es gebrauchen kann, vielleicht kann sie jetzt, da ich ihr Liebe erwiesen habe, viel lustiger im Paradiesgarten herumtrippeln, und dankt mir es."--Unter diesen Worten küßte Gackeleia den Fuß, den sie gepflegt und nur einem reinen Tüchlein verbunden hatte und steckte ihn wieder in das Pantöffelchen, dann erhob sie sich und alle umarmten sie schweigend, und es ertönte von dem Geiste der Frau Urhinkel mit inniger Freude der Gesang her:

> "Mein Schmerz ward milder, tausend Dank!
> Lieb ewig heilt, was zeitlich krank,
> Nimm dir zu deiner Liebe Lohn
> Die ächten Steine von Vadutz;
> Im großen Buche findst du schon,
> Wie heilsam dieser Gnadenputz;
> O Stern und Blume, Geist und Kleid,
> Lieb, Leid und Zeit und Ewigkeit!"

Es war eine schimmernde Freude in der Erscheinung und den drei weisen Nönnchen bei den Lilien, die süßer dufteten, als je.-- Gackeleia aber besann sich nicht lange, schnell vertauschte sie ihre Achselspangen mit jenen des armen Kindes von Hennegau, und nahm zugleich das große Buch aus dem Sarg und gab es dem Vater.--Gockel blätterte ein wenig dann und sagte: "es ist kurios geschrieben von beiden Seiten nach der Mitte zu. Von einer Seite einhält es die Rechnungen der Grafschaft Vadutz, von der andern ein Tagebuch.--Potz tausend! was stehen da für Lehen und Zinsen darin, aber--aber irren ist menschlich, das Kind hat sich auch da einmal verrechnet. Hier auf diesem Blatt bei der Almosen-Rechnung hatte sie subtrahiren sollen, 1 von 100 bleibt 99, aber sie hat statt dessen gesagt, 1 von 100 kann ich nicht, 1 von 10 bleibt 9 und 9 von 9 geht auf,--das kann ja unmöglich eintreffen, aber aufgegangen ist's doch, wie Saat im Garten der Armen.--In der Orthographie war sie auch nicht ganz fest, hier in der täglichen Haushaltungsrechnung steht immer, eine Maß Michl, ein Schoppen Michl, immer Michl statt Milch; aber halt, da kömmt Etwas, das muß jetzt verlesen werden, lies Gackeleia!" und er gab ihr das Buch und sie las:

Gräflich Hennegauische Hühner--und Menschensatzungen Zu der Sache ewiger Gedächtniß. Wir von Gottes Gnaden Gräfin Amey, Urhinkel von Hennegau, allererste Lehnshuldin des Ländchens Vaduz, armes Kind von Hennegau und des Ordens der freudigen frommen Kinder Stifterin, erklären in hoher Pünktlichkeit, Komma cum Pünktlichkeit und Duopünktlichkeit.--Als wir, der abgründlichen Untiefe übertriebener Beschaulichkeit zu begegnen, unsern Orden errichteten, haben wir unsern Namensverwandten und ersten Ordensgespielinnen bei verschiedenen Veranlassungen, welche in den Tagebüchern des Jahres 1318 aufgeschrieben sind, mancherlei Gnaden und Rechte für sich und ihre weiblichen Nachkommen verliehen, wogegen dem Brautzug und Leichenzug jeder Gräfin von Hennegau eine Nachkommin dieser Gespielinnen gottesfürchtig beizuwohnen und ein Huhn an dem sogenannten Hühnerabend abzuliefern hat. Auch sollen dieselben solchen Brautund Leichenzügen mit ihren Namen bezeichnenden Blumen geschmückt beiwohnen und derlei Blumen zu Füßen des Grabes erhalten, mit der kindlichen Liebesmeinung, diese möchten dort statt ihrer beten, wenn sie selbst nicht anwesend seyn könnten.-- Eine jede erstgeborne Tochter meiner Nachkommen nimmt mit ihren mündigen Jahren das Amt der Ordensgeneralin und den Titel: "das arme Kind von Hennegau" an und hat an ihrem Gürtel als Braut und als Leiche acht Bänder von amaranthfarbigem Linnenband befestiget, welche die Ordensgespielinnen anfassen, wenn sie dem Zuge folgen. Sie gehen in dem Grand Cortege dicht hinter den drei Klosterfrauen von Lilienthal. --Sie haben dies Alles zu erfüllen bei Verlust ihrer Rechte.

Diese unsre Erklärung soll bei Braut--und Leichenzügen den Ordensgespielinnen jedesmal vorgelesen werden.--Sodann sind die Pflichten der Klosterfrauen von Lilienthal zu lesen und dieselben aufzurufen, worauf die Ordensgespielinnen oder deren Lehnserben aufgerufen und von ihnen die Pflichthühner abgeliefert werden sollen. Gegeben in unserm Kabinetchen im Jahr, da man sang:

"Gott grüß dich Mond und Sternenschein,
Entlaubet ist das Fensterlein!"

Pflichten der Klosterfrauen von Lilienthal. Als ich am Tage nach Johanni des Jahres 1318 den drei Fräulein zur Lilien auf Gottes höhere Mahnung und ihr dringendes Bitten das Kloster Lilienthal gründete und ausstattete, wurde dieses Kloster Lilienthal verpflichtet, den Braut--und Leichenzug jeder Gräfin von Hennegau und Lehnshuldinn von Vaduz, welche das Kleinod auf den Schultern trägt, von drei Klosterjungfrauen begleiten zu lassen und auf ewige Zeiten drei weiße Lilien auf meinem Grabe zu erhalten.-- Es sind aber diese drei Klosterschwestern bei solcher Gelegenheit mit den Worten aufzurufen:

"Ihr Lilien im Garten
Gedenket der Nacht,
Gedenket der Zarten,
Die bei euch gewacht;
Gedenket der Gnade,
Die auf euch gethaut,
Und duftet am Pfade
Der lieblichen Braut,
Und bittet am Grabe,
In dem sie nun ruht,
Daß Friede sie habe,
Die lieb war und gut."

Da neigten sich die drei weißen Klosterfrauen gegen die rechte Schulter der Ahnfrau und man hörte die Worte wieder:

"O Stern und Blume, Geist und Kleid,
Lieb, Leid und Zeit und Ewigkeit!"

Hierauf nahte die Mutter Gackeleias dem Sarge und legte vier der acht Amaranthbänder, die von dem Gürtel der Ahnfrau ausliefen, zur rechten und vier zur linken Seite des Sarges heraus, und indem sie die weiten Aermel ein wenig über den hagern elfenbeinernen Händen der Ahnfrau in die Höhe zog, sprach sie: "sieh Gackeleia, da bewährt sich das Sprichwort wieder--an der Klaue kennt man den Löwen und an der Hand die Gräfin von Hennegau.--Wenn wir es auch nicht wüßten, so würden uns diese Hände sagen, daß sie der Gräfin Amey von Hennegau gehören. Sieh, Gackeleia, von ihr haben wir die sogenannten Hennegauischen Dockadaumen oder Gnadendaumen geerbt." Gackeleia küßte die Hände der Ahnfrau ehrerbietig, indem sie den Vater fragte, woher denn der Name Hennegauische Gnadendaumen komme; da erwiederte Gockel: "die ganze Hennegauische Familie stammt mütterlicher Seite von einem römischen Kaiser Curio und dessen Weib Docka her, die Christen geworden, nach Deutschland gezogen und auch das Land Vaduz gegründet. Es war aber bei den heidnischen Römern eine grausame Belustigung, Männer mit Schwertern auf Tod und Leben mit einander fechten zu sehen. Wenn nun einer der Kämpfer unterlag, setzte ihm der andere das Messer an die Kehle und schaute umher, ob man ihn tödten oder begnadigen lassen wolle; wer nun verlangte, der Ueberwundene solle leben bleiben, der hob die Hände in die Höhe und schloß den Daumen fest in die Faust, das war das Zeichen der Gnade; die Kaiserinn Docka soll gleich nach ihrer Geburt schon die Händchen in dieser Stellung gehabt haben, so daß die Mutter ausrief: "Ach mein liebes Kind du bist ein Gnadenkind!" --Docka aber hielt bei jeder Gelegenheit, wo es Hilfe und Rettung galt, von frühester Jugend auf ihre Händchen immer in dieser Gnadenstellung, so daß ihre Daumen sich ganz danach bildeten und man dieselben Gnadendaumen, Dockadaumen nannte, und von ihr ist diese Handbildung auf alle Gräfinnen von Hennegau, mit der großen Neigung zu begnadigen und zu vergeben, vererbt.--Sieh Gackeleia, daher kömmt der Gebrauch, daß man sagt, halte mir den Daumen, wenn man verlangt, ein anderer solle mit seiner ganzen Seele unser Glück wünschen."

"Nun wissen wir Alles," sprach Gackeleia, "so recht, wie man sagt, bis auf den Fingernagel; wir wissen, warum die drei Lilien und die drei weißen Klosterfrauen bei der lieben Ahnfrau unter der

Hennenlinde stehen; und warum dort bei den acht Pflanzen die acht Ordensgespielen des armen Kindes von Hennegau festlich geschmückt erscheinen und Hühner in Körbchen unter dem Arm tragen. Sie kommen zur Leichen-Uebertragung des ältesten armen Kindes von Hennegau und zum Brautzug des jüngsten, und das bin ich!--Sie wollen ihre Pflichthühner abliefern.--Geschwind, geschwind, laßt uns sie empfangen, ich sehe, sie schwanken schon ein wenig ungeduldig durcheinander. Wohlan, ich rufe sie auf--"Im Namen Ihrer Kindlichkeit der Gräfin Amey von Hennegau, ersten Lehnshuldin von Vadutz und ersten armen Kindes von Hennegau mahne ich, Gackeleia Königin von Gelnhausen, Gräfin in Hennegau und von Gockelsruh, jüngste Lehnshuldin von Vadutz und jüngstes armes Kind von Hennegau, --Euch, acht erste Ordensgespielen, die acht Pflichthühner abzuliefern.--Zuerst rufe ich auf. Fräulein Ornitogalia, für eine am 30. April 1318 empfangene Weide-Gerechtigkeit liefere ab ein Hirtenhuhn!"

Auf diesen Ruf schwebte Ornitogalia, ein Kränzlein des Kräutleins Hühnermilch auf den blonden Locken und ein schönes Huhn in einem Körbchen tragend, zwischen den Sarg und Gackeleia. Sie verbeugte sich gegen den Geist der Ahnfrau, küßte dann knieend den Orden, den der Leichnam im Sarge trug. Hierauf erhob sie sich wieder, lehnte ihr Haupt gegen das Kleinod der rechten Achselspange Gackeleias, setzte sodann ihren Korb mit dem Hirtenhuhn zu ihren Füßen nieder und nahm ihn wieder unter den Arm, worauf sie das erste der acht amaranthfarbenen Bänder ergriff und ruhig an ihrer Stelle stehen blieb.--Hierauf rief Gackeleia nach der Reihe die sieben folgenden Fräulein auf. Alle trugen sie Kränze von Kräutern ihres Namens und den Orden der freudig frommen Kinder, und jede that wie Ornitogalia. --Osterluzia lieferte für ein am 1. Mai empfangenes Stück Wald ein Waldhuhn.-- Kretellina brachte für das am 7. Mai erhaltene Recht, im Wald zu grasen, ein Grashuhn.--Serpoleta gab für den am 14. Mai verliehenen jährlichen Holzbedarf ein Rauchhuhn.--Morgelina hatte am 21. Mai das Recht erhalten, im Walde Laub zu sammeln und brachte ein Laubhuhn.--Moskatellina entrichtete für ein am 28. Mai empfangenes Kornfeld ein Aehrenhuhn.--Kornelia leistete ihre Lehnspflicht für einen am 4. Juni empfangenen Rosengarten mit einem Gartenhuhn. --Esparsetta entrichtete für ein am 13. Juni,

Pfingstdienstag, empfangenes Feldgut ein Pfingsthuhn.--Als alle Ordensgespielinnen ihre Pflicht gelöst und die acht Bänder anfassend, zur Rechten und Linken des Blumensarges standen, erhoben Gackeleia und Kronovus die beiden vorderen, Gockel und Hinkel die beiden hinteren Stangen der Tragbahre und zogen mit dem Blumensarge der Kapelle zu.--Der Geist der Ahnfrau folgte seinem eignen Leibe zu Grab.--Es war ein Anblick von der rührendsten Erhabenheit.--Hinter dem von den acht Ordensgespielinnen umgebenen bunten Blumensarg, in welchem das bleiche, arme Kind von Hennegau in tiefrothem Gewand gleich einem elfenbeinernen ernsten Jungfräulein zu schlummern schien, schwebte dessen eigner Geist zwischen den drei weißen Klosterfrauen, welche Lilien trugen--selbst eine Lilie--in unaussprechlich rührender Einfachheit, in schneeweißem, langem Gewand, Spindel und Brod tragend, das verschleierte Haupt mit weißen Rosen bekränzt, mit lieblichem Frieden im Angesicht über die Blumen und Grasspitzen dahin. Eine der drei Klosterjungfrauen, welche sie mehr, als die beiden andern zu lieben schien, trug ihr demüthig die Schleppe.--Alle drei sangen:

"Die reine Lilie prangt mit größrer Herrlichkeit,
Als jemals Salomo in seinem Königskleid,
Du trägst dies Brautgewand seit deiner Tauf' auf Erden,
Du konntest herrlicher niemals geschmücket werden."

Worauf der Geist der Ahnfrau mit wehmüthiger Innigkeit wieder sang:

"O Stern und Blume, Geist und Kleid,
Lieb, Leid und Zeit und Ewigkeit!"

Nun aber folgte der ganze Zug der Geister der dankbaren Armen, welche den Sarg geschmückt hatten, sie trugen die schimmernden Fahnen von Röckchen, Hemdchen, Schürzchen, Jäckchen, Mützchen, die guten Werke des armen Kindes von Hennegau. Wer aber kam ganz, ganz zuletzt, so daß gar nichts mehr hinter ihm kam?--Niemand Anders, als jene alte Frau mit einer blauen Schürze, welche bei allen Prozessionen und Leichenzügen zuletzt kommen muß--jene gesetzte, solide Person, die nicht im Himmel ist, nicht auf der Erde ist und die selber nicht weiß, wo sie ist und wer sie ist. Alle Nachforschungen der so ausgezeichneten geheimen Polizei von Gelnhausen haben doch keine entschiedenere Auskunft über sie zu Stande gebracht, als, es heiße, sie solle ein buckliches Fragezeichen hinter einer Leichenrede seyn, man halte sie für eine Art Nachrede, sie gebe sich für ein gewisses Gewissen aus u. dgl. mehr.--Man suchte ihrer auf alle Weise habhaft zu werden, man stellte bei allen Blaufärbern Spionen auf, um sie zu ergreifen, wenn sie etwa ihre Schürze neu wolle färben lassen; aber sie ließ sie nicht färben. Endlich ward sie von der Verschönerungskommission, als geschmacklos und die künstlerische Würde solcher Prachtzüge störend, und von der Aufklärungskommission als ein abgeschmackter alter Aberglauben für null und nichtig in Contumaziam erklärt.--Der Oberhof-Osterhaas schrieb eine gekrönte Preisschrift gegen sie, worin er sie für eine optische Täuschung, oder höchstens für das fünfte Rad am Wagen erklärte, welches, so oft man seiner auch erwähne, doch eigentlich niemals da sey.--Unter der Regierung des Kronovus aber ward, weil er sie selbst trotz aller Null--und Nichtigkeits-Erklärung hinter dem Leichenzug seines Herrn Vaters Eifrasius allerhöchstaugenscheinlich herschleichen gesehen, alles Schreiben über sie verboten und eingeführt, bei ihrem Anblick immer einem Armen eine neue blaue Schürze zu schenken; man hat bemerkt, daß sie seitdem immer eine neue blaue Schürze trägt, und daß die Blaufärberei in Gelnhausen einen solchen Aufschwung gewonnen hat, daß sie der Bäcker--und Fleischerzunft gar nichts nachgiebt.

So nun kam der Zug in die Kapelle, wo unter dem Vortritt Alektryos und Gallinas alles anwesende Federvieh sich tiefneigend Spalier machte. Als sie mit dem Sarg vor den Altar kamen, drehte Gackeleia den Ring, das Grab Urgockels öffnete sich, da sahen sie das Gerippe des alten Herrn auch im reichen Grafenornat gar ehrbar unten ruhen.

Nun legten die acht Ordensgespielinnen, die acht Bänder in die Hand der Ahnfrau im Sarge zurück und ergriffen die ähnlichen Bänder, die zum Gürtel Gackeleias gehörten, und standen eine Weile um sie her. Man senkte den Sarg neben den Sarg des Urgockels hinab, das Grab schloß sich, die Jungfrauen stellten ihre Körbchen mit den Hühnern darauf und legten alle ihre Kränze umher.--Der

Geist der Frau Urhinkel schwebte licht gegen den Grabstein Urgockels, die drei Klosterfrauen mit den Lilien standen zu dessen Füssen. Eine Lichtwolke erfüllte die Kapelle und zog sich oben wie in einen offnen Himmel hinauf, dahin schwebte der Geist der lieben Gräfin Amey von Hennegau zwischen den drei Klosterfrauen.-- Gackeleia sprach zu den acht Jungfrauen um sich her: "segne euch Gott, liebe Gespielen, ich danke eurer Treue, folget dem liebsten Herzen dahin, wo es noch besser ist als hier in Gockelsruh!" da neigten sie sich gegen ihre rechte Schulter und schwebten in die Lichtbahn des ersten Kindes von Hennegau hinan, und die ganze Prozession der Armen zog hinten nach und man hörte den Gesang:

"O Stern und Blume, Geist und Kleid,
Lieb, Leid und Zeit und Ewigkeit!"

immer leiser und leiser, bis er zuletzt ganz verstummte und Alles in der Kapelle wie vorher war; da sah man das Steinbild der Frau Urhinkel mit der Urgallina auf der Schulter neben dem des Urgockels an der Wand und unter demselben schauten drei weiße Lilien über dem Altare hervor. Auf dem Grab vor dem Altar hatten die Kränze der Ordensgespielen Wurzel geschlagen und grünten alle die Kräuter, aus denen sie bestanden.--Gackeleia übergab die verehrten Hühner dem Alektryo, der sie sogleich in Eid und Pflicht nahm und nebst der übrigen Hühnergemeinde in den Hühnerhof führte, wo ihnen ein Hochzeitsschmaus von Waitzenkörnern, Brodsamen, allerlei Grünem, Maikäfern, Regenwürmern und andern Delikatessen zubereitet war. --Während allem diesem wurden fortwährend die Glocken geläutet, lief die Kunstfigur immer mit dem Klingelbeutel umher und endeten der Organist und die Primadonna ihre Fuge nicht.--Hierauf setzte sich der Zug in Bewegung, den Wappenfahnen folgten die blumentragenden Knaben, die blumenstreuenden Mägdlein, die Jünglinge mit den Geschenken Salomos;--dann Kronovus und Gackeleia, welche die Kunstfigur im Arm trug, und zuletzt Gockel und Hinkel, welchen, als sie die Thüre verließen, Alektryo und Gallina auf die Schulter flogen.--So kam der Zug in den herrlichen Raugräflich-Gockelschen Speisesaal, wo eine vortreffliche Mahlzeit aufgetragen war. Im ganzen Schlosse gieng es lustig zu, viele gute Leute aus Gelnhausen, die sich damals über Gockels Pallast so verwundert hatten, waren Extrapost hergefahren. Der Herr Postmeister hatte nichts zu thun, als einzuspannen, der Herr Schirrmeister schmierte unerschöpflich, die Herrn Postillone bliesen sich schier den Athem aus. Alles was in Gelnhausen kurfähig war, wurde zur gräflichen Tafel gezogen, und sogar der geheime Oberhof-Osterhaas, alle Ritter und Ritterinnen des hohen Eierordens; auch viele reisende Künstler und Gelehrte und Standespersonen, welche gerade zu der Frankfurter-Messe durchpassirten, benutzten die seltene Gelegenheit, alle die Herrlichkeit mit anzusehen.--Es wurden der Gäste so viel, daß Gackeleia alle Augenblicke den Ring drehen mußte, um den Tisch zu verlängern. Einen großen Tisch allein bedurfte der Oberhof-Osterhaas, denn er hatte eine ihm empfohlene großmächtige, breite Schottländerinn bei sich, deren Gefolge aus einem lebensgroßen Lebkuchenfiguren-Kabinet und einem Leib-Lebküchler bestand, die Alle mit ihr an einer Tafel saßen.--Der Oberhof-Osterhaas stellte sie den hohen Herrschaften mit den Worten vor: "die sehr honorable Kounteß Samsonia Molle Gothol, Meisterinn von St. Eduards Stuhl, auf welchem die Könige von England gesalbt werden, eine Nachkomminn der schottischen Könige, Gothol, Simon Breach, Fergus, Kenneth u.s.w., welche schon Jahrhunderte vor christlicher Zeit, auf jenem Steine gethronet haben, auf dem Jakob bei Bethel Luz schlief und der jetzt in St. Eduards Stuhl bewahrt wird, dessen Pflege ihr anvertraut ist. Diese hohe Dame ist mir von der Akademie der old druidical Superstitions dringend empfohlen, sie hat sich eine schwarze Melancholie durch zu urälterliche und altvorderliche Studien zugezogen, indem sie schon auf ihrem Kinderstühlchen vor St. Eduards Stuhl bei dem darin bewahrten Steine Jakobs anfangs mit der Puppe spielend zur Wache gesessen und dann durch states Brüten über die Herkunft dieses Steins vor lauter Kindern Gottes und der Menschen und den vielen Kindern Israels die eigne Kindheit verloren hat. Nun aber reist sie mit ihrem Kinderstühlchen umher, dieselbe wieder zu finden und darauf zu setzen. Da sie Alles vom Ei an ergründen muß, und von meinen geringen Verdiensten als unwürdigem Oberhof-Osterhaas gehört hat, hat sie gehofft, vielleicht in einem Osterei, den wahren Kindskopf zu finden, aber leider vergebens!--Es ist ihr bei längerem Aufenthalt in der Grafschaft Vadutz bekannt geworden, daß die Lehnshuldinnen dieser Grafschaft die Achselspangen Rebekkas auf den Schultern tragen, und weil sie weiß, daß diese Kleinode mit dem Stein Jakobs zusammenhängen, so wünscht sie für ihre Studien eine nähere Kenntniß dieser Alterthümer aus schriftlichen, gleichzeitigen Urkunden zu erlangen.--Die bei ihr befindlichen Lebkuchen sind ihre theils noch heidnische Vorfahren, die schottischen Könige Gothol, Breach, Fergus, Kenneth und dergleichen. Der sie begleitende Leib-Lebküchler arbeitet mit lauter Honig aus dem Rachen des Löwen Samsons, und da sie eine Vorstellung dieses ihres Namenspatrons, wie er seine Feinde mit dem Eselskinnbacken erschlägt, in Honigkuchenteich poussiren lassen will, hat sie ihn mitgenommen, um Studien zu skitziren, was sehr unterhaltend ist; er hat mich schon portraitirt, und es gleicht, wie kein Osterei dem andern.--Diese würdige Märtyrin der Ernsthaftigkeit empfehle ich nun der theilnehmenden Kind--und Kinds-Kindlichkeit der königlichen und gräflichen Familie, allerunterthänigster, unwürdiger Oberhof-Osterhaas." Gackeleia empfand eine große Theilnahme für die honorable Kounteß und wollte sie umarmen, sie war aber zu groß und zu breit und wollte sich nicht bücken, da half sich Gackeleia mit dem Ring und drehte die Kounteß herunter, daß sie gerade groß genug war und schloß sie herzlich in ihre Arme, wobei dieser sehr wohl zu Muthe ward, so daß sie lächelnd sagte: "Euer Kindlichkeit können auch mehr als Brod essen!"-Gackeleia lächelte und drehte die Kounteß wieder in ihre große, breite Gestalt zurück, worauf sich Alles zu Tisch niedersetzte.--Daß Gackeleia mehr als Brod essen konnte, bewies der Küchenzettel der hochzeitlichen Mahlzeit; denn aus Achtung für die Kounteß verwandelte Gackeleia durch den Ring Salomonis die ganze Gelnhausische Mahlzeit in eine Schottländische, und die Verwunderung der auftragenden Bedienten und die Verlegenheit der Gelnhauser Gäste, die nicht wußten, wie sie die fremden Gerichte anfassen sollten, erlustigte das ganze Fest.--Besonders viel zur allgemeinen Freude trug der Leib-Lebküchler der Kounteß Gothol bei. Sie saß zwischen den Bildern ihrer Vorältern, er neben dem Oberhof-Osterhaas unten an und war in stäter Arbeit, daß ihm der Schweiß ausbrach, er hatte einen großen Kübel Honigteich neben sich, und indem er mit großen Appetit zu essen schien, knetete er mit Löffel, Messer und Gabel, das Bild irgend eines Anwesenden aus Teig auf den Boden seines Tellers, dann begehrte er einen frischen Teller und ließ den andern am Tische von Hand zu Hand gehen, was ein großes Aufsehen unter allen Gästen machte. Als nun

Gackeleias Bild zu Kronovus und des Kronovus Bild zu Gackeleia
kam, fanden diese sich so getroffen, daß sie sich freßlieb
gewannen, und das wurde auf einmal Mode am Tisch, Einer aß des
Andern Bild auf. Da drehte Gackeleia, die melancholische Kounteß
auch wieder durch eine Artigkeit zu erheitern, den Ring Salomonis,
daß alle ihre Lebzelten-Vorältern neben ihr leben und mit ihr
sprechen möchten und eben so möchten die neugeformten
Gesichter mit dem Lebküchler thun. Das gab nun einen seltsamen
Spaß, die alten Schottischen Könige fiengen an mit der Kounteß,
und dann unter einander von dem Stein Jakobs zu disputiren und
zwar sehr heftig, die Gesichter, welche der Künstler auf die Teller
formte, schnitten Gesichter und streckten ihm die Zunge heraus, er
wurde unwillig darüber, knetete ihnen die Mäuler zu, da bliesen sie
dann die Backen auf, kurz es ward eine stäte Abwechslung von
Grimassen. Da nun alle die Könige anfiengen, dem Meth und
Aepfelwein tüchtig zu zusprechen und auch dem Lebküchler häufig
zutranken, gab es Streit und sie warfen sich die Teller ins Gesicht
und modellirten sich ganz grandios mit den Humpen auf den Köpfen
herum. Diese alten Schotten-Könige hatten eine Art Bauernkrieg
unter einander und bald war dieser bald jener Trumpf,--und
dazwischen wurde immer vom Stein Jakobs geschrieen, ohne daß
sie irgend einig werden konnten. Alles das ward der guten Kounteß
ein Stein des Anstoßes, sie wußte gar nicht mehr, was sie von ihren
Altvorderen halten sollte, sie kam zitternd und bebend mit ihrem
Kinderstühlchen zu Gackeleia gelaufen und lehnte ihren großen
Kopf Hilfe suchend, da Gackeleia, um dem Streite zu zusehen, auf
den Stuhl gestiegen war, ganz bequem gegen das Achselband ihrer
rechten Schulter mit den Worten: "o mein Gott, welch ein Greul, o
wo seyd ihr hin, ihr schönen Tage meiner Kindheit!"--Gackeleia
aber drehte den Ring mit dem Wunsche, alle die Streitenden
möchten sich in unschuldige, belustigende Gegenstände verwandeln
und alsbald wurden die Könige und der Lebküchler zu
Hollundermännchen, welche sich einander auf den Kopf stellten und
wieder auf die Füße purzelten, was allgemeinen Beifall fand. Die
Ueberreste der Lebkuchen-Bilder wurden theils von den Originalen,
theils von Alektryo und Gallina verzehrt. --Selbst die Kounteß
lächelte darüber und sagte: "seit ich die Achselspange der Rebecka
berührt habe, ist mir ein solcher kindlicher Friede, eine solche Lust
ins Herz gekommen, daß es mir lächerlich vorkömmt, wie ich so

entsetzlich über den Stein Jakobs habe studieren können, o jetzt habe ich keinen Wunsch mehr, als daß ich noch, wie einst auf meinen Kinderstühlchen neben St. Eduards Stuhl sitzen und meine Puppe darauf stellen könnte."--Diese Rede gefiel der ganzen gräflichen Familie so wohl, daß Gockel ihr Kinderstühlchen auf den Tisch und die Puppe daraufstellte, worauf er ihr den eignen Orden der Kinderei, Kronovus den Orden des goldnen Ostereis mit zwei Dottern, und Gackeleia den Orden der freudig frommen Kinder umhängten, sie rückten zusammen und nahmen sie in die Mitte und tranken Gesundheiten und Alles war voll Lust und Herrlichkeit.-- Gockel aber nahm nun das große Tagebuch der Ahnfrau, das vor ihnen bei den Geschenken Salomos und der Königin von Saba auf dem Tische lag und überreichte es der Kounteß mit der Bitte, da sie sich so sehr für schriftliche Urkunden interessire und eine so schöne Aussprache habe, möge sie mit der Vorlesung die Mahlzeit beschließen; wahrscheinlich werde dort zu ihrer Freude auch etwas von den Spangen der Rebecka und dem Steine Jakobs verzeichnet seyn.--Sie nahm das Buch, blätterte ein wenig darin hin und her, wie ein Kind, das keine Lust zu lesen hat, und sagte: "es sind gar keine Bilder darin, das ist Schade, es ist mir auch jetzt ganz unleserlich zu Muthe; mir ist so lustig und kindisch, daß ich mich ordentlich zusammennehmen muß, um mich nicht da auf den Tisch hinauf auf mein Kinderstühlchen zu setzen und mit den Füßen zu pampeln. So lächerlich, ja unmöglich dieses bei meiner allzu großmächtigen Figur nun scheint, muß ich dennoch leiblich dagegen kämpfen; denn mein Seelchen sitzt wirklich schon darauf und läßt jedermann seine schönen, neuen, rothen Schuhe bewundern. Nein, jetzt lese ich nicht--ich habe eine große Angst, wieder in die Untersuchungen alttestamentarischer Antiquitäten zu fallen, mir ist, als verstünde ich jetzt erst den Stein Jakobs recht, mir ist, als stiege ich mit den Engeln auf der Himmelsleiter, die er auf diesem Steine schlafend im Traume gesehen, auf und nieder, und wir spielten zusammen und einer von ihnen hat mir gesagt: "sey ein frommes Kind, laufe nicht in alle Gassen hinein, halte dich hübsch fest an der Schürze der Mutter und trau den falschen Ammen nicht--die treuen Kinder wird die Mutter gewiß zum lieben Vater bringen, und da giebt es Kuchen und Herz, was verlangst du?"--seht, so ist mir--ich will mir keine neuen Skrupel in den Kopf setzen; aber ich will Euch hernach doch aus dem Buche lesen--jetzt nun hätte ich vor mein Leben gern, daß die liebe Gackeleia mir und uns Allen das wünsche, was ihr das Liebste und uns Allen das Nützlichste und Gott das Wohlgefälligste, am Ende aber ein wenig plaisirlich für jedermann wäre.--Wünsche, Gackeleia, wünsche, bitte, bitte, bitte!"--Die große majestätische Schottländerin sagte dies so von ganzen Herzen, so ganz wie ein unschuldiges Kind, das erst der Flamme des Lichtes mit den Händchen winkt, und weil sie nicht gleich naht, unbesorgt hinein greift, ja so ganz von Herzen, daß sie in ihrer jetzigen Aeußerung einem schönen, schimmernden Schmetterling glich, der sich aus der finsteren Hülle einer Puppe, wie aus einem Kerker hervorwindet; die Flügel träumend entfaltet, und rührt und ruft: o Blumen her, Rosen, Lilien, mich zu schaukeln!--o es war rührend, leicht hätte er das Licht selbst für eine in der Nacht leuchtende Lilie halten und den Tod darin finden können.--Gackeleia fühlte das Alles so tief, daß sie die gute Samsonia Molle Gothol ans Herz drückte, mit den Worten: "gewiß, gewiß, du bist die erste liebste Ordensgespielin des armen Kindes von Hennegau!"--Da blickte Gackeleia den Kronovus und Vater und Mutter und alle Gäste gar lieblich, schlau und kindlich lächelnd der Reihe nach an und hob den Ring an dem Finger mit der Frage empor: "wollt ihr von Herzen mit Allem zufrieden seyn, was ich wünsche?" und alle riefen einstimmig: "ja, ja, von Herzen zufrieden, wünsche Gackeleia, wünsche!"

Nun umarmte Gackeleia Vater und Mutter und den Kronovus und drückte die schöne Kunstfigur ans Herz und reichte allen Gästen der Reihe nach die Hand--dann schaute sie rings um aber das fröhliche Volk, über Schloß, Hof und Garten, über die ganze freudige Umgegend und sprach: "o wie ist Alles so einig und freudig umher! nur Eines bleibt zu wünschen übrig--ich wünsche es," da drehte sie den Ring Salomonis am Finger und sprach:

> "Salomo, du weiser König,
> Dem die Geister unterthänig,
> Setz' uns von dem stolzen Pferde,
> Ohne Fallen sanft zur Erde,
> Führ uns von dem hohen Stuhle
> Bei der Nachtigall zur Schule,
> Die mit ihrem süßen Lallen

Gott und Menschen kann gefallen,
Laß, das hohe Lied zu singen,
Uns aufs Kinderstühlchen schwingen,
Führ uns nicht in die Versuchung
Unfruchtbarer Untersuchung;
Nicht der Kelter ew'ge Schraube,
Nein die Rebe bringt die Traube.
Mach' einfältig uns gleich Tauben,
Segne uns mit Kinderglauben.
Lasse uns um jede Gnade
Kindlich bitten, kindlich danken
Und durch Dorn und Blumenpfade
Treu gepflegt sie ohne Wanken,
Freudig, doch mit frommem Zagen,
Hin zum lieben Vater tragen.
Laß die Engel bei uns wachen,
Daß wir wie die Kinder lachen,
Daß wir wie die Kinder weinen,
Laß uns Alles seyn, nichts scheinen.--
Mache uns zu Kindern Alle,
Jedes sey nach seiner Art,
Wie's dem lieben Gott gefalle,
Einsam oder treu gepaart.
Bricht ein Herz am andern Herzen,
Mach ihm Blumen aus den Schmerzen,
Daß mit duftendem Gewinde
Seine Wunde es verbinde,
Roth, wie Amaranthen blühe,
Bis in Schmerzen es verglühe.
Wessen Herz ein Anderes spiegelt,
Der sey rein und stark geflügelt,
Daß er heil empor es trage
Zur Befriedung aller Klage,
Zur Erlösung aller Frage,
Aus der Nacht zum Herrn der Tage.
Zieh'n schon Engel durch die Halmen,
Wogt das Korn schon Well auf Welle,
Naht der Schnitter unter Psalmen,
Spielen Kinder auf der Schwelle

Doch mit Blumen roth und blau,
Die des letzten Tages Thau
Bräutlich schmückt mit mildem Glanz
Für des Festes Erndtekranz,
Und sie singen: Uns liebt morgen,
Der uns heut so treu geliebt,
Ein fromm Kind braucht nicht zu sorgen,
Wenn's noch Heut und Morgen giebt;
Und kömmt erst die Ewigkeit,
Halt ich reinlich nur mein Kleid,
Bin ich fertig und bereit
Und geh ein zur Herrlichkeit.
Darum liebster Salomo!
Mach uns heute groß und klein
Gleich zu solchen Kinderlein,
Knaben derb und Mägdlein fein,
Die im Grase frisch und froh
All in Kleidchen nett und rein
Rings um den Alektryo
Glücklich bei einander sitzen
Und die Ohren horchend spitzen.
Mach, daß Alles auf ein Häärchen
Nichts ist, als ein altes Mährchen,
Das der Hahn uns hübsch erzählt,
Den wir lang darum gequält,
Und die Puppe, nein--die nur
Eine schöne Kunstfigur,
Sey gleich eine ganz scharmante,
Aprobirte Gouvernante,
Schmeidig, wie ein Seidenfädchen,
Zierlich, wie ein Silberdräthchen,
Die mit zimperlichen Schritten
Einen Kuchen schon zerschnitten,
Weil das Beste kömmt zuletzt,
Lächelnd vor uns niedersetzt.
Und wir drängen uns um sie,
Herzen und bekränzen sie,
Und sie stimmet mit uns ein:
"Bitte, bitte, artig seyn!"

Und wir patschen in die Hände,
Und das Mährchen hat ein Ende;
Ringlein, Ringlein, dreh dich um,
Mach es so, ich bitt dich drum!"

Während Gackeleia diese Worte theils mit tiefer Rührung, so daß
ihr die Thränen in die Augen traten, theils lächelnd mit gutmüthigem
Muthwill aussprach, drehte sie den Ring immer schneller, denn sie
ward immer ungeduldiger, wieder ein Kind zu seyn. Kronovus
hängte sich an ihren Arm, er war ordentlich bang, sie würde ganz
klein werden und ihm endlich gar verschwinden; weil sich aber in
seiner Seele alles zugleich mit ihr veränderte, merkte er keinen
Unterschied. --Das verschiedene Betragen aller Gäste war lustig
anzusehen, einigen sehr soliden Standespersonen aus Gelnhausen
war gleich anfangs schon nicht recht wohl bei dem Handel zu
Muthe, sie waren froh, die Kinderschuhe ausgetreten zu haben, sie
fürchteten, sie müßten wieder in die Schule und besonders in die
Kinderlehre gehen und würden sehr beschämt werden, weil sie den
Katechismus ganz vergessen hatten. --Einige Damen dachten auch,
man könne sich das Verjüngen bis auf einen gewissen Grad wohl
gefallen lassen, dann aber wollten sie sich unter irgend einem
Vorwand zurückziehen; so kam es dann, daß vielen gleich anfangs
übel ward, daß sie Nasenbluten bekamen, heftig zu husten
anfiengen und sich aus dem Staube machten. Andere, welche
tüchtig gegessen und getrunken hatten, begannen zu gähnen und
schliefen ein oder fiengen an zu tändeln und zu spielen und ganz
kindisch vertraut allerlei Neckereien mit ihren Nachbarn zu treiben.
--Es kam viele Natur, viele Art und Unart, aber auch gar viel
verstecktes Liebes an den Leuten zu Tag.--Da nun Gackeleia mit
ihrem Wunsche fertig war, zog sie den Ring ab und legte ihn auf
den Teller, um ihn für immer dem Kronovus zu überreichen, aber
Alektryo, der neben ihr auf der Schulter Gockels saß, zuckte mit
dem Schnabel hervor nach dem Ringe und verschluckte ihn wieder,
in demselben Augenblicke gieng der Wunsch Gackeleias plötzlich in
seine ganze Erfüllung.--Die großmächtige Schottländerin hatte noch
gerade so viel Zeit, das große Tagebuch der Ahnfrau unter den Arm
zu klemmen und ihr Kinderstühlchen zu erwischen, denn sonst
hätte sie mit den andern Kindern auf der Erde sitzen müssen.--Mehr
als drei dutzend Personen waren gerade noch übrig, und diese

waren auch richtig in eben so viele gesunde vergnügte Kinder verwandelt, die auf einem schönen, blumigen Grasplätzchen am Rande eines Kornfeldes um den Hahn Alektryo herumsaßen, der ihnen die Geschichte erzählte, die ein altes Mährchen war, welches er in seiner Kindheit von einem italienischen Schokolademacher gehört, und um das sie ihn schon lange gequält hatten. Als er nun eben fertig war, kam das Beste zuletzt, nicht die Puppe, sondern nur die allerschönste Kunstfigur war in eine wohl aprobirte Gouvernante verwandelt und trippelte mit einem Präsentirteller, worauf ein großer, schon getheilter Kuchen lag, mitten unter die Kinder und ließ sich auf ein Knie nieder und setzte den Kuchen auf den Rasen zwischen die Kinder. Da war der Jubel allgemein, die Kinder drängten sich um sie, umarmten sie, schmeichelten ihr, setzten ihr Kränze auf, machten Musik, schrien Vivat, und jedes that nach seiner Art, gesellt oder einsam; es waren auch Kinder da, die schliefen, die gähnten, die aufwachten, die sich neckten, versteckten, liebkosten, Kränzchen aufsetzten.--Sie hatten ihre Lämmchen, Hündchen, Vögelchen u.s.w. bei sich.--Unter allen diesen lustigen Kindern saß Eines ein wenig abgesondert, etwas ernsthafter auf einem Kinderstühlchen, es hatte ein großes Buch unter dem Arm, ein Schmetterling lebte und starb ihm auf dem Händchen. Es schien ein Bißchen tiefsinnig, wie träumend, als sey es einmal eine sehr große breite Figur gewesen und könnte sich noch nicht in Alles recht finden. Ein Knabe auf dem Steckenpferd wollte es vorwärts reißen, wodurch es sich noch mehr zusammennahm. Es sah auf den Kuchen hin, auf welchem seine Vorältern, als Hollundermännchen um eine Puppe herumpurzelten.-- Es lächelte kaum, denn es hörte in der Ferne die ernsten Psalmen des Schnitters, es hörte das Wogen der Aehren Welle auf Welle, und wenn es gleich freudig mit den andern Kindern auf der Schwelle des Erndtefestes saß, so spielte es doch nicht mit den blauen und rothen Blumen, die vom Thau des letzten Tages schimmerten, sondern es gedachte dieses Tages und sah die Boten der Erndte, zwei Engel aus dem Weizen hervortreten; der eine führte ein armes verwaistes Kind, das lange keine Freude gehabt, hin auf die Schwelle, wo die freudig frommen Kinder spielten, und zu dem Kuchen, der da ausgetheilt ward.--Da sagte das nachdenkliche Mädchen auf dem Kinderstühlchen vor sich: "ach und das Leben ist doch so ernst! "--Gleich darauf sah es den zweiten Engel, sich aus

dem Korn hervorbeugend, mit einem andern Kinde in das Nest der
Gallina schauen, welche dort brütete; da sprach das ernste Kind:

"Engel, die Gott zugesehn,
Sonn und Mond und Sterne bauen,
Sprechen: "Herr, es ist auch schön,
Mit dem Kind ins Nest zu schauen!"

Darüber dachte es nun wieder nach, als der Knabe auf dem
Steckenpferd vorüber reitend es an der Schürze zupfte.

Als nun Alles so voll Freude und Jubel über die wohlaprobirte
Gouvernante und ihren Kuchen war, sagte diese, dem Ungestümm
der Kinder wehrend: "bitte, bitte, artig seyn, jetzt will ich
austheilen." Da patschten Alle so freudig in die Hände, und ich vor
allen so unmäßig, daß mir die Hände noch brennen, denn ich war
auch dabei, sonst hätte ich die ganze Geschichte ja nie erfahren und
hätte keinen Kuchen erhalten von der Puppe--nein der nur
allerschönsten Kunstfigur u.s.w.

***

Alle patschten in die Hände
Und das Mährchen schien am Ende
Selbst ganz artig zugespitzt,
Ja ein kleines Sternchen blitzt
Unten an der Himmelsleiter
Unter einem--und so weiter;
Und dies heißt: der kleine Stern
Plauderte noch gar zu gern;
Denn, wie sichs versteht am Rande,
Hat die edle Gouvernante
All die Kinder heimgeführt,
Und dann, wie es sich gebührt,
Gleich die Schaar, daß sie gedeihe,
Rein gewaschen, nach der Reihe
Umgekleidet und gepflegt,
Wie ins Bett man Kinder legt;

Und weil Alles auf ein Härchen
Mußte sein ein artig Mährchen,
Kämmt' und flocht den Kinderköpfchen
Allen sie die linden Zöpfchen,
Sprengte dann mit Wassertröpfchen
Noch die lieblichen Geschöpfchen,
So wie Blumen man erquickt,
Die man in die Kirche schickt,
Und nun ist sie fromm mit Allen
Auf die Kniee hingefallen,
Hat mit ihnen süß gesungen,
Daß zum Himmel es gedrungen:
"Müde bin ich, geh zur Ruh,
Schließe beide Aeuglein zu,
Vater, laß die Augen dein
Ueber meinem Bette seyn;
Hab ich Unrecht heut gethan,
Sieh es, lieber Gott, nicht an,
Deine Gnad und Jesu Blut
Macht ja allen Schaden gut;
Vater hab mit mir Geduld
Und vergieb mir meine Schuld,
Wie ich Allen auch verzeih,
Daß ich ganz in Liebe sey.
Alle, die mir sind verwandt,
Herr laß ruhn in deiner Hand,
Alle Menschen groß und klein
Sollen dir befohlen seyn.
Kranken Herzen sende Ruh,
Nasse Augen schließe zu,
Laß den Mond am Himmel stehn,
Und die stille Welt besehn!"--
Alle sagten dann gut Nacht,
Haben lieb sich angelacht,
Zu einander nach der Reihe
Sprachen sie: "verzeih, verzeihe,
Morgen, läßt uns Gott erwachen,
Wollen wir es besser machen."
All ins Bettchen dann gesteckt

Hat sie und hübsch zugedeckt.
Als sie dann in sich gekehrt
Suchte, was ihr Gott bescheert,
Trat ihr Engel ihr entgegen
Und gab ihr den Kindersegen,
Und, was Alles sie geträumt,
War mit Himmelsgold gesäumt.
Nicht lang nach dem Abendlied,
Als die Gouvernante schied,
Alle Kinder einen tiefen
Traum-durchblümten Schlummer schliefen;
Eines nur verließ das Pfühlchen,
Mit dem Buch und Kinderstühlchen
Wollt's zum Mond in's Freie gehn
Und die stille Welt besehn.
Und ich folgt' ihm, sah im Traum,
Wie es an der Aehren Saum
Zwischen Lilien in dem Feld
Vor Sankt Eduards Thronstuhl dicht
Hat sein Stühlchen hingestellt.
Aus dem Thronstuhl sind von Licht
Dann zwei Pflanzen aufgeschossen,
Blatt vor Blatt gleich Leitersproßen
Waren wie das Blatt des Mohns
Und des Siegels Salomons,
Und sie wuchsen bis zum Mond.
Oben in dem Strauße thront
Mild ein Weib in ernster Feier,
Thront die Nacht in weiter Hülle,
Schauet, thauet durch den Schleier
Mutterstille, Mutterfülle
Träumerisch vom blauen Zelt
Auf das goldne Aehrenfeld.
Ihr zur Rechten, ihr zur Linken
Auf des Mohnes Blumen winken
Sterne, Kinder aller Launen,
Die da sinnen, harren, staunen,
Beten, sehnen, prophezeihen,
Wenig wohl um uns bekümmert

Schweigen und ins Herz uns schreien.
Während oben es so schimmert,
Blättert unten in dem Düstern
Still das Kind im großen Buche,
"Find' nicht," sprach es, "was ich suche,
Hör, doch alle Blätter flüstern
Von des Jakobs Schlummerstein
Und Rebeckas Edelstein,
Was zu lesen ich so lüstern;
Stiegen doch die Engel wieder
Auf der Himmelsleiter nieder,
Brächten mir ein Bischen Licht!
Denn trotz Mond und Sterngefunkel
Ist's zum Lesen doch zu dunkel.
Sieh, als kaum das Kind so spricht,
Nahen auf der lichten Bahn
Gleich zwei Engel sich geschwinde
Mit zwei Sternlein und dem Kinde
Zünden sie die Lilien linde
Zu des Thronstuhls Seiten an,
Und nun ist es hell zum Lesen
Wie in einem Chor gewesen,
Wo man wechselnd singt die Psalmen,
Als das Kind hat intoniret,
Haben auf des Mohnes Halmen
Gleich die Sterne respondiret:
"Stern und Blume, Geist und Kleid,
Lieb, Leid, Zeit und Ewigkeit."
Und den ganzen Wiederhall
Sang das Lied der Nachtigall,
Die da auf dem Thronstuhl saß
Und kein Wörtchen je vergaß,
Das das Kind im Buche las.
Und ich sah das Kind im Singen
Sich zum höhern Chor erschwingen,
Wie es so emporgestiegen,
Ließ sein Buch es unten liegen,
Hat zu mir sich umgeschaut,
Und sprach milde, wie es thaut:

"War in Schottland einst geboren,
Irrt in Irland lang verloren,
Geh ins wahre Engelland
An der lieben Engel Hand;
Gieb mir Acht auf meine Sachen,
Wenn die Kinder all erwachen,
Lese ihnen aus dem Buch
Von dem Segen, von dem Fluch,
Von des Kleinods Heil und Noth,
Von der Fahne weiß und roth,
Von dem Wolfbrand Hammelstutz
Und dem Hego von Vadutz;
Jetzt gut Nacht, auf Wiedersehn!"
Und da war's um mich geschehn,
Kind gieng in den Himmel ein,
Und ich blieb allein, allein!
Rings die weite, weite Nacht
Und der Sterne ernste Pracht,
Keiner hat an mich gedacht,
Keiner hat mich angelacht.
In der Lilien Wunderlicht
Sitz ich gleichsam vor Gericht,
Und das liebe Kinderstühlchen
Ward mein Armesünderstühlchen;
In die Nacht hab ich gedichtet,
Was gen Morgen wird gelichtet,
Und gesichtet und gerichtet;
Vor mir ruht das große Buch,
Und ich harre auf den Spruch.
Horch, wie ernst die Aehren wogen,
Horch, der Schnitter kömmt gezogen!
Träume thauen von dem Mohn
Und vom Schlafe übermannt
Sinkt das müde Haupt mir schon
Auf des Thronstuhls harten Rand,
Und mir träumt, wie zwei Jungfrauen
Aus der frühen alten Welt
Durch das reiche Aehrenfeld
Mild zu mir herüberschauen;

Und die Junge fragt die Alte:
"Vreneli, was macht das Büblein?"
"Amey," sprach die, "dicht am Grüblein
Schläft es, o daß Gott sein walte!
Seine Sache hats vollbracht,
Und daß, wenn der Tag erwacht,
In der Erndte es nicht darbe,
Leg ihm milde in den Arm
Eine kleine feine Garbe,
Hart liegt's jetzt, daß Gott erbarm!"
Und so that die liebe, gute,
Daß mein Haupt nun friedlich ruhte,
Flocht dann bei der Sterne Glanz
Aemsig an dem Erndtekranz,
Neben ihr die andere kniete,
Betend: "Büblein ruh in Friede!"
Aber ach! es wehrt nicht lange,
Horch! es rührt sich auf der Stange
Bei der Henne schon der Hahn;
Morgenthau rührt mir die Wange
Weckend, bald zerrinnt der Wahn;
Und der erste Hahnenschrei,
Wenn die Kinder auferstehen,
Bricht den lieben Traum entzwei;
Und sie werden dann verstehen,
Wie mir also ist geschehen.
Dann wird Alles vorgelesen,
Und wird das, was es gewesen,
Tretend aus dem trüben Schein
Auch in vollem Lichte seyn;
Ja dann ist selbst auf ein Härchen
Dieses Mährchen mehr kein Mährchen;
Und bis so das Mährchen aus,
Sing ich in die Nacht hinaus:
"O Stern und Blume, Geist und Kleid,
Lieb, Leid und Zeit und Ewigkeit!"

www.ingramcontent.com/pod-product-compliance
Lightning Source LLC
Chambersburg PA
CBHW020624030726
47497CB00007B/2408